话本才会有结局,故事没有.

千山茶客

上册

千山茶客 著

灯花笑。共此灯

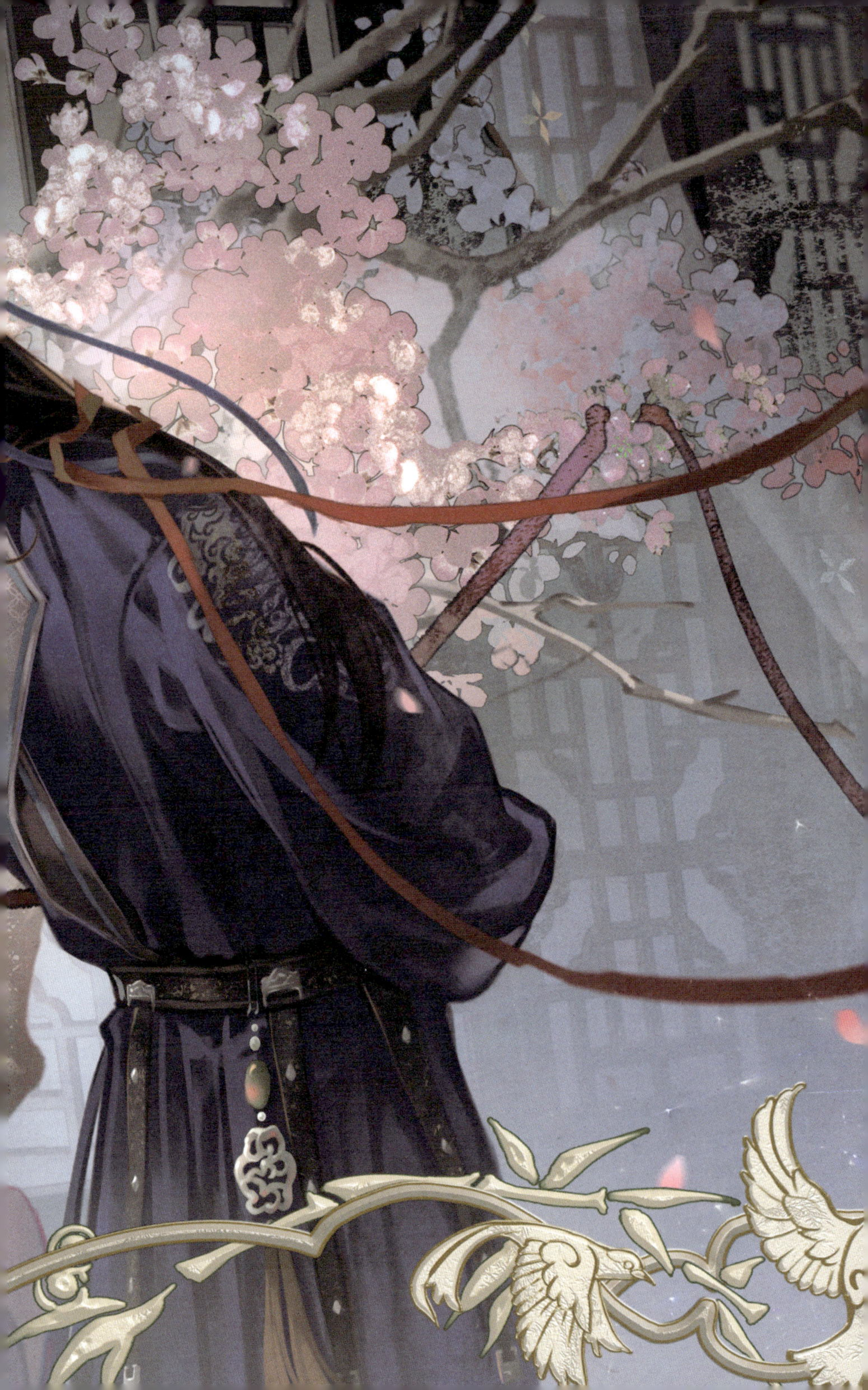

陆瞳有些惋惜。

裴云暎看了她一眼,嘴角一勾,一只金灿灿的小喜鹊从他掌心冒了出来。

仔细一看,金喜鹊是用菱藕雕成,上头涂满颜色和金纸,巴掌大的一只,栩栩如生。

"你什么时候拿到的?"

"毕竟我是殿前司指挥使,这点彩头都拿不下,有损殿前司脸面。"

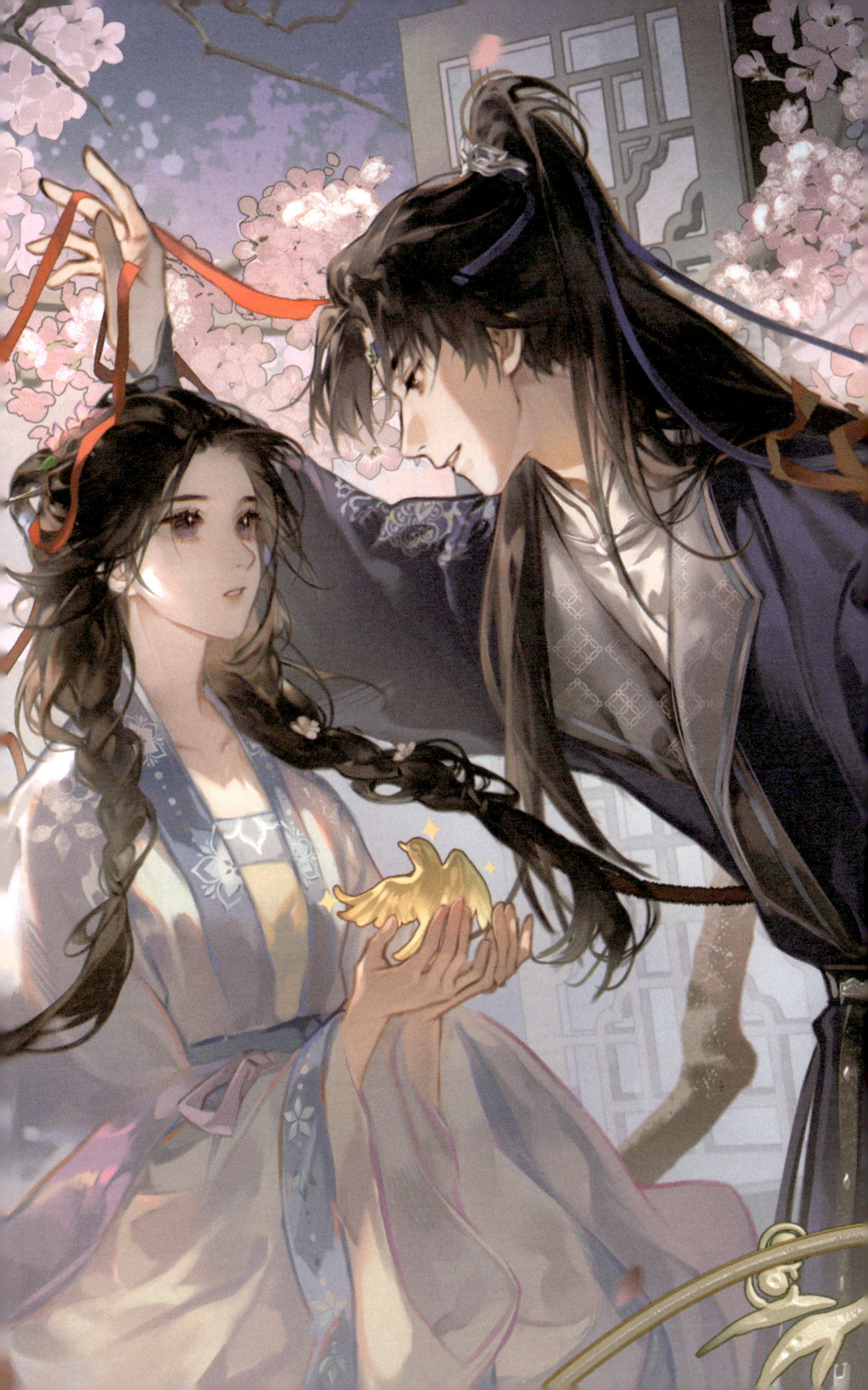

353	315	277	235	195
第十章 珍爱	第九章 飞鸟	第八章 生辰	第七章 情丝	第六章 七夕

目录

第一章 茉莉 001

第二章 鼠药 041

第三章 撞衫 079

第四章 真话 117

第五章 可悔 153

灯花笑

第一章 茉莉

夜里亮起火光。

医官院中,外头嘈杂声渐起,屋里两人都被吵醒了。

林丹青迷迷瞪瞪地从榻上起身,点了灯,外头人影攒动,有人窃窃说话。

"怎么了?"陆曈披上衣裳。

"不知道。"林丹青揉着眼睛推门出去,"我去瞧瞧。"

院里,越来越多的医官从宿院中出来,擎着蜡烛低声议论。年长的老医官们则穿好衣裳背着医箱匆匆出门,不知去往何处。

林丹青与树下的几个医官说了一阵话,秉烛回到门口,对陆曈道:"胭脂胡同走水了。"

"走水?"

"是啊。还是从丰乐楼起的头,一整座木制酒楼,烧起来可不得了。他们都是去查看伤者的,今年入夏都起了好几次火事了,咱们平日用火的时候也多注意,免得烧起来……"

林丹青见陆曈只望着远处久久不语,不由道:"怎么傻了?"

陆曈回神:"没什么。"又接过烛盏,淡淡一笑,"水火无情,的确应当早做准备。"

胭脂胡同夜里燃起的这把大火,眨眼就被扑灭,从大火中生出的流言蜚语却迅速蔓延至整个盛京城。

火是从丰乐楼上起来的,好在望火楼离得近,旁边又恰好有两个潜火铺,火势发现得早,灭火也算及时。除了最上头一层楼阁几乎被烧为灰烬,其他还好,不幸中的万幸是没人丢了性命,只有几个酒客被烟熏昏,受了点轻伤。

说是轻伤也不对,丰乐楼中,还有一位特别的伤者。

这位伤者被救出时神志已然不清,口口声声说自己是太师府戚公子,形容癫狂痴傻,举止无状,抓住旁边的人号哭说画眉杀人,怎么看也不像个正常人。

胡同里都是些闲乐恩客,见了乐子岂有不感兴趣之理?丰乐楼的大火还没被扑灭,戚公子被吓疯了这件事就已先传遍了盛京城。

太师府中。

晨光熹微,纱帘掩住榻上人影,屋中人来来去去,有浓重药香从屋中传来,间歇夹杂喝骂号呼。

砰——

紧接着又是凄厉哭喊:"父亲救我——画眉杀人了——"

戚华楹站在门口听着屋里动静,脸色苍白如纸。

昨日深夜,戚玉台被人送回府邸。他归家时神志不清,鼻涕眼泪糊作一团,满脸心悸惶怖。

戚玉台是在丰乐楼出事的。

他出门时未带护卫,除了小厮,无人知道他是谁,后来丰乐楼走水,他癫狂之下当着众人面坦明身份。

可那时他疯疯癫癫,一时竟无人相信,直到后来众人看见门前拴着的华丽马车,派了人去太师府通信,太师府才得知这桩祸事。

戚玉台像是疯了。

戚华楹眼眶通红。

戚玉台是去丰乐楼服"寒食散"的。

兄妹二人感情一向极好，她也早知兄长有这个毛病，过去明里暗里曾劝过他许多次，但最后总架不住戚玉台的央告，给了他买散的银钱。

如果前些日子她不给戚玉台银票，戚玉台就不会去丰乐楼，也就不会遇到这场大火，撞上这场无妄之灾。

戚华楹攥紧裙角，眼泪掉了下来。

屋中，戚清坐在榻前。

戚玉台挣扎得太过厉害，难以喂进汤药，不得已，只能令仆从将他手脚暂时捆起来。

四肢都被绑着，戚玉台瞪大眼睛努力挣扎，嘶叫声刺耳尖锐。

一边老管家低头站着，忍不住暗暗心惊。

约莫五年前，戚玉台也曾犯过一回病，但那时没眼下这般严重。

要知道，夫人当年也是如此……

老管家打了个寒战，听见戚清开口："丰乐楼处可打点完备？"

"都已说过，只是当时事发突然，在场人太多……"

戚玉台发疯一事已传了出去，胭脂胡同到处是酒客混人，许多人走了，去向别地，如鱼流入更广阔溪流，在海里无法分辨，把消息散布得到处都是。

戚家能堵得住一个人的嘴，十个人的嘴，但堵不住一百张嘴。何况这一百张嘴很快会变成一千张，一万张，绵绵不绝。

此事麻烦。

戚清闭了闭眼。

武人之刀，文士之笔，皆杀人之具也。且笔之杀人较刀之杀人，其快其凶更甚百倍。

耳边戚玉台的嘶叫渐渐平息下去,到底挣扎累了,令人重新熬制的汤药还未端来,戚清静静坐着,一双眼里盛满疲惫,宛如一位垂垂苍老的父亲。

戚玉台扭过头,脑袋正对着戚清。

他神色迷茫,目光涣散似甫出生婴童,蒙着一层薄薄的泪,没了平日的不耐与佯作恭敬,看起来如无害懵懂的孩子。

"爹。"他突然叫了一声。

醒过来了?

戚清探过身子,盯着他放柔声音:"玉台,你认得我了?"

"爹,救救我。"

戚玉台怯怯望着他,一脸害怕地开口:"有人要杀我。"

老管家惊讶地抬起头。

戚清不动声色开口:"谁要害你?"

戚玉台咽了口唾沫。

"一个男人。"他打了个哆嗦,"一个……我不认识的男人。"

戚家愁云惨淡,朝中却热闹得很。

胭脂胡同的流言迅速流散出去,转眼传到皇城之中。

太师大人位高权重,门生遍布朝野,低品阶官员不好公开议论戚家之事,三皇子一派的人却迅速抓住机会落井下石。

朝堂之上,太子淡淡道:"流言四起,真相尚未可知,太师高风承世,举贤为国,诸位为官长当清当慎,何如学妇人长舌,不辨黑白。"

三皇子元尧笑着开口:"太子说得极是,此事也简单,只要让戚家那位公子出来,证明自己神志清醒,举止无异,谣言自然不攻自破。"说完,目光在朝堂之上逡巡一圈,露出一个恍然神情:"啊,差点忘了,太师今日告假了。"

戚太师今日称病,不曾上朝。

太子脸色阴沉。

元尧幸灾乐祸。

站在旁侧的宁王眨了眨眼,慢吞吞打了个呵欠。

梁明帝还未开口,这时又有御史上前,称今日一早上朝途中被人拦了轿门,有人举告太师公子戚玉台在丰乐楼中偷偷服食寒食散。

此言一出,群臣哗然。

先皇在世时,早已严令举国上下禁服此物,一旦发现有人服食,即刻获罪。

偏偏说话的御史在朝中出了名的刚直。

龙椅之上,梁明帝平静听着,神色辨不出喜怒。

"高风承世、举国为贤?"元尧将太子难堪的神色尽收眼底,嘲讽一笑,"太师的确保国安民,清静为政,不过……莫非朝中政事过于冗杂,连教儿子的时日都没有?"

"治家如此,何言治国。又或者,太师如今也年过花甲,是力不从心了吧!"

他上前一步,看向高座上的帝王。

"《慎子》有云:君舍法,而以心裁轻重,则同功殊赏,同罪殊罚也。怨之所由生也。"元尧俯身,"还请父皇,官不私亲,法不遗爱……彻查此事。"

……

一场朝事,各怀鬼胎。

争辩的争辩,谗言的谗言,看好戏的一言不发,呵欠倒是打了几十个。

关于戚玉台究竟有没有服食寒食散，梁明帝已派人前去速查，但寒食散此事先不提，戚玉台在丰乐楼下发疯，却已是众人皆知的事。

暗室里，铜鹰架上火光摇曳。

萧逐风紧跟裴云暎，走下长长石阶，一直走到角落的矮桌前。

矮桌前坐着个人，萧逐风上前，道了一声"老师"。

严胥抬起眼眸。

朝会已结束，各司回归各司位置，不过丰乐楼这把大火，烧掉的不止戚家一向漂亮的名声，还有朝中稳固多年的局面。

一场火事流言，若换在从前，绝无可能掀起这样的大风浪。或许并不是太师府威势不如从前，而是三皇子一脉后来居上。

还有梁明帝……

屋内火光寂静，严胥眯了眯眼，一双鹰隼般的眼眸紧紧盯着裴云暎。

"丰乐楼的火，是你动的手脚？"

"怎么可能？"裴云暎正色开口，"前几日我忙着整理新军编修，门都未出，少来污蔑。"

言罢，他捅了捅身侧人："是不是，萧二？"

萧逐风轻咳一声："不错，我做证。此事确与他无关。"

严胥沉着脸打量眼前人。

青年眉眼坦荡地任他打量，神色很有几分无辜，正直无私模样倒让人生出一种羞惭，仿佛怀疑他也成了一种罪过。

让人想起他的母亲。

严胥蓦地收回目光。

裴云暎眨了眨眼。

严胥移开视线，冷冷开口："元尧不会放过对付太师府的机会，这几日不可轻举妄动，静观其变。"

"不要。"

严胥和萧逐风同时朝他看来。

裴云暎慢条斯理开口:"如今元尧正在尽力'拉拢'我,我又和太师府刚'结仇',为表忠心,当然要趁此时机不遗余力地落井下石,才能让陛下、让百官、让三皇子看见我的诚意啊。"

灯火摇曳,室内一片寂静。

严胥高深莫测地盯着裴云暎看了半晌,忽然冷笑一声:"裴云暎,你如此迂回,不会是为了那个姓陆的医女吧。"

他恍然:"好主意,正好一箭双雕。"

严胥气笑了,语气带了阴沉:"不知死活。"

裴云暎却气定神闲。

"这不是当年老师教我的:恩欲报,怨欲忘。报怨短,报恩长。"他说得诚恳,"恩师教诲,我可一刻不敢忘。"

他吊儿郎当的模样一看就让人来气,严胥大怒,抓起桌上镇纸往他身上一砸,被他侧身避过。

严胥道:"出去!"

"噢。"他悠悠应了一声,走了两步,忽然又想起什么,回头。

"老师这几日要为太子说话,又要和我针锋,不如现在再给我一拳,显得你我各为其主更努力些?"

萧逐风低头不语。

严胥切齿:"滚。"

他扬了扬眉,遗憾应了:"好吧。"

朝中琐事传到医官院后,忙碌的白日也添了几分趣味。

到了傍晚,大雨前突然刮起狂风。宿院一片绿油油在窗前晃来晃去，沙沙作响，大风吹得人心头凉爽。

医官们收着院中晾晒衣物，一边小声谈论若是这场雨下在几日前的丰乐楼子夜，或许近来朝中会是另一种格局。

陆瞳关上木窗。

常进的小女儿生了痘疮，他同医官院告了假，医案阁无人打理，新医正就让陆瞳暂接常进的差事。

新收医案按类别分到归好的位置，官员医案则按各司各部品级分，皇室医案上了锁寻常人打不开……医案又要时常拿出来清洁晾晒，脱落不全的则需修补，一卷卷检查核对过后，天色已经很晚。

外面医官们说笑的嘈杂声音不知何时已消失，陆瞳看了眼漏刻，快近子时。

她吹熄灯笼，只留一盏油灯，正准备关门回宿院歇息，冷不防，耳边忽然响起一阵轻叩声。

咚咚——

声音很轻，从窗户传来。

陆瞳定了定神，擎灯走到窗户边，犹豫一下，伸手推开窗门。

甫一推窗，一只竹筒轻轻贴上她的面颊，冰冰凉凉，带着点未消寒气。

裴云暎的脸从竹筒后露出来。

大风把外头树枝吹得东倒西歪，眼看就要落雨，偏他神情自若，手里拿着一只竹筒，神容清爽。

隔着窗，裴云暎把竹筒往陆瞳手中一塞。

"这是什么？"

"白荷花露。"

青年靠在窗外，笑吟吟道："胭脂胡同起火，城里卖甜浆的摊车一夜间都没了。路过巷口看见的,省着喝吧。"

丰乐楼一把大火,望火楼人手加了一倍,巡铺们日夜不歇四处巡逻,不让卖热食饮子的摊车四处游走。此种严令境况,估摸还要持续一段日子。

陆曈没与他客气,接过竹筒尝一口,浆水冰凉微甜,带着一股淡淡荷花清香。

"如何?"

"还不错。"陆曈往他身后看了一眼。

"青枫在外守着。"裴云暎唇角一扬,"不用担心。"

医官院的守卫简直像个摆设,如果有一日殿前司的人想进来犯点什么事,估计整个医官院的人尸体都凉了也无人发现。

心中这样腹诽着,陆曈收回视线:"进来说吧。"

他一怔。

"怎么?"

裴云暎道:"锁着门,我怎么进?"

她进来整理医案时,将门从里面锁上了。说起来,她锁门还是因为记得上次去医案库时,夜里被某个人从大门大摇大摆地闯进来。

陆曈转身,拿着白荷花露往里走去,轻飘飘开口:"走窗吧,反正对殿帅来说也不难。"

裴云暎:"……"

才往门方向走了两步,身后传来一声轻响,裴云暎跟了上来。

陆曈一顿。

没想到他还真走了窗。

见她看来,他便扬眉笑笑,挑衅般地道:"确实不难。"

幼稚。

这人今日看上去心情不错。

陆曈把油灯放到桌上,问裴云暎:"殿帅怎么会来?"

"来告诉你一个好消息和坏消息,你想先听哪个?"

"坏消息。"

"戚家压下戚玉台的事,别看现在流言纷扰,过不了多久就会平息。丰乐楼服食寒食散一事,最终会变成另有其人。"

陆曈问:"那好消息是什么?"

他笑起来,唇边梨涡清晰可见:"好消息就是,戚玉台现在还疯得厉害,一时好不了。所以,暂时没办法出门'证明'自己。"

正如元尧在朝堂上所说,戚玉台想要证明自己如今神志清醒,丰乐楼下发失心疯的另有其人,只要在众人面前露一次面就好。

可偏偏,这是戚玉台眼下最难做到的。

发了癫症之人,惊怒啼笑都无法自控,太师府藏都来不及,怎会主动暴露于人前?而越是藏掖,即便用再多借口,也成了另一种手段的默认。

裴云暎笑着开口:"绕了这么大一圈,仅仅只让他发疯。"

他看着陆曈:"既然如此,为何不干脆一把火烧了他?不怕他好了,放虎归山?"

陆曈默了默。荷花芬芳香气萦绕鼻尖,在夏日夜里分外清爽。

她垂下眼睛:"胭脂胡同附近就有望火楼,两处潜火铺相距也不过一里。火势一起,怎么都会扑灭。"

"但若用其他法子杀他,难免留下痕迹。太师府不会善罢甘休,只会牵扯更多麻烦。"

"纵而非放,我有自己的法子。"

裴云暎看了她一会儿,懒洋洋点了点头:"累其气力,消其斗志,散而后擒，兵不血刃……"

他牵了牵唇："原来不是放虎归山，是欲擒故纵。我现在是越来越好奇了，陆大夫究竟打算如何对付太师府？"

屋阁静谧，火苗摇晃。青年抱胸靠在书架旁，弹花暗纹锦服上联珠纹清晰整齐，歪头含笑望着她时，那双漆黑双眸在火色下越发明亮，宛如真心疑惑。

陆瞳没接他的话头，顿了顿，抬头看向他。

"这次多谢你了，裴大人。"

几日前，她以当年救命之恩挟裹裴云暎，请他帮了自己一个忙。

她让裴云暎画了一幅画眉图，布置在丰乐楼中。

胭脂胡同的丰乐楼是盛京富商最爱流连之地，听戏、吃酒、歇脚、买欢……姐姐当初正是因柯承兴误入此地，才在此地丧命。

裴云暎一口应承此事，甚至做得更多。他手下人马通达，不负所望，很快就摸清丰乐楼的布局。其中最顶层一排阁楼是丰乐楼专为贵客准备的，是那些有一定身份、与寻常富商不同的"肥羊"。

戚玉台从来只住惊蛰。

他出手大方，掌柜的也愿意为他保留此间上房。当初陆柔出事，闻讯赶来的戚家下人替戚玉台抹平一切，掌柜的多少窥见一点此人身份不凡。

其实从头到尾都没有那么一位"争房"的客人，丰乐楼老板也从未为了银钱将惊蛰借给另一人。

不过，就在戚玉台出事的前几日，丰乐楼老板老家有事，临时回乡，把酒楼交给表弟打理。这其中就有许多钻隙之处。先假作客人与戚玉台相争，使得刚服食过散的戚玉台气血上涌，"客人"身上佩戴之香包里放了药材，激化风邪入血。"歌伶"随手打翻的油灯燃起大火，烧掉房中画卷，露出卷下之画，那是陆瞳特意为戚玉台准备的画作，也是他"惊悸癫狂"的最后一味药引。

丰乐楼虽不似遇仙楼那般守卫周全，但要布置到此种境地，裴云暎也相助不少。他手下的人比陆瞳想象中还要厉害，甚至让她生出一种错觉——这人当时嘴上说能帮她杀掉戚玉台或许不是玩笑。

不过，事已过，没有后悔道理。

陆瞳想了想，伸手取下腰间囊袋，从里头摸出一只粉色瓷罐递给裴云暎。

裴云暎意外："这是什么？"

"金显荣的保养之药，我为裴大人也调配了一副。"

裴云暎："……"

见他沉默，陆瞳主动解释："此次大火，多亏裴大人帮忙，这算我送裴大人的谢礼。"

裴云暎面无表情："拿走。"

"大人不妨收下。"陆瞳认真，"我换了方子，先前黄茅岗猎场后，殿帅让人送来猎物，我取了其中鹿血。鹿血性热，温肾补阳，养血益精，用来入药最好。"

她说得一本正经，好似他不收下就是没有眼光的蠢货。

裴云暎不怒反笑。

他冷着声音："你要是再推给我这东西，我明日就让人在皇城里散布流言，说我是你未婚夫。"

陆瞳："……"

她默默收起药罐。

这人不识好歹。

且不要脸。

屋中气氛冷凝一刻，裴云暎轻咳一声，看了她一眼，道："不过，你是怎么想到把丹砂和那些药汁混在一起的？"

惊蛰房中的"画眉图"是陆曈托裴云暎所作。

那幅惊雷图是普通绢画，惊雷图之下的"画眉图"，所用材料却绝不简单。

卷帛被陆曈提前用红芳絮熬制药汁浸泡，随大火一起，画中芬芳扑鼻，致人迷幻。

而其中描摹线条所用颜料，是陆曈亲手调配，石蛇蜕、云母、烟胶、浸蓝水、虫白蜡……各种药材经特殊方法炼制，混入丹砂，画入图中，半个时辰后颜色即消。然一遇大火，丹砂重新显色。

陆曈让裴云暎以此料涂抹画中人物七窍。

火势渐猛，烧掉那幅惊雷图，池塘春草梦已无知无觉侵袭戚玉台许久，其癫症已濒临边缘，只需最后一味药引。

戚玉台刚服过散，又闻过香，血气相并，气并于阳，陡然见这幅画眉图，勾起旧事重影，再见画中人七窍流血，必然心虚停水，虚气流动，恍惚不恒。

她看过戚玉台的医案，虽真实情状都被掩盖，但仍能清楚当年莽明乡杨翁一案后，戚玉台卧床很长一段日子。

第一次惊悸尚能压制，第二次必然严重得多。

而那之后，丰乐楼的大火继续燃烧，火是从顶阁开始烧起来的，画眉图遇火燃尽，不会留下一丝痕迹，即使后来有人怀疑，再上阁楼，一片废墟也查不出端倪。

只会以为是那位服散后的太师公子，恍惚之下的胡说八道罢了。

"真是天衣无缝。"裴云暎偏了偏头，"不过，此法新鲜，你从何得知？"

这种颜料变幻之法，医经药理中并不会教。

陆瞳愣了一下。

她低头，抿了一口白荷花露，花露冰凉，甜味便显得微微寡淡，甚至觉出一点苦涩来。

"是我父亲告诉我的。"

裴云暎微怔。

似乎为了好看，卖甜浆的小贩在竹筒杯里放了两片碎荷瓣，粉白碎花浮在清亮浆水里，沉沉浮浮，像夏夜荷塘被月色照亮的小舟。

陆瞳恍惚一瞬。

似乎有人在背后叫她："瞳丫头，瞳瞳，你慢点！"

她在前方蹦跳着，一回头，见母亲拉着陆柔在背后叫她，陆谦和父亲走在后面，一人手里抱着几筒甜浆。

"快点呀！"她抱怨着，"等下赶不上水戏了——"

常武县每年夏至前后，会有人在县中小河边搭台子唱水戏。每到这个时候，城里各家百姓都乘了渡舟去河边看戏。

班社最出名的几出戏，小孩子不爱听。什么爱恨情仇，什么升官发财，什么忠孝礼义满口大话，听着遥远又无趣。

最受欢迎的是鬼戏。譬如王家宅今日冤死了个小孩明日化作厉鬼来复仇，李家庙里的财神像夜里会变作老妪吃掉富贵人家的心肝，隔壁山上新坟里的鬼新娘每日夜里都会挑个路过的男人过来成亲……小孩们一面吓得吱哇乱叫，一面听得津津有味。

陆瞳也很爱听那出"无头阴魂生仇死报"。

有一年班社心血来潮，将那出"无头阴魂"戏改了改，台上灯笼昏暗，涂了油彩的戏子戏服鲜艳，大红灯笼在纸做的宅门前微微一亮，墙上豁然浮起一张七窍流血的大白脸。

"哇——"

陆曈嘹亮的哭声惊飞荷塘里一片白鹭。

那一年许多看戏的小孩都吓哭了,陆曈回去就发了热。邻家婶子非说她是被脏东西缠上,要去山上请个姑婆来喊喊魂。

陆柔陆谦坐在她榻前,望着她忧心忡忡。

她裹着毯子缩在床脚,只觉帐子里随时会浮出那么一张大白脸,一刻也不敢闭上眼睛。不过短短两日,原本圆润的小脸也消瘦了两分。

父亲从门外进来,叫她穿好衣裳下床。

她不肯。

"你起来。"父亲说,"我教你捉鬼。"

捉鬼?

好奇终究大过躺在床上不起的赖皮,她拖沓着下了床,父亲让她坐在桌前,递给她一支蘸了颜料的笔。

颜料像是朱砂,却与平日的朱砂又有不同,质地过于黏稠。

父亲让她写个字。

陆曈龙飞凤舞画了一个"鬼"。

朱色字迹潦草似画,分不清是字是符,父亲扶额叹息。

陆曈莫名其妙。

她呆坐了片刻,正想问要在哪里捉鬼,就见白纸之上,红字渐渐褪去,如旁边站了个看不见的人,悄无声息拿布将字迹擦掉了。

陆曈惊得一下子跳起来:"有鬼!"

父亲却按着她的肩让她重新坐下。

他拿起桌上油灯灯盏,在褪成虚无的白纸上轻轻一燎,方才消失的字迹便又重新浮现出来。

"这是……"陆曈目瞪口呆。

"为父问过班社的班主,用石蛇蛻蜕、云母、烟胶、浸蓝水、虫白蜡……各种药材经特殊方法炼制,混入丹砂,画入图中,半个时辰后颜色即消。然一遇大火,丹砂重新显色。"

"戏台上的绢布提前用颜料摹了人脸,戏至中途,小生拿火把一燎,布上自显异色。"

父亲站在桌前,望着她叹道:"瞳丫头,世上是没有鬼的。"

年幼的她已知一切来龙去脉,心下稍松,但回想起布帛上惨白人脸,仍觉惊悸,偏要将信将疑问道:"万类不齐,咱们只是没见过,那万一就有呢?"

父亲无言一刻。

半晌,他道:"那也不用怕。"

陆瞳眨了眨眼。

"书上有云,先生说:'见鬼勿惧,但与之斗;斗胜固佳,斗败,我不过同他一样。'"

父亲抚须:"这,就是为父教给你的捉鬼之道。"

见鬼勿惧,但与之斗。

这条"捉鬼之道",后来在落梅峰中时常被她回想。每次在坟岗翻找死尸时,她都会告诉自己"人乃未死之鬼,鬼乃已死之人",无须忧惧。

而这世上,多的是凶恶残忍远胜于鬼怪之人。

不过谨承一个"斗"字。

灯火昏暗,一阵狂风掠来,门前树枝被打得在木窗前噼啪作响。

陆瞳回过神,灌了一口白荷花露,低头道:"父亲从班社听来的方子,后来家里校考功课时,我用来作弊。"

裴云暎神色古怪:"作弊?"

"不错。"

她不用像陆谦一样去邻县上学堂,但功课一样没落下,每半年父亲还要在家校考。

那简直是她的噩梦。

机智的她想到用父亲的"捉鬼之道"将默不出来的诗文用掺了药材的丹砂写在白纸上,不过没等点燃火折子就被发现——毕竟白日点灯也有点太过分了。

父亲把她骂了个狗血淋头。

"成日偷奸耍滑像什么样子!戒尺呢?谁把我戒尺藏起来了!"

陆谦早已抱着戒尺跑出半里外,陆柔过来劝说,被父亲铁青着脸推出门外。

"从小为人,休坏一点,覆水难收,悔恨已晚!你们就纵着她吧。"

父亲又冲她斥道:"我教你颜料之法,可不是让你用在这种歪门邪道上的!"

想着想着,陆瞳扑哧一下笑出声来。

父亲一向德教为先,幼时她只是想应付功课偷写下来,便被视作"歪门邪道",但现在,她用这"捉鬼之道"来设计大火和陷害,甚至还不止,在那之前,她就已经杀人埋尸,为达目的不择手段……

面上笑容渐渐淡了下来,陆瞳静了一会儿,道:"他一定对我很失望。"

她长成了父亲最不愿意她长成的模样。

四周暗沉沉的,只有窗外风声呜咽。

"我倒觉得他会以你为荣。"

一片岑寂里,忽然有人开口。

陆瞳抬眼。

"一个人单枪匹马杀上盛京给全家报仇，杀了三个仇人还能全身而退，最后一个看着也快了，我将来若也有这样的女儿，一定很为她自豪。"

空气中隐隐传来一点芬芳香气，火苗照亮眼前人俊美锋利的眉眼。明明大雨欲来，却因这片柔软暖色，竟有些如斯好景的美意。

裴云暎望着陆曈，笑着开口："令尊要是知道你如今做这些，应该只会心疼。"

陆曈指尖微动。

她离开家太久，已不敢奢求包容宠溺如往日，更不敢奢求心疼。

她收起心绪："我将来若也有这样的女儿……"她学着裴云暎的话，蹙眉，"殿帅这是占我便宜？"

他一愣，随即好笑："我这是在安慰你。"

"我又不低落，何须安慰？"

裴云暎注视着她。

陆曈坐在昏黄灯火下，神色如常，语气平淡，仿佛刚刚眸中一闪而过的失落是个幻觉。

他便低头笑笑，没再继续这个话头，转而说起了另一件事。

"虽然如今戚玉台暂且失志发狂，但崔岷为他行诊，将来或许恢复清醒。"

"一旦恢复清醒，戚玉台说出丰乐楼失火当晚曾与客人争夺上房，谎言即刻会被戳穿。"

"戚清那只老狐狸，未必不会察觉此中蹊跷。"

他道："你不怕他告诉戚清线索？"

以戚家之谨慎，纵然找不到那幅"画眉"，但不代表就不会起疑。一旦起疑，排除掉所有仇家，当初常武县陆家一事或许会被重新摆到戚家眼前。

灯火处阒然无声。

良久,陆瞳微微一笑。

"不怕。"

她的眼睛在灯火下异常明亮,平静开口:"一个疯子的话,谁会信呢?"

她讽道:"恐怕连他的父亲,也不会相信自己的儿子吧。"

噼里啪啦——

豆大雨点从天而降,陆瞳刚回到宿院,外面便下起雨来。

雨水还带着夏日暑气,陆瞳把油灯放在桌上,林丹青正探身关紧木窗,末了,用手掌用力推几下。

陆瞳问:"怎么关这样紧?"

宿院男女隔开,夏日闷热,夜里总会留点空隙透风。

林丹青爬回榻上,摸出枕头下的话本大声读给她听:"你看这上头写着:从来偷情的男子,养汉的妇人,个个都是会飞的,不须从门里出入。新进医官里也有年轻气盛的,万一哪个夜里发春摸错了房间岂不尴尬?还是小心一点为好。"

陆瞳:"……"

"写得还怪有道理的,"她一转头,问陆瞳,"是不是,陆妹妹?"

陆瞳避开她的目光:"是。"

……

雨水绵绵下着,把院中地上冲洗得干净。

裴云暎回到府邸,收好伞放于门口。

偌大府邸,空空荡荡,堂厅花瓶里插着一束蔷薇,那是裴云姝白日过来给他装上的。

他大部分时候都在殿帅府，不在殿帅府时在宫中宿值，这处府邸时常空着，倒是自裴云暎妹母女搬到隔壁后，他回来得勤了一点。

仆妇们白日会来扫洒，到了夜里就各自归家去了。他不喜人伺候，府中也只有几个心腹护卫，无事时不会出现。

裴云暎点灯，走进了书房。

书房仍是离开时的模样，矮桌上的木块乱七八糟，几张画纸散在书桌前，笔山上狼毫悬挂着，有数只成色崭新，是新买的，并未用过几次。

他在桌前坐了下来，把桌上被风吹乱的纸收起，收着收着，动作渐渐慢了下来。

丰乐楼上那张以特殊颜料绘制的画眉图是他亲手所作。

陆瞳托他画这幅图，是因为知道他善绘丹青，而交给盛京其他画师，总怕他人泄密。

其实自从母亲过世后，他没再提过画笔，本该拒绝，最后却不知为了什么接受了她的提议。

裴云暎摇了摇头，无奈笑了一下。

陆瞳说，倘若她的父亲在世，得知她如今用当年的法子行复仇之道，当十分失望。

那他呢？

若母亲知晓，当年手把手教他读"凡画有八格：古老而润，水净而明，山要崔嵬，泉宜洒脱，云烟出没，野径迂回，松偃龙蛇，竹藏风雨夜"，学会的书画，最后被绘在花楼红坊的墙上用来装神弄鬼，不知作何感想。

应当不会失望吧？

他往后靠着倚靠，注视着昏暗中笔山上的狼毫，不知想到什么，眸中闪过一丝自嘲。

毕竟……

这也算为民除害了。

一夜暴雨，溪河急涨。

城中篱花纷纷吹落，第二日雨过天晴，清晨凉爽。

城南清河街热闹了一整夜，白日就显得有些冷清。天色还早，土市子向东一处茶坊里，吱呀一声轻响，柴扉门被推开，从里头走出个十七八岁的少年来。

少年一身葱绿圆领对花锦袍，脚步轻盈，眉眼自在，如株生机勃勃的小杨柳，手里捧着个紫木匣，往门前拴着的红马前走去。

段小宴是来取白玉的。

黄茅岗上，陆瞳被戚玉台的恶犬追咬，不慎遗落的医箱被栀子寻到了。本来也算立了一功，奈何傻狗太激动，嘴不够严，医箱滑落，摔出里面一块白玉。

白玉成色温润，刻纹精致，一看就价值不菲，又被陆瞳收在医箱里，可见是珍贵之物。

于是无瑕美玉上，一道崭新裂痕顷刻刺眼。

那么问题来了——

这块玉佩究竟是被栀子摔碎的，还是被戚家那条恶犬摔碎的？

殿前司众人看了许久，都没摸出头绪。

更何况其中一条凶狗已死，死无对证，无话可说。这个锅，只能殿前司自己扛。

裴云暎就叫段小宴拿着这块玉，请清河街天工坊的鲁大师帮忙修补。

鲁大师工艺卓绝,修补破碎的瓷器琉璃宛然如新,就是工期长,价钱贵,还要排队。有时逢上旺季,排个大半年是常有的事。

不过裴云暎与鲁大师过去曾有交情,队是不必排,但钱一分没少。段小宴觉得,裴云暎付的银子都足以再买一块新玉了,何不直接送块新的呢?碎玉即便修补得再瞧不出痕迹,毕竟也碎过呀!

"叫你去就去。"自家大人这样答他。

段小宴只好作罢。

他把木匣收好,翻身上马,一路疾驰至医官院,与门口小童说了一声,径自往医官院里走去。

白日医官们都很忙,奉值的奉值,核对方册的核对方册,他生得讨喜嘴又甜,又是殿前司的人,一路"哥哥姐姐"地乱喊,医官们纷纷与他打招呼。

他问了一个老医官,听说陆瞳一大早去制药房了,便往老医官指的小树林方向走去。

日头从枝隙中洒下,若闪烁浮金。段小宴眯眼看着,忽而想起什么,忙从怀中掏出那只紫木匣来。

晨起他去清河街的时候还太早,天工坊又昏暗,他只草草看了一眼,也不知鲁老头是否真修补得天衣无缝。此刻天气晴朗,正好趁此拿到日头下仔细检查,若能瞧出瑕疵……

那得退钱!

段小宴打开木匣,木匣里垫着深红绒布,一块圆形白玉光华流转。

他停步,取出那块玉举到头顶,使玉佩正对着枝隙中漏下的太阳,就着日光仰头细细审视。

玉佩温润生光,上头篆刻的高士抚琴图栩栩如生,仔细看去,整块玉完整精致,找不出一丝瑕疵。

段小宴看了好几遍，仍没找出原本裂隙在何处，忍不住喃喃："还真天衣无缝啊？"

他看得入神，没留意身后有人走来。那人走近，视线掠过他高举的白玉之上，目光猛然一顿。

"你……"

段小宴这才发现有人经过，忙转过身，见眼前站着个穿医官袍的年轻男子，生得清俊，眉眼间有几分面熟。

"纪……纪医官。"好半天，他才想起这人是谁。

翰林学士纪大人府上的公子，人人赞誉的天才医官。

段小宴与这位纪家公子并无交情，打了个招呼后便侧身，示意对方先走。

纪珣却没有离开。

他直勾勾盯着段小宴手中白玉，神情有些古怪："这位公子，能否让我看一眼你手中玉珏？"

段小宴愕然一下，挠了挠头，不好意思地开口："抱歉，纪医官，这玉不是我的。旁人私人之物，也不好随意给他人看。"

他想了想，道："反正你们都在医官院共事，你要是想看，就直接找陆医官吧。"话毕，冲纪珣拱了拱手，把白玉装回匣子里，自己先朝前走了。

待到了制药房，一排屋子都空着，唯有最后一间隐有声响，段小宴循声过去，透过窗看见陆曈在药炉前忙碌，遂伸手敲了敲窗。

陆曈抬头，见是他，放下手中蒲扇走到门口，问："段小公子怎么来了？"

段小宴从怀中摸出紫木匣，笑嘻嘻递给她："上回栀子摔碎了陆医官的玉佩，大人寻了个工匠帮忙修补，昨日说修补好了，我看过，一点裂隙都瞧不出来。"

陆曈低头,接过木匣。

距离黄茅岗围猎已过去许久,这些日子忙着丰乐楼那场"大火",她都险些将此物忘记。

段小宴道:"东西送到,那我就先走了。"走了两步,又小跑回来,对着陆曈低声叮嘱。

"大人近来公务缠身,有时不在殿帅府,陆医官若是遇到了麻烦,或是医官院中有谁欺负你,你就来殿帅府寻我。"

"我还是能帮上点忙的。"

陆曈颔首:"多谢。"

"不用谢。"段小宴摆手,"你是大人的朋友嘛,那也就是殿帅府的朋友。快回屋吧,日头大,当心暑热。"

言罢,高高兴兴地离开了。

直到外头再也看不到段小宴的身影,陆曈才回了屋子。

她把木匣搁在桌上,想了想,伸手将匣子打开了。

白玉躺在匣中,入手冰凉,玉佩圆润,丝毫看不出有摔碎过的痕迹。

陆曈有些意外。看来裴云暎找的那位工匠的确手巧,能将此物修复得与从前一般无二。

她垂眸看了一会儿,正打算将玉佩重新收起,外头突然响起敲门声。

制药房的屋门不好上锁,只能虚掩,平日这个时候除了林丹青,没人会来。

陆曈放下匣子,转身正欲问询,门却被从外面推开了。

男子站在门口,芝兰玉树,长身玉立。

"纪医官?"

陆曈看清来人,不由一怔。

纪珣迈步走进屋里："你在制新药？"

"不是。想改改旧方子而已。"

说话的工夫，陆曈的手不动声色背在背后，想要悄悄关上那只方才搁在桌上还没来得及合上的木匣。

一只手却从旁伸了过来，先她一步拿起匣子里的圆玉。

陆曈身子一僵。

纪珣拿起了那块玉。

屋中火炉上，药罐咕嘟咕嘟冒着白沫，腾腾热气把本就炎热的夏意熏得越发窒闷。

窗前一大丛绿莹莹的浓翠却幽谧清凉，油油嫩叶令人想起苏南春堤摇曳新柳，同样生机勃勃。

纪珣认真盯着手中圆玉，修长指尖一点点拂过圆玉上细致刻纹，在落到高士轻抚的琴弦上时，神色流露出一丝动容。

他曾有一块无瑕美玉。

美玉是母亲送他的生辰礼物，上头雕刻的高士抚琴图乃书画大师南宫大师所作。他很喜欢这块玉，总是随身系在腰侧，后来家中姊妹拿着玩耍时，不慎摔倒擦着碎石，高士的"琴"上就有了一道瑕疵。

母亲惋惜不已，纪珣便拿了刻刀，在那处瑕疵上延长刻痕。原本高士抚的是一张七弦琴，就此变成"八弦"。

这多了的一根琴弦是瑕疵，也是记号——天下间独独这一份。

而眼下这只圆形玉佩，山中高士含笑轻抚琴弦中，多出的那一根刻痕不够精致流畅，与旁的线条相比略显粗糙，却被他一眼认了出来。

这根琴弦是他亲手所刻。

这就是他的那块玉佩。

纪珣握紧手中白玉。

多年前，他途经苏南，马车不小心冲撞一位路过少女，本以为只是擦伤，后来发现对方身中奇毒。为了给少女解毒，他在苏南多待了一段日子，以至于身上银两用光，不得不以这块玉佩做抵押。

再然后少女毒解，身子即将痊愈，接他的人催促得太急，他连夜离开苏南，连玉珏也没来得及赎回。

后来一想，中毒的少女衣衫清贫，甚是穷苦，明明身中奇毒却不肯看大夫，应当是家境艰难，倒不如把那玉珏继续押在客栈，容她多歇留些时日，养好病再离开也不迟。

玉是死物，人是活人，医者医病难医贫。这已是他能为对方所做的全部。

时隔多年，他其实已淡忘此事，若非今日在小树林看到那个少年手中白玉，几乎要忘记自己曾有过这么一块玉。

失而复得。

纪珣看向眼前人。

陆瞳站在他面前，医官使的袍子对她来说略显宽大了一些，为了熬药方便，袖子往上挽到手肘，那只略显苍白的手臂上隐有红痕蜿蜒，是先前黄茅岗上被恶犬咬伤留下的痕迹，狰狞刺眼。

比起当年苏南客栈里的那个少女，她似乎个子长高了一些，纪珣认真盯着她的眼睛，试图从对方身上觅出一丝过去的痕迹。

比起当年的澄澈腼腆，这双眼眸更淡漠，更平静，更加没有一丝一毫波澜。

然而既知前缘，只要一眼，便能认出眼前人与当年苏南客栈中那个中毒少女确为同一人。

药罐中沸腾白沫顺着罐子边缘流下，落在火苗里，发出嘶嘶声响。

纪珣慢慢开口。

"四年前,我曾路过苏南,路遇一病者,在客栈为她解毒数日。离开时,将白玉押在客栈中。"

他指尖绕着红绳,白玉坠在空中,悠悠晃晃。

"此玉为我母亲所赠,刻纹多出一根琴弦乃我亲自所刻。这是我的玉。"

"陆医官……"他看向陆瞳,"不知你从何处得来?"

陆瞳沉默。

窗外木叶幽静,大片大片浓重的翠绿像幅浓艳美景。

良久,陆瞳抬起头来,神色已恢复平静。

"当年苏南一别,公子留下此玉,如今,是该物归原主了。"

她望着纪珣。

"纪医官,这是你的玉。"

殿帅府上。

段小宴穿过院子,一进堂厅,立刻解开衣领两粒扣子。

这天气,屋中待着还好,一过清晨,在日头下行走实在有些熬人。

萧逐风坐在桌前看军册,段小宴进了屋,顺手捞起桌上茶壶倒了盏竹叶熟水。

竹叶熟水清凉,带着竹叶清香,里头放了一点蜂蜜,段小宴一连喝了半壶。

少年抹了把唇,抱着砂壶对萧逐风抱怨:"玉送到医官院了。大人也真是的,花那么多银子,费那么大力气,就为了修一块普通的玉,还不如买块新的送过去,成色还比那旧的好呢。"

萧逐风:"他乐意,你管他。"

段小宴自说自话:"不过我交给陆医官的时候,她还挺高兴。兴许这块玉对她来说意义非凡,说不准是她家里人馈赠……对了!"

他蓦地大叫一声,萧逐风皱了皱眉。

"之前不是听说,陆医官有个在盛京的神秘未婚夫吗?我说,有没有一种可能,这是陆医官未婚夫送给她的定情信物?"他越说越觉得有可能,"陆医官把这玉藏医箱里随身收藏,日日不离身,说不定正是定情之物!"

"啊,我当时应该再仔细看看上头有没有刻上名字姓氏的!"

他自后悔不迭,萧逐风瞥他一眼:"未婚夫?"又沉吟,"花大价钱去修未婚夫的定情物……"

萧逐风低头,语气透着一丝幸灾乐祸。

"真要如此,他应该离气死不远了。"

绿树阴浓,风长日清。

药室中一片寂静。

小童从门后进来,送上两盏晾得温凉的药茶,自顾去前面看药炉了。

陆曈坐在案几前。

这是纪珣的药室。

纪珣在医官院中地位特别,医官院特意为他准备了一处药室,以供他平日在此验方配药,钻研医术。

药室不大。

长案矮几,制药房与书房以一扇雕花书架隔开,书架上层层叠叠摆的都是医籍,地上也是,散乱的药方随意摆在榻边、竹椅上、角落里,显得有几分杂乱。

桌上摆着一只冰青琉璃花瓶,里头插了几枝栀子,香气把浓重药气冲淡了一些。

耳边传来纪珣的声音。

"当年苏南一别,陆医官后来又发生了何事?"

陆瞳收回视线,重新看向眼前人。

纪珣坐在对面,望着她的目光满是认真。

从前在苏南时,她曾猜测过很多次和纪珣重逢时的场景,待真到了盛京,反倒慢慢打消了这个念头。

但或许老天正喜捉弄,她越是不想和纪珣相认,这一刻就越是到来得猝不及防。

陆瞳平静回答:"纪医官走后,我所中之毒不久就痊愈。之后回到家中。"顿了顿,"两年前家人病故,就来盛京投奔一房表亲。"

"远亲今在何处?"

"过世了。"

"原来如此。"纪珣恍然,"所以你至西街坐馆行医,以求自立。"

一个外地女子,在盛京举目无亲,唯有医术可凭仗,坐馆行医的确是胆大却又最好的选择。

"但你为何不来长乐坊寻我?"纪珣不解,"当初临走时我与你说过,若你想去太医局,我会帮你。"

"我医术不精,知见浅陋,如河伯观海,井蛙窥天,怎好自曝其短,惹人笑谈。"

纪珣皱了皱眉。

他道:"我不知你师承何人,但以你之医术,能制出'春水生''纤纤',早已胜出太医局学生多矣。何必妄自菲薄。"

"我毕竟出身微贱……"

纪珣打断她的话:"所以,这也是你进医官院后仍不肯与我相认的原因?"

陆瞳一顿。

他看着陆瞳,微微摇头:"你是医者,眼中应只看疾症,不分贵贱,何况自轻?"

室中一片沉默。

见她不说话,纪珣放轻了声音:"你医术天赋过人,又聪慧勤奋,或许你对太医局存在偏见,但我想告诉你的是,太医局所授医经药理,是寻常医行学不到的。"

"你愿意进医官院,有此心抱负,更不应浪费天赋。我知你过去所学医理与寻常医行医理不同,我会为你寻来太医局学生所用书籍,你若无事,尽可能多翻阅,若有不同看法,可以来此处找我。"

他说得认真。

陆瞳蹙眉:"纪医官,我说得很清楚,我学医只是为了糊口往上爬,与你善泽天下的初衷不同。"

"你若只是为了糊口,"纪珣看着她,"就不会进医官院这么久,都不与我相认了。"

陆瞳哑然。

她道:"其实我并非你想的那样。"

纪珣摇头:"过去我误会你攀附富贵,医德不正,是我偏听偏信之过。我向你道歉。"

她若想攀附自己,犯不着用那些流言手段,明明只用这块玉佩和苏南过往就行了。

纪珣有些感慨。

陆瞳一介平民,从西街走到医官院已是不易,然而身处医官院中,仍难免中伤诬陷。伶仃一人,面对流言蜚语也不解释,正如当年在苏南客栈一般,明明身中剧毒还要坚持说无事,世道不公,平民遇到麻烦,总尽可能打掉牙齿和血吞。

陆曈也是一样。

再看她时，他目色就多了点恻然。

这神色被陆曈觉察到了。

握着杯盏的手紧了紧，她低头，抿了一口茶水。

茶是药茶，馥郁苦涩，浓重药香令人皱眉。

许是最近甜浆喝多了，她竟已不太习惯这样苦涩的味道，莫名其妙地，她突然怀念起裴云暎在夏夜大风窗外递给她的那盏白荷花露来。

她喝茶时，挽起的衣袖拂动，露出手肘处隐隐红痕。

纪珣视线一顿。

须臾，他皱眉道："为何你的伤口还未好？神仙玉肌膏对祛疤颇有奇效，无论是刀伤剑伤，抑或是火伤烫伤，用此膏药，伤疤淡去很快，为何你的已过月余，伤口仍然明显？"

言毕，他伸手朝陆曈腕间探去："我看看。"

陆曈往后一缩。

她下意识放下衣袖，掩住隐约红痕。

纪珣疑惑："你……"

她飞快道："我没用。"

"什么？"

陆曈定了定神，道："玉肌膏珍贵，我舍不得用，所以这些日子只是用寻常膏药抹伤，纪医官给的玉肌膏被我存放。"

纪珣盯着她，过了一会儿，不赞同地摇头。

"药是死物，不及活人珍贵。你的伤虽不致命，但若留疤太久，将来未必还能祛除，应及时涂抹。"

他起身，拉开身后书架木屉，从里拿出两罐新的玉肌膏放到陆曈面前。

陆曈："纪医官……"

玉肌膏珍贵，宫中贵人才得一罐，他这出手倒是大方，一送就是两罐。

"这药本就是我做的。"纪珣道，"对我来说也并不珍贵，你尽管拿去用，若用光了，我让竹苓给你送来。"

陆曈盯着他，纪珣目光坚持，僵持半晌，她只能低下头，无奈地应下了。

……

从纪珣的药室里出来，陆曈轻轻松了口气。

白玉物归原主，了却一桩旧事，她本该感到轻松，但不知为何，与纪珣的相认却并不似想象中愉悦。

沉甸甸的。

说来奇怪，同样是多年以后再度相逢，与裴云暎相认的瞬间，她只是短暂地惊讶一下，接受得理所应当。与纪珣说话却时刻都紧绷着，一时也不敢放松，心情更是复杂。

或许是因为裴云暎已见过她最真实恶毒的一面，反而无所顾忌。而纪珣……

陆曈握紧医箱带子。

在纪珣眼中，她只是个贫苦悲惨的孤女，受人欺凌，历经千辛万苦升至医官院。顶着善良老实人的假面去接受对方的同情与施舍，总归令人不太自在。

转过长廊，回到宿院，林丹青正坐在窗前摇扇子。

见她回来，林丹青起身："医正让我给明仙观送点方子。下午院里无事，你同我一起去吧。"又凑近陆曈耳边低声，"正好去桥门买点甜瓜吃。"

陆瞳应了，到桌前放下医箱，又打开木柜门，把两罐新的神仙玉肌膏放进去。

瓷罐小小一个，握在手中沉甸甸的。

陆瞳低头看着，心中叹息一声。

从前裴云暎对她一口一个"债主"，如今她倒是有些明白裴云暎的感受了。

欠人情，果然比被欠人情难受。

被陆瞳念及的裴云暎，此刻并不知她心绪。

小室里，屏风遮掩半壁人影，有人正俯身提笔在桌上绢纸上写字。

字迹泼泼洒洒，似是随心所欲，正是一首《鹑之奔奔》。

鹑之奔奔，鹊之彊彊。人之无良，我以为兄！

鹊之彊彊，鹑之奔奔。人之无良，我以为君！

裴云暎进去时，宁王元朗正写完最后一笔，见他走近，搁下笔，抬头笑着望向他。

裴云暎颔首："殿下。"

先皇共有五位皇子。

先太子元禧，当今梁明帝排行第二，宁王元朗是最小的一个。

元朗并非先皇后所生，生母只是浣花庭一位寻常宫女，在元朗小时候病故，先皇怜他幼年失母，将他一并养在先皇后膝下。

可惜好景不长，先皇后于八年后故去，好在先太子元禧温雅融畅，朝中上下颇得人心，也愿护着他这位幼弟，元朗在朝中也不至为人欺凌。

再后来，先太子元禧于秋狩中遭遇意外，不慎跌落悬崖逝去，元朗为兄长于国寺中供奉长明灯,三年不曾回京。三年里,先皇不堪打击郁郁而终,另外两位皇子也犯事下狱,梁明帝登基。

三年后元朗回京,从前五位皇子,除当今天子,竟只余他一人。

他成了天子唯一手足。

他年幼,又无母族庇佑,从前温吞平凡,仇家都没结下两个。本就无人在意,棋盘重洗后,更如一粒可有可无尘埃被人抛至脑后,言谈都懒得提及几分。

元朗也甘心做个闲散王爷,从不参与朝中之事。

渐渐地,盛京都知道有他这么一位平易近人、亲自去菜市挑选小白菜的老好人王爷。

他也乐得自在。

旁人都说宁王枉为皇室中人,胸无大志,庸碌寻常,平白浪费了一个"元"姓。但只有知道的人才明白,愿意蛰伏之人,所图从来不浅。

裴云暎上前,将手中信函呈上:"殿下,之前抓到的人,供词已有眉目。"

宁王点头,伸手接过信函,却没即刻打开,只搁在桌头,自己在桌前坐下,叹了口气。

"殿下为何事忧心?"

宁王摇头:"今日地方来报,苏南蝗灾肆虐。百姓苦不堪言。"

"太子与三皇子间,储君虽定,皇兄却悬而不决,朝中日日争斗,蝗灾无人问津。遭殃的是百姓。"

"患生于忿怒,祸起于纤微。恐怕这样下去,天下将要大乱。"

沉默一下,裴云暎回道:"善御者不忘其马,善射者不忘其弓。善上者不忘其下。"

宁王笑起来:"你这是在骂皇兄呢,还是在夸本王?"

"都是。"

"你这话,说出去可是会诛九族的。"

"那下官就先行谢过殿下了。"

闻言,宁王哈哈大笑起来。

"从前严大人总说你这人满身反骨,气得他头疼。以他个性,没被你气出好歹,已是心胸开阔。难怪你敢当着众人面拂拒太师府脸面,不给那老狐狸留余地……"

说到太师府,宁王倏尔一顿,盯着年轻人道:"说起来,你护着的那个女医官,上回红曼说,去年曾带她去过一次遇仙楼。"

裴云暎:"……"

"你竟然在遇仙楼护着她。"宁王眼中满是好奇,"上次围猎,本王不曾得见,云暎,你打算何时娶她过门?"

裴云暎头疼:"殿下,我与她只是朋友。"

宁王摆手:"这种话,骗骗严大人那老光棍就得了,本王也是年少轻狂过的。你若不喜欢她,何苦在这时惊动太师府。"

裴云暎一顿。

半晌,他道:"抱歉。"

"我不是责怪你。"宁王感慨,"夫人旧时于我有恩,你是她儿子,本王当然也希望你如别的男子一般娶妻生子,过寻常生活。这也是夫人夙愿。"

"如今你已有心仪姑娘,本王也不希望你错过。"

他说得认真,听得裴云暎微微动容,正欲开口,又听宁王继续开口:"伤情人,有严大人一个就够了。"

裴云暎:"……"

方才感动顷刻咽了回去。

"总之，你若得了空闲，也让本王见见你那位姑娘。严大人、萧副使、红曼都见过了，本王也不能落后。下次再有围猎之类集会，你托人暗暗与本王说一声。"

"本王见过，也就算认识了。"

他说了一会儿，渐渐又开始说到这些乱七八糟的事情上。裴云暎虽知宁王性子一向如此，正经起来十分正经，漫无边际起来也格外荒唐，八卦更甚市井闲贩，实在令人难以招架。

裴云暎敷衍应付几句，便抬手告辞，寻机匆匆离开了。

待出了宁王暗邸，裴云暎才微微松了口气。

如此八卦之行，的确不像元姓之人。

简直离谱。

清河街酒楼罗布，日头落山后，傍晚不似午后炎热，渐渐热闹起来。

鸿兴楼下卖珠翠头面的花廊下，白发苍苍的年迈妇人正沿坊叫卖，新鲜茉莉盛在装着水的木盆里，雪色团团，浓烈香气扑鼻。

木桶下渗出滴水，与汗水一同落在花廊下，卖蹙金珠子的掌柜眉头一皱，大声驱赶。

老妇被迫离开，埋头走了几步，体力不支，暂且扶着石墙慢慢蹲坐下来。

一双靴子停在眼前，妇人抬头。

一位年轻的俊俏郎君站在面前。

郎君一身深红对窠蹙金锦衣，唇红齿白，面如冠玉，满地夕阳下，俯身挑起一串茉莉。

老妇忙揉着膝盖起身，热情招呼："公子买串茉莉花吧，新鲜茉莉，戴在头上可香了！一文一串！"

郎君笑了笑，唇角一点小小梨涡，伸手将木盆里的所有茉莉花串一并提起,从怀中掏出一锭银子递到她手中。

"我都买了,你可以回家了。"

老妇愣了愣。

年轻人却已站起身,抱着一大捧茉莉径自往前走了。

官巷花市门口,人流如织。

夏日各色花种类齐全,买花人流连忘返。

明光观送完方子,林丹青拉着陆曈在官巷附近的食店铺席吃了点东西,又看了会儿杂艺,直到夕阳落山,时候不早,才打算回医官院。

临回前,林丹青拉陆曈去莲香坊买糕点,好在夜里饿了吃。

"百合酥、玫瑰饼、蜜橙糕、夹沙糕、小红头……"林丹青点着菜单上的名字,转身问陆曈,"你想吃什么,不许说都行!"

陆曈:"……茉莉香饼?"

上次裴云暎送到仁心医馆的那篮茉莉香饼十分清甜。

女掌柜闻言笑道:"喔哟,姑娘好会挑,一挑就挑了个我们这里没有的。"

林丹青来了兴趣:"这里没有,那哪里有?"

"清河街食鼎轩呗!"

掌柜的又道:"不过那也是从前有了。茉莉香饼做着难,又不好保存,听说几年前食鼎轩就没做了,方子倒是没藏,我们从前也试过,就是麻烦,又不比别的糕点赚银子,就懒得做了。你们去别的饼店买,也买不到!"

陆曈奇怪:"可我前段时日还尝过……"

掌柜的一愣:"那可能是自己做的吧。"

掌柜的后来说了什么,陆曈也没太听清,林丹青与她捡点心去了。

陆曈站在门廊口,愣了一会儿。

夏日傍晚,将暗未暗,潮湿闷热空气里,忽有清爽芬芳扑过。

她抬眸,门前有穿红裙衫的卖花少女走过,手里抱着串串茉莉,哼唱小曲。

陆曈回身望去。

"闷来时,到园中寻花儿戴……

"猛抬头,见茉莉花在两边排……

"将手儿采一朵花儿来戴……

"花儿采到手,花心还未开……

"早知道你无心他……

"花,我也毕竟不来采……"

曲调悠悠荡荡,俏皮温柔,随着少女脚步渐渐飘远,只余一缕清幽冷香,若盈盈暗流,悄悄盘旋在人心头。

她看得入神,久久不曾转身,直到身后林丹青买好点心来叫她:"走吧,陆妹妹,都买好了。"

陆曈才收回视线,嗯了一声,跟着她离开了。

第二章

鼠药

窗下茉莉开了大半，绿叶中清香扑鼻，把屋中药味冲淡几分。

门外花园里，戚清负手而立。

夕阳坠在塘水中，池水染上一层浅红，粼粼微光一起，似摇曳火光燃烧于水底，残红烂漫。

戚清静静看着。

距离那夜丰乐楼大火已过去十日了。

这十日里，朝中争执不休，元尧步步紧逼，太子的人来了好几次——梁明帝态度微妙，他已沉不住气。

朝中纷扰各自不休，他只称病留在府中，日日守着戚玉台。

身后传来脚步声，老管家穿过院子，走到戚清身后，低声道："老爷，寒食散的事已办妥了。"

"好。"

丰乐楼大火第二日，有人举告戚玉台在楼中服食药散，元尧岂会不抓住这个机会，当着百官之面逼皇上彻查。

贵族子弟，暗中服散的数不胜数，明面上只要藏得住，并不会有人穷追不舍。

偏偏是现在。

戚清令人找了个替罪羊将罪名扛下，此事就算了了。

老管家道："少爷当日出事，第二日就被举告，过于巧合。老爷，此事会不会本就是由三皇子设计?"

戚清摇了摇头。

元尧性情冲动,仗着皇上宠爱刚愎自用,若有心设计,也不会用如此迂回之法。更何况,戚玉台服食药散一事尚可说是有人听闻风声,但戚玉台的旧疾……除了戚家,只有崔岷知晓。

除非崔岷不要命,否则绝无可能将此事透露他人。

"走吧。"戚清转过身,"我去看看他。"

戚玉台的屋子屋门紧闭。

他发病时,惊怒啼走,大声打骂四周人,短短几日,伺候他的下人换了几批。

管家推开门,门前跪着一个婢女,额上尚在流血,满地瓷器摔得粉碎,另有两个小厮守在榻边,紧张地注视着榻上人。

老管家对婢女使了个眼色,婢女按着额上伤口退了出去。两个小厮忙让开,戚清缓步上前,拨开挂着的幔帐。

紫檀荷花纹床上,戚玉台缩在角落,薄毯胡乱裹在身上,痴痴望着头顶挂着的四角香囊。

戚清眸色一黯。

淑惠当年发病时也是如此,旁人的话全然听不进,或是低头窃窃私语。

角落中的戚玉台眼珠子动了动,视线慢慢移到进屋的二人身上。

"父亲。"他突然叫道。

戚清默了默,握住他的手:"玉台。"

枯瘦苍老的手与年轻苍白的手握在一起,越发显出一种苍凉死寂。

戚玉台小声道:"爹,有人要害我。"

这几日,戚玉台偶尔也会念叨这句话。

戚清握着他的手，如父亲看着尚且年幼的孩童，温声问道："玉台，告诉爹，谁要害你？"

慈爱的语气令戚玉台胆子变大了些，他恍惚一瞬："我看见了画眉……"

"哪里有画眉？"

"在丰乐楼里，在墙上，一大幅画，画着画眉，好多好多画眉——"

老管家讶然抬头。

戚玉台自被送回府后，日日神志不清，总说自己看见画眉。或许是丰乐楼那场大火让戚玉台惊悸之下想起当初莽明乡那把大火，从而勾起画眉旧事。

但今日是第一次，他提到丰乐楼中的"画"。

丰乐楼大火后，戚家也曾怀疑火事并非偶然，遣人深入楼中查探。然而戚玉台所在顶阁正是一开始起火之地，潜火铺的人扑灭楼下大火，楼上却回天乏术，被大火烧了个干干净净，没能留下半点痕迹。

什么都找不到。

但是……

丰乐楼中布局，客房正对墙壁，确挂过绢画不假。

戚清倾身，语气越发和缓："玉台告诉爹，那幅画是什么模样？"

"是……茶园里好多好多鸟……"戚玉台盯着虚空，喃喃道，"还有那个老头，他和画眉一起看着我……眼睛在流血……爹！"

他一下子惊恐起来，抓住毯子将头埋在毯子里发狂："有鬼，有鬼，杨家人的鬼魂来了！滚开——"

他开始惊声哭骂，两个小厮忙上前拖住他。

戚清低头，看向自己腕间被戚玉台骤然抓出的血印，沉沉叹息一声。

"少爷……似乎不见好转……"管家惴惴开口。

已经过了这么久，戚玉台仍是说些恍惚失常之语，没有半丝起色。

戚清摇头。

屋中香炉里，灵犀香静静燃烧，门外有轻轻敲门声，紧接着，屋门被推开，崔岷捧着药碗走了进来。

见戚清在，崔岷躬身："大人。"

戚清摆了摆手。

崔岷便上前，将药碗放到戚玉台暂且够不到的高几上，从药瓶中倒出一枚红丸喂戚玉台服下。

戚玉台渐渐安静下来。

安神丸只能让他凝神平息一小会儿，因昏昧而短暂恢复平静。崔岷让小厮拿来药碗，趁戚玉台平静时一勺勺喂与他服下。

一碗药喝完，戚玉台已昏昏欲睡。小厮替他擦净药汁，扶他躺下盖好被子，又将幔帐放下，屋子里总算消停下来。

戚清看着收拾医箱的崔岷，半晌，开口道："崔院使，玉台的病情，不见好转。"

崔岷动作一顿。

他转身，对着戚清恭恭敬敬做了一揖："下官医术不精，施诊多日无用，愧对大人信任，十分汗颜。"

戚清淡淡道："院使何故自谦，当年一册《崔氏药理》，盛京医者无不称颂，你若称医术不精，梁朝就无人敢说自己知见医理了。"

他道："院使先前也为我儿行诊，为何这一次与上次不同？"

崔岷手心微湿，答道："回大人，公子这病因惊悸而起，是因突遇火势，九死一生，心胆被惊所以魂不守舍。上次公子虽惊悸失调，但惊悸之物似并不致命，此次许是情况凶险，是以严重一些。"

他并不提"疯"字，仿佛只是寻常疑难杂症。

戚清沉默了一会儿,问:"崔院使,我就这么一个儿子。"

"玉台自小羸弱,性情温吞,虽偶尔淘气,但也算乖巧。"

"我过不惑方得这个儿子,玉台母亲当初临走时,尤其放心玉台不下。若玉台出事,将来九泉之下,我也无颜面对妻子。"

"故而,老夫只想问你一句,"戚清看向崔岷,"玉台的病,究竟治得治不得?"

屋中安静,幔帐后低低痴言格外明显。

老者一双灰败的眼平静地望着他,似乎生了一层浅浅的翳,再一看,那灰翳似乎又成幻觉。

崔岷感到笼在袖中的手渐渐沁出一层细汗,那层细汗仿佛也会生长,从手心爬至脊背,又从他额间一滴滴砸落下来,无声无息没入他衣领中。

他垂下眼,视线所及处,羊毛织毯花纹鲜丽,晶石点缀的花瓣处有暗暗褐红——戚玉台有时发病常抄起屋中所有能砸之物四处乱扔,不久前,这里才砸死了一位年轻婢女。

滞闷的空气沉沉压在他头顶,崔岷盯着那块红斑,许久,吐出两个字:"治得。"

戚清欣慰:"好。院使仁心仁术,医官院中,老夫只信任你一人。当初娘娘有意擢升纪珣为副院使,是老夫劝阻,纪医官终究年轻了一些,不比崔院使年长稳重。"

他慢腾腾起身,亲切拍拍崔岷肩膀,道了一句:"院使,莫要辜负老夫一片信任之心。"由管家搀扶着离开了。

崔岷站在原地,直到门外再没了戚清二人影子才抬起头。

方才微躬的脊梁这时觉出僵痛,他抹了把前额。

身上冷汗涔涔。

最后一丝晚霞沉没，月亮升起来。

崔岷回到医官院时，夜已经很深了。

医官院中陷入沉寂，他进了书房，把门关上。

屋中书架、桌上高高堆着医籍。自他当上院使，四处搜集各类医籍孤本，手下人也知他这项喜好，常常花重金买来送与他。旁人都说是因他出身寒微，因此得进翰林医官院后，便要将过去不曾习得的医经药理统统补上。

但他并非如此。他只是想证明自己而已。

崔岷在桌前坐了下来。

新编医籍写到一半，方子怎么改都不满意。事实上，《崔氏药理》问世后的第五年，他就已感到焦虑。

平民医工在医官院中举步维艰，年年太医局都有新进医官使，那些年轻学生不乏背景雄厚者，更可怕的是，家世背景优渥者也并非全都是庸碌之辈。

譬如林丹青，譬如……纪珣。

想到纪珣，崔岷眸色暗了暗。

这位年轻医官刚进医官院便展露惊人天赋，但不通人情世故，有任何医道上不同见解不顾场合直言不讳，好几次指出他方子中的错漏，让崔岷难以下台。

偏偏纪珣家世不差，纵是他想惩处发落，也寻不到时机。

他无法发落纪珣，只能看着对方在宫中如鱼得水，心中越发焦虑，只好决定再写一本医籍。

一册是偶然，两册，至少他院使之位暂且无人动摇。

崔岷是这般想的，然而越是心急，药方越是出不来。他如一个江郎才尽的老秀才,于是四处搜罗孤僻医本,弥补自己枯乏的才智,试图证明自己并不平庸。

书上写:吾姿之昏,不逮人也,吾才之庸,不逮人也;旦旦而学之,久而不怠,迄乎成,而亦不知昏与庸也。

这世上怎会人人都是天才,只要他勤勉努力,与那些天才也分不出区别。

崔岷是这么想的,然而数载过去,他悲哀地发现一件事实——

天才与庸才,一开始就是不同的。

就在崔岷自己也渐渐认命之时,太师府上公子戚玉台出事了。

戚玉台不知冲撞何物受惊,妄言妄语,戚太师请他出诊,崔岷知道自己的机会来了,用心医治数日,戚玉台果然痊愈。

戚清对他很是感谢。

这感谢表现在,当宫中有人提醒纪珣如今可以担任医官院副院使时,戚太师出声阻拦了。

崔岷心领神会,这是太师府对自己的回报。

之后几年,他院使之位再无人觊觎。

崔岷明白,这是太师府的功劳。然后午夜梦回,偶尔却仍觉难安,宛如空心之人被迫走上高位,知晓内里无处可撑,总是胆战心惊。

直到今日,担惊方成现实。

戚玉台再一次发病。

这次发病比上次更为严重,数日下来不见半点起色,崔岷自己也焦心。癫疾本就难治,戚玉台是因自小到大用着灵犀香梳理情志,保持清醒,然而一旦频繁发病,药石难医。

很是棘手。

崔岷想起傍晚时在戚玉台屋中戚清说的话。

他问他:"玉台的病,究竟治不治得?"

那不是在问他治不治得,是在问他还想不想活。

崔岷嘴唇苍白。他心中清楚,戚清找他去医治戚玉台,绝不是认为他的医术大过纪珣,不过是在戚清眼中,他比纪珣更易摆布。

纪珣身为世家子弟,有家世作支撑,会认真医治戚玉台,却不会如自己一般在戚玉台医案上作假。

也不会帮着隐瞒戚玉台癫疾的事实。

那个太师府最想掩埋的事实。

他如今还活着,不过是因为太师府需要他,倘若戚玉台真就一病不起,再也无法恢复神智,他也活不了。

贵族病者出事,平民医工陪葬,一贯如是,哪怕院使也没什么不同。

崔岷抓了抓头发,一向平淡的脸上满是焦躁。

要是有新方子就好了,若有能治迷惘狂态的新方子就好了。

可惜他自己写不出来,此病又难治,这些年医官院的新进医官使并无能做出新方者,就连纪珣也并未在此道有解。

通过春试的新人也不行……

春试……

忽然间,崔岷神色一动。

他霍地起身,不知想到什么,提着灯笼转身出了门,疾步穿梭在小树林,直到医案库门前,打开门锁走了进去。

医案库中无人,细小灰尘伴随陈旧墨香萦绕鼻尖。崔岷绕过廊架,几步走到一处木柜前,用钥匙打开柜锁。

木柜里整整齐齐叠放一堆堆卷册。

这是历年太医局春试,学生们的九科卷面。

崔岷把灯笼放到地上,俯身翻找起来。

他找得很快，一封封考卷飞快翻过去，夜色里只有窸窸窣窣的响声，不多时，响声兀然一停。

崔岷从那叠厚厚卷册中抽出一封，颤抖着手拿到灯笼下。

灯色微弱，他眯起眼睛，就着火光一字一字挨着看过去，而后，神色渐渐激动起来。

"找到了……"

男子无声嗫嚅着嘴唇，眼中是罕见的欣喜。

考卷上字迹潦草，被撕掉封条的名字一行被朦胧灯火照过，摇晃的模糊渐渐清晰——

陆曈。

"什么声音？"

宿院里，陆曈看向木窗方向。

"老鼠吧。"林丹青坐在窗前看书，闻言伸手把窗户掩上，"这两日天热，医官院里老鼠多得是，前两日打扫，墙洞里拖出好大一捧花生。"

"见不得人的东西，"林丹青骂了一句，"尽干些小偷小摸的事。"

陆曈淡淡一笑。

"说起来，刚才看院使屋子的灯还亮着。"林丹青往外看了一眼，"都这么晚了还回医官院，院使还真够努力的。"

丰乐楼大火后，崔岷常常不在医官院中，院中事务忙不过来，连常进也被从医案库调出来，暂且恢复职位。

"听说咸玉台病还未好，病情那么严重，想来崔院使将来一段日子还是很忙。"

窗外夜静风幽，悄无声息，唯有树林疏荡黑影，把头顶月色掩埋。

陆瞳翻过一页书,漫不经心点了点头。

"的确,"她说,"他应该很忙。"

炎炎暑日,如坐蒸炊。医官院自近伏天后,日日煮凉茶分发。

一大早,制药房屋门推开,崔岷从里头走了出来。

候在门口的下人帮忙提过医箱,小心翼翼开口:"院使熬了一整夜,先回屋歇息吧。"

崔岷摇了摇头。

炎暑难耐,制药房的药炉一直燃着,一夜过去,他身上轻薄长衫已被汗水湿透,眼底熬出红丝,神色格外疲倦。

不过短短数日,向来清风出尘的医官院院使两鬓白发都熬出许多,一眼望去,宛如老了几岁。再不见先前风姿高朗。

他整整袖子,只觉浑身上下被汗水黏腻出奇,道:"先备水沐浴。"

"是。"

下人很快备好热水,崔岷回到屋中,脱去外裳,躺进木桶中,温热水汽冲淡身体酸痛,却洗不去骨髓里的疲惫。

心腹在帘外试探询问:"大人数日辛劳,可有解疾之方?"

崔岷不语。

自打坐上院使之位以来,除了给宫中贵人行诊,大部分时日,崔岷都很少踏足制药房。

以他之地位,若非对自己要求严格,其实也不必再亲自钻研什么新方了。

然而此次戚玉台出事,太师施压,崔岷已连续多日熬在制药房中。

人上了年纪后,不比年轻时体力充沛,心力交瘁全表现在脸上。

他闭上眼。

帘外静静的，沉默反而加剧了某种烦躁。

直到浴桶的水由温热变得微凉，崔岷才睁开眼。

他拿过搭在一边的外袍，一刹间下定某个决心，吩咐帘外人。

"把陆曈给我叫进来。"

陆曈被叫时，正在书库里整理医籍。

潮湿闷热季节，医籍更易受潮，须人时时打理。

她把手头事情交给别的医官，随带路人去了崔岷的静室，一进门，顿觉一股馥郁幽香。

她寻息望去，长案前铜铸香炉里有袅袅青烟于案前升起，香气有一丝熟悉。

灵犀香。

崔岷就坐在长案之后，似乎刚梳洗过，换了件崭新清爽的青色长袍，只是眼底泛出淡淡青黑，遮不住眉间倦色。

陆曈敛衽行礼："院使。"

崔岷抬起头，不动声色打量眼前人。女子穿着医官院使的蓝色长袍，素着一张脸，通身上下并无首饰，神色安静而谦恭。

然而他却仿佛能透过对方恭顺外表，窥见其一身又臭又硬的反骨，就如在黄茅岗猎场上杀死戚玉台猎犬时那般不驯。

想到黄茅岗，崔岷眸色深了深。

人人都以为陆曈杀死戚家猎犬，下场必定凄惨，然而奇迹般地，她竟在那场风波里安然无恙。

纪大学士府上公子纪珣与殿前司指挥裴云暎先后站出为她说话，尤其是裴云暎，不知与太后说了什么，竟生生让戚家吃了个暗亏。

本以为戚家吃亏只是暂时，将来有的是机会，拿捏平民易如反掌，谁知人算不如天算，偏偏出了丰乐楼大火，如今戚家倒是无暇顾及一介小小医女，让她幸运躲过。

崔崏盯着陆曈。

年轻美貌的平民医官，仅凭一点医术能爬至如今地位，单说幸运是不可能的。如今裴云暎与陆曈的风月传闻满天飞，但这流言又维持在一个恰到好处的位置，暧昧不清，却又大大方方，到最后，竟成了一道护身符，让陆曈在这医官院中，纵有对她不满之人，也终究投鼠忌器。

崔崏手指动了动。

昭宁公世子，对一个平民医女倒是上心得令人意外。

如今陆曈背后靠山是裴云暎，这个关头本不该招惹，然而如今境况危急，也难以顾及太多。

沉默片刻，他低首，从桌屉里抽出一张纸卷。

"陆医官，"他把卷纸徐徐铺开于桌面，"这是你春试时大方脉一科考卷。"

陆曈目光掠过桌上卷纸："是，院使。"

"当初太医局春试，除验状科外，你其余九科考卷，形制皆与太医局历年不同，尤其是辨症药方，追究起来，用药霸道，实属出格。"

"下官惭愧。"

"但我还是点了你入红榜第一，你可知为何？"

"下官不知。"

崔崏看着她："平民医工学医不易，你虽用药出格，但确有天赋，市井坐馆时已能研制新方。我与你同为平民出身，惜你才华，不忍见明珠蒙尘。是以虽医官院众人反对，仍让你做红榜第一，望你将来仁心施术，以振平民声望。"

陆曈："大人抬爱，下官惶恐。"

崔岷顿了一顿，指尖搭在桌上纸卷边缘，半晌才道："九科卷面我都已看过，你似乎对研制新方颇有见解，十科卷下最后一问皆有新方阐述。这很难得。"

太医局九科卷面的最后一问，是年长医官们特意出的难题，寻常医士大多不会作答。唯有那些于医道上格外精通、才华横溢的天才才会写出答案。

譬如二十年前的那位平民医工苗良方。

崔岷看着陆瞳，话锋一转："我曾试过你的这些医方，各有见解，实属奇效。但有一方，我也不甚了解，所以找你亲自解惑——"

他把考卷往陆瞳面前一推。

那是大方脉的考卷。

最后一问，赫然写着病人疾症，乃视误妄见，知觉错乱之症。

陆瞳一顿。

崔岷仔细盯着她眼睛，不放过她每一丝神情变化。

太医局春试题，大方脉科最后一问是他写的。

多年前，他被太师请至府中为戚玉台行诊，虽最后戚玉台恢复神智，但崔岷总觉不安。

癫疾治标不治本，若将来戚玉台再度复发，不知先前行诊之法可还有效。

于是他留了个心眼，每年太医局春试的大方脉科后，以戚玉台之疾症为本稍改分寸，试图在考生答案中寻得灵感。

令人失望的是，天才难得，春试中能答上最后一问的寥寥无几，纵然答上，其方子细看也不能深究，错漏百出。

他原本已忘记这回事，前几日从戚家行诊归来，穷途末路之时却突然记起，今年太医局春试中有一人是写完了十副方子，甚至连验状科都新写了一方验看之法。

他差人去做了几副，效用虽算不得立竿见影，但并非全无用处。正因如此，他才看出陆曈或有几分真本领，不惜得罪董家也要留下这个平民医工。

大方脉下的那方子，他没来得及细看，毕竟戚玉台上回发病也是多年以前的事了。

思及此，崔岷便连夜去医案库，找到了陆曈的考卷。最后一问的答案果然是治病新方。

犹如暗室逢灯，他拿着那副新方，犹如看到全部希望，仔细确认过新方无害，又在旁人身上试验几日，最终少量用在戚玉台身上。

果有效用。

虽不至立刻恢复神志，但戚玉台明显不如前段日子癫躁，不再出现幻觉错乱，只是仍然惊悸难安，昏昏蒙蒙，不辨周遭人。

这方子有用，但并不完美，似乎还缺了点什么才能彻底治好戚玉台眼下的癫疾。

崔岷也曾试着自己改进方子，可惜在制药房中苦熬数日，仍不得要领。

无奈之下，崔岷只能寻到陆曈头上。

"陆医官，"他指着药方，"麦门冬、远志、丹参、知母……此方安魂魄，止惊悸，但若病人除此之外，悯然如狂痴，烦邪惊怕，言无准凭，此药方似乎药效浅薄，或许使妄言妄见之症减轻，但神不守舍、心胆被惊之状犹在，如何改进？"

陆曈犹豫一下，疑惑开口："院使，这是在吏目考核？"

新进医官使年终将会吏目考核，将来层层选拔，或可升为入内御医，为皇室行诊。

崔岷微微一笑："只是与你探讨医理。"

他道："医道无老少,你与我此刻并非上下级,同为医者而已。我想听听你的见解。"

陆曈垂首。

想了一会儿,她开口："回院使,春试考场答题时间短暂,此方乃匆匆写下,的确多有不妥。其实出考场后,下官细细思索一番,的确写得浅薄了些。"

话至此处,欲言又止。

崔岷鼓励地望着她："但说无妨。"

"狂惑疯癫之症,病由并非一种。或少有心疾,生来有恙；或风邪入血,惊悸入侵；又或情志变化,刺激过度。不知院使说的是哪一种？"

崔岷思量一下："若是情志变化,刺激过度呢？"

"属于外因,可治。"

"如何治？"

陆曈想了想,斟酌了一下语句："惊悸狂惑,有火有痰。下官斗胆妄语,若在先前考卷所写药方中加入白及、胡麻、淡竹沥、黄柏、柏实、血竭……"她一连说了许多,"再辅以金针刺入,病人心胆被惊之症,或许将会减轻许多。"

言毕,室内一片寂静。

窗外炎热,伏日大暑流金。

女子站在桌前,衣裙整洁。

崔岷静静望着她,拢在袖中指节渐渐发白。

他寻陆曈来,本只是为了询问陆曈药方不妥之处,她若能说出一些有助于他的想法便已是意外之喜。但他没料到,这样短的时间里,对方竟能脱口而出新的药方。

这本是一件好事,至少可解眼下他被太师府施压的燃眉之急,然而此刻心中却无一丝喜悦。

仿佛在这一刻清晰意识到,自己与他人天堑般区别。

又一个天才。

眼前女子不过十七岁,而他年长她数十载有余。若说纪珣少年天才,皆因他出身优越,自小习随医儒,阅遍医籍,有家世支撑,可眼前人凭什么?

她明明与他一样,只是个平民医工。

不甘,愤怒,妒忌。

指尖深嵌掌心,崔岷面上却浮起一丝欣慰笑意。

"原来如此。陆医官,果然见解独到。"

"大人,"陆曈迟疑一下,"下官此方并未经过验证,只是根据疾症胡乱猜测写下。若要行此药方,须得验看药效方可。"

崔岷点头:"我知道。但你所言,已与我启发不小。"

"大人盛赞,下官实不敢当。"

崔岷淡淡一笑,把桌上考卷收起,这才看向她温声询问:"先前事务冗杂,没来得及问陆医官,伤好得如何?"

"已大致痊愈,多谢院使挂怀。"

崔岷微微眯起眼睛。

自打黄茅岗一行后,陆曈再回医官院似乎安分不少,主动辞去金显荣那头的差事,日日在书库中整理医籍,翻看医书。

到底是平民出身,虽有纪珣之医术,却无纪家之家底,仍要战战兢兢,小心行事。

这就是平民的命。

他心中泛起轻蔑,那轻蔑也像是自嘲,看着她目色怜悯。

"委屈你了，陆医官。"

陆瞳离开静室，穿过长廊回宿院。

小院绿竹红桃芬芳掩映，纵然伏日，炎风也格外清爽。

待回到屋，一推门，就见林丹青站在桌子上，手拿一根晾衣竹竿四处乱戳，屋内一片狼藉。

脚步一顿，陆瞳问："你这是做什么？"

林丹青扭头看向她："陆妹妹，你来得正好，这屋里闹鼠灾了！"

"鼠灾？"

"是啊，我一早起来，见床下溜过去这么大一只灰老鼠，"她比画一下，"又在墙下发现个鼠洞。"

"前几日我还同你说，院里有老鼠，今日就到咱们屋！零零碎碎在床下扫了好多瓜子壳儿，脏死了！我今日非逮着那臭老鼠不可！"

陆瞳走进屋，弯腰把地上翻倒的凳子扶好，道："何必大动干戈，做点老鼠药吧。"

林丹青一愣："什么？"

"阴沟里老鼠难抓，何必弄脏你的手。不如做味老鼠药掺进饵料。不怕他偷，就怕他不偷。"

林丹青呆了片刻，一拍巴掌："你说得对！"

"人都说老鼠贼精贼精的，要真抓还不好抓，不如撒点耗子药管事。"她跳下桌子，把竹竿往墙角一靠，"我这就去做药，今天必须毒死这小混账。"

宿院屋中没有冰块，不比崔岷的静室凉爽。陆瞳在窗前坐下，伸手扶住前额，似是有些疲倦。

林丹青看她一眼："屋里真热，你先歇会儿，喝点水。"

陆瞳嗯了一声。

林丹青飞一般地出门去了,屋中恢复寂静。

陆瞳的脸仍埋在掌心。

过了一会儿,有低低笑声从指缝溢出。

像是遇到了极为有趣之事,她笑得肩膀发抖。

许久,她才抬头,眸中还带着残存笑意,目光亮得骇人。

原来,精明的老鼠犯起蠢来,也同样可笑。

她原来还犯愁如何接近这只偷窃的老鼠,没想到他会自己送上门来。

这真是……

太好了。

傍晚渐渐起了风。

院中丛丛蔷薇大朵大朵盛开,花匠正修剪枝丛。

裴云姝抱着宝珠坐在院中纳凉。

裴云暎过来时,正听见芳姿对花匠叮嘱:"泥下理清爽些,前些日子府里都有老鼠了。"

他一笑:"怎么有老鼠?"

裴云姝瞧见他来,也是高兴,只道:"天热嘛,前几日是有,不过琼影寻了只花猫来养着,这几日已好多了。"

裴云暎点头,抱过宝珠。宝珠如今已认得人,见他来了,咯咯笑着张开手,搂住他脖子。

"用过饭没有?"裴云姝让琼影拿点心给他,一面打着扇,"轮值回来又没好好吃饭吧,我瞧着你是瘦了些。"

"这话传到皇城,旁人还以为你在谴责殿前司克扣饭食。"

裴云姝瞪他一眼,看芳姿端了一碗木樨汤,一碟贵妃红放到裴云暎跟前，复又笑起来：“不过你这回寻的这个点心师傅还不错。"

前些日子，裴云暎从外头请了位点心师傅回来。

这位师傅原先是在清河街食鼎轩做糕点的，裴云姝其实不爱吃甜糕，但裴云暎说日后宝珠长大，小姑娘家总爱吃甜食，遂留了下来。

裴云姝虽然自己不贪甜，却也不得不承认这位师傅的手艺的确很高。

她道："你平日在皇城走动，得空给陆大夫也送一篮糕点过去，上回她来，我见她挺爱吃。"

裴云暎笑了笑，没说答应也没说不答应。

他这副模样看着就让人来气，裴云姝拍他一下："别以为我不知道，先前黄茅岗的事，流言都传到我跟前来了。你和我说说，你和陆大夫究竟是什么关系？"

裴云暎只顾拿手中丝绦逗宝珠，笑道："朋友。"

"少语焉不详。"裴云姝瞪他，"你什么性子我不知道，哪有这样的朋友。"

他叹息，语气无奈："清清白白的关系，被你说得有些见不得人了。"

"混账！"裴云姝佯作打他，被他抱着宝珠一旋身躲开了。

"我懒得与你说，"裴云姝指着他，"下月初七我生辰，不管你用什么办法，把陆大夫给我请来。"

"姐姐，"裴云暎眉头一皱，"初七可是七夕。"

"我当然知道是七夕！"裴云姝端起木樨汤饮了一口，恨铁不成钢，"你懂什么。"

七夕之日，情人相聚。

自家弟弟死鸭子嘴硬不肯承认，可皇城之中多得是血气方刚的年轻人，竞争实在不小。虽然裴云暎长得不错，可烈女毕竟怕缠郎。

更何况，陆曈还有个未婚夫，虽然不知是真是假。

她不过是想帮弟弟努力争取一把。

真是急死"太监"！

"笨哪。"

她摇头，望着把宝珠托在花架上逗笑的年轻人，重重叹了口气。

连着出了几日烈阳，总算下了场雨。下过雨的第二日，天气凉爽了许多。

院使崔岷近来很忙，其他医官们的差事加重，个个忙得脚不沾地，唯有陆曈不同。

没了司礼府的差事，不奉值时，陆曈比先前清闲。

小树林制药房的屋子里，门窗大打开，陆曈坐在桌前，对照面前摊开纸卷，往竹编药篓里一点点捡着药材。

"黄连、甘草、天南星、朱砂、柴胡……"

窗前有人影经过，在制药房门前停下步子，须臾，道了一声："陆医官。"

陆曈回头，见纪珣站在门口。

"纪医官？"

今日他身后没有跟着那位叫竹苓的药童，进了屋，弯腰将几册书籍放到陆曈桌前。

陆曈不解："这是……"

"太医局中，我整理了一些有用的时方金鉴。正好你近来不用奉值，闲暇时可多看看。"

陆曈一怔。

上次在纪珣的药室里，纪珣曾说过会替她寻来太医局医籍药理，她原以为只是随口一提,未料到他真的送来了。

陆曈道:"多谢纪医官。"

纪珣摇了摇头,目光落在桌上药篓上。

"你在做新药?"

"只是尝试改进方子。"

纪珣翻了下药篓:"茯苓、茯神、没药、血竭、厚朴……"他微微凝眸,"这是治心悸失志的方子?"

陆曈点了点头。

"癫病以情志内伤为主,你这方子,多是疏肝散郁、清火滋阴之物,恐收效不佳。"

陆曈点头:"不错。"

想了想,她开口:"依纪医官所见,再加一味山蛊虫如何?"

"山蛊?"

纪珣认真思索一番,许久才摇头:"不妥。"

"山蛊大毒,过去只烧成灰撒在蚕上治蚕病白僵。以你之方,加一味山蛊,短时间里,或可舒缓情志,平息癫疾,但长此积累,体内余毒淤积,麻痹神志,表面是好了,实则病越重,将来疾症反复难治。"

陆曈闻言,目色一动:"这样啊……"

纪珣看着她,不甚赞同地开口:"陆医官,我知你于制方一事上颇有想法,但医者治病救人,不可逞一时之快,落于原点,无非一个'治'字。"

"先前你为金侍郎行诊,我虽错怪于你,但对你贸用红芳絮一事仍不赞同。金侍郎的疾症,用上红芳絮,终究弊大于利。"

陆曈望向他。

青年一身白衫,神情认真,用心教诲的模样,倒真如太医局中教导学生的年轻医官,耐心又严厉。

顿了顿,她才开口:"物莫无所不用。天雄乌橡,药之凶毒也,良医以活人。纪医官不必对大毒之物视作洪水猛兽。"

"再者,一位好医者,应当急病人所急,忧人之所忧。我之所以对金侍郎用红芳絮,也是因为对金侍郎来说,肾疾才是唯一心疾。"

"病万变,药亦万变。"

语气平静,绵里藏针。

纪珣微微皱眉。

上回因红芳絮误会之时,他就已发现了,陆曈看似温驯,实则很有主见,尤其于医道一事上格外固执。平民医工学习医理全靠师父口口相传,她的春试考卷新方用药霸道,或许是深受带她那位师父影响。

多年行医习惯一时难以改变也是自然。

不过……陆曈这模样,分明已经是抗拒改变了。

她很坚持自己的主张。

纪珣正欲开口,再与她辩驳,甫一低头,视线撞上腰间白玉,不由一顿。

他再看陆曈。

陆曈低头抓弄草药,动作娴熟,炎炎夏日,她不在宿院纳凉,反而一大早来制药房钻研新方,若非热忱医道,实在难以做到。

他到嘴的话便咽了下去。

罢了,当初苏南初见时,他便知晓陆曈家境窘迫,生了病也不肯看大夫。她并非太医局学生,也无医官教导,全凭市井之中经验医方走到如今这步已是不易。至于那些过于激烈的想法和医方……还是日后慢慢纠正吧。

他这样想着,轻轻摇了摇头,目光又落在桌上那只银色药罐之上。

药罐精巧，罐身刻着精致宝相花纹，一只小巧的银色药锤落在里面。寻常大夫用药罐，木罐最多，银罐极少，陆瞳这只银药罐很特别。

他伸手拿过那只银色罐子："陆医官怎么会用银药罐？"

陆瞳回头，脸色一变，一把夺过他手中药罐："别动！"

她动作太快，纪珣猝不及防，愣了一会儿才回过神，讶然望着她。

"我……"陆瞳定了定神，不自然地解释道，"我不喜欢别人动我的东西。"

纪珣顿了顿，点了点头，没说什么。

二人一时都没说话，气氛莫名有些尴尬起来。

正在这时，外头突然传来一声"陆医官"。

陆瞳侧首，就见窗前忽地飞来一个鲜亮的绿色影子，少年的脸从门后露了出来，笑着冲她打招呼："许久不见了！"

竟是段小宴。

段小宴身后还跟着一人。裴云暎一身银白云锦暗花锦袍，腰束革袋，这样清爽的颜色衬得他少了几分凌厉，俊俏又温雅，若忽略唇角那点笑意，和纪珣瞧上去简直如一对亲兄弟。

他见纪珣在此，微微一怔。

纪珣对他二人颔首。

段小宴也瞧见纪珣，愣了一下："陆医官这是有客人？"

纪珣眉峰微蹙。

这话说得倒像是他二人才是医官院的熟人，纪珣是个偶来登门的过客。

陆瞳却微微松了口气，方才尴尬的气氛总算被打破了。

她站起身，望向这突然而至的两人："段小公子，裴殿帅，可是有事？"

裴云暎还未说话，段小宴先兴高采烈开口："有事有事！陆医官，我这几日恐怕又积食了，听说大人要来问你宝珠小姐的方子，正好一同前往。上回陆医官给的下食丹我用着很好，再来讨两瓶——"

他是早晨在殿帅府门口遇着裴云暎的，听说裴云暎要来医官院，想着今日不轮值，便一同来了。

陆曈闻言点头："段小公子常积食，只用下食丹恐怕不妥。我还是替你诊脉，替你重新配一副调养脾胃的方子慢慢补养。"

"好呀！"

二人一问一答间，另两人都没说话。制药房本就狭窄，一下多了两人，莫名显出几分拥挤。

裴云暎进屋时笑容淡去，倚着窗，视线漫不经心掠过纪珣。

纪珣起身："陆医官有病人要看，我不便在此多留。送来的金鉴时方记得看完，过几日我再来问你。"言罢对着屋中几人点头，就要离开。

裴云暎站着没动，纪珣从他身侧走过，忽然间，一声大吼从身后传来——

"等等！"

众人还没来得及反应，就见段小宴三两步走到纪珣身前，一把握住他腰间丝绦系着的美玉，激动开口："这不是陆医官的玉吗？怎么会在你身上！"

纪珣一愣。

陆曈也呆了一下。

裴云暎慢慢皱起眉，目光定定落在纪珣腰间的玉珏之上。

纪珣今日穿了件雪白长衫，他原本就喜欢这样干净颜色，腰间白玉与衣裳几乎融为一体，不仔细看根本难以察觉。

段小宴却紧紧握着那只玉珏，眼睛几乎要贴在上面。

"对，这就是陆医官那块玉没错！"

这块白色的玉段小宴记忆很深，黄茅岗上被栀子弄坏了后，裴云暎请了鲁师傅来修补，花了好大一笔银子。这么大一笔银子，虽不是他的，却也令他心痛了好久。

正因如此，将此玉送还给陆曈时，段小宴还仔细检查了一番这块玉身上的裂痕修补痕迹。

这块原本一般值钱、在修补之后变成真值钱的玉珏，就算化成灰他也能认出来。那线条造作的高士抚琴图，不算完美的形状，以及画蛇添足的一根琴弦……

确是他还给陆曈的那枚白玉没错！

他动作太大，差点把系玉珏的穗子扯断，纪珣微皱眉头，将白玉从他手中扯了回来。

"段小公子，"纪珣道，"这本就是我的玉。"

"本就？"

此话一出，不仅段小宴，裴云暎的目光也朝纪珣投来。

"但这明明是陆医官的玉佩……"

纪珣看向陆曈，恰好与陆曈的视线撞在一处，握着玉珏的手不由紧了紧。

他很喜欢这块白玉，失而复得后便佩戴身上，并未思虑太多，却忘了还有这一层。男子贴身之物落在别人手中，陆曈身为女子，难免被人非议。

思及此，他便沉声开口："不知段小公子何出此言？这块玉本就是我的，自小不曾离身，或许是看错了。"言罢，暗暗对陆曈使了个眼色。

这点眼神交错落在另一人眼中，裴云暎目光微动。

"不是一块吗？"段小宴茫然挠头，"但我看着就是一块……"

纪珣将玉珏重新系好，不欲与这几人多做纠缠，只微微一颔首，推门离去了。

屋中重新恢复安静。

不知为何，刚才纪珣在的时候，屋中气氛莫名尴尬。如今纪珣走了，尴尬的气氛非但不减，反而更多。

陆曈道："段小公子坐下吧，我先替你诊脉。"

"哦。"段小宴茫茫然坐下，伸出一只手臂。

裴云暎站在屋中，他今日异于往日沉默，只靠窗站着，暗处里神色看不太清楚。

陆曈指尖才搭上段小宴的手腕，就听这人冷不丁开口。

"他身上的玉，就是你的那块玉吧。"

沉默一刻，她道："是。"

这玉连段小宴都认出来了，以裴云暎之敏锐，想骗也骗不过去，不如坦率承认。

"啊？"段小宴惊讶开口，"那为什么那玉在他身上，你把玉送他了？"

此话一出，裴云暎面色微冷。

陆曈动作一停，抬头就见裴云暎静静看着她。

他今日话少得出奇，也不知在想什么，一双漆黑眼睛幽幽的。

陆曈心中叹息。

纪珣那块玉听说被摔碎了，但段小宴送来的白璧无瑕，几乎瞧不出一点裂隙。

如此工艺，应当花了不少银子。如果裴云暎认为，他花重金修补的玉珏转头被她给了别人，借花献佛，不高兴也是自然。

她便道："我与纪医官从前在苏南认识，当时曾有过一段渊源。"

此话一出，段小宴一合掌，恍然大悟："我知道了！"

"原来纪医官，就是陆医官的未婚夫！"

此话一出，屋中另外二人皆是一震。

陆曈："未婚夫？"

裴云暎目光陡然锐利。

她否认："不是……"

段小宴激动开口："仁心医馆的杜掌柜不是说，陆医官你有个在宫里当差的未婚夫吗？你来盛京就是为寻他。"

"噢！我知道了，"仿佛窥见真相，少年语气越发雀跃，"你俩多年以前在苏南见过，你救了他，他给你留了块玉佩作信物。如今你俩相认了，名分从此分明！原来这位就是真正的未婚夫！"

阴天本就沉闷，制药室又狭窄，屋中二人一时无言，唯有段小宴一人独自开朗。

陆曈正欲解释，就听一边裴云暎凉凉开口："你也留了信物给他？"

"也？"段小宴抓住字眼，面露疑惑，"陆医官还留了信物给别人吗？谁啊？"

裴云暎定定盯着她，语气不冷不热："陆大夫到底在苏南捡了多少人，莫非每一个都留了信物？"

陆曈："……"

为何她从这话中听出了一丝谴责。

段小宴帮腔："留信物也没什么不对，不然天南海北，谁还记得故交恩情。陆医官，你和纪医官之后是要成亲还是怎的？这块玉是我送回来的，能请我和栀子喝杯喜酒吗……"

陆曈忍无可忍:"都说了不是。"

她陡然发火,屋中两人都安静了。

门外树丛摇晃。

裴云暎别过目光,冷着脸不说话。

陆曈忍气道:"二位今日到这里来,总不会就为了闲谈此事?"

殿帅府成日轮值,何时闲成如此模样?

裴云暎面无表情,语气幽幽的:"姐姐做了点心,让我给你送来。"

陆曈目光瞥过窗台上食篮,默了一默,道:"多谢。"

裴云暎又看了陆曈一眼,突然开口:"下月初七是姐姐生辰,姐姐让我和你说一声,邀你去府上。"

也有些日子没去给裴云姝和宝珠诊脉了,陆曈道:"知道了。"

屋中再次沉默。

段小宴隐隐觉出气氛有些不对,却又说不出哪里不对,不由坐在原地面露沉思。

陆曈几笔写下方子,才写完,门外有医官过来道:"陆医官,医案库新进了一批医案,医正让你整理一下入库。"

陆曈应了,把写好的方子递给段小宴:"调养些时日就好,段小公子等下拿着方子去前堂,有其他医官为你抓药。我眼下正忙,就不送了。"言罢,收拾好医箱和药篓,又提起窗台上那只竹编食篮径自出去了。

段小宴坐在原地,捧着手中药方。

药方才写下,墨痕未干,他吹了吹,心思不在此处,喃喃:"原来如此……"

"哥,"他突然想到了什么,"咱们修那玉花了不少银子,结果原是给纪医官的,反正纪珣是陆医官未婚夫,是不是可以问他要回银子?"

裴云暎冷冷开口:"她好像没承认纪珣是未婚夫吧。"

"话是这么说,但有眼睛的人都能看出来。你想啊,陆医官把玉佩放在医箱里日日不离身,若不是未婚夫,她干啥把纪珣的玉这样悉心保存?"

他又摸着下巴评点:"要说陆医官眼光真不错,纪家公子虽然性情孤僻一点,但家世容貌都还不错,又是同行,单看外表,实在是天造地设的一对璧人……"

他说着说着,一抬头,对上的就是年轻人平静的目光。

裴云暎牵了牵唇,语气很淡:"你收了纪珣银子?"

"……没。"

"这样吹嘘,不知道的,以为你是他纪家的人。"

段小宴轻咳一声:"我就是实话实说……"

"下午你去宫中轮值。"

段小宴一惊:"哥,今日不该我轮值!"

"但我看你很闲。"裴云暎平静开口,"闲到有心喝人喜酒。"

"不是,哥,我就是……"

"立刻就去。"

僵持良久,段小宴终于还是讪讪低头:"……哦。"

阴天午后,浓云沉沉。

太师府内,假山凉亭下,一池水平,淡磨明镜。

凉亭里,靠栏杆长椅上靠着几个人,戚玉台只着中衣,背上搭了件丝薄外袍,正从婢女手中接过药碗服下。

不过短短一月,戚玉台消瘦了一大圈,原先衣裳穿在身上空空荡荡,人也憔悴不少。

他接过药碗，死珠般的眼睛动了动，露出一股难以忍耐的神情，又踟蹰半晌，断断续续将一碗药喝光了。

放下碗，对面戚华楹赶紧递给他一碗丝糖，戚玉台忙不迭捡起一块扔进嘴里，甜味化解苦涩。

"哥哥慢点，"戚华楹道，"小心噎着。"

"太苦——"戚玉台抱怨。

"良药苦口。"戚华楹劝道，"崔院使的药，哥哥才喝了几日便收效甚捷，不能中途停下。"

"我知道，"戚玉台烦躁开口，"崔岷那个混账，也不知是不是故意把药做得这般苦！"

戚华楹看着他，摇了摇头。

戚玉台好了。

起先他只是不再胡乱打人，但仍会躲在床榻上窃窃私语。但前些日子崔岷为他重新换了一副方子，渐渐地，妄言妄语之症减轻，清醒时候越来越长，直到有一日，戚玉台清晨下榻，终于认得所有人，一整天都不再犯病。

这样的日子持续了三日，太师府上下都松了口气。

戚家公子似乎真是好起来了。

"他是医官院院使，得罪你对他有何好处？"戚华楹自己也捡起一块丝糖含进嘴里，"哥哥是醒了，可没见着你出事那几日将全府人吓坏了。"

想到戚玉台发病的模样，戚华楹心有余悸。

五年前戚玉台发病时，她年纪小，戚清怕吓坏她，拦着不让她进戚玉台的屋，她没亲眼瞧见，只听见戚玉台呼号。

然而这一次她却亲眼所见戚玉台的发狂模样，戚玉台用花瓶砸死婢女时，她刚走到门外，恰好撞见那一幕……

戚华榠打了个冷战，看向戚玉台的目光多了一丝惧意。

戚玉台没察觉戚华榠的异样，只狐疑道："说得严重，果真？妹妹，你不会是为了让我别去丰乐楼，故意诳我的吧。"

"哥哥又在胡说。"

戚玉台叹了口气："就算你不说，我日后也不会再去。"

他左右看了看，凑近低声道："那楼里有问题。"

戚华榠皱了皱眉："哥哥又要说看见流血的画了吗？"

此话一出，四下莫名寂静一下，戚玉台只觉浑身起了一层鸡皮疙瘩，不由把披着的衣裳紧了紧。

"是真的……"他喃喃。

他恢复神志后，发病以来的事都不再记得，记忆里最后一幕还是丰乐楼陡然蔓延的大火，而他在墙上看到了一幅诡异绢画，画中人与鸟对着他七窍流血。

清醒后，他便将此事说给戚清听。

那场大火从阁楼而起，惊蛰房中一切化为灰烬，探看的人回说不曾发现绢画痕迹。而画中人七窍流血，听起来也更像是他在服散之后出现的幻觉。

但戚玉台总觉得不是。

然而没有证据，当时他又确是服用药散不假，戚清多问几次，他便也怀疑自己瞧见的是否是幻觉。

"就算看见画眉图是假的，"戚玉台不服气，"至少我在惊蛰房中遇到的不识好歹的浑蛋是真的。"

"若不是那王八蛋，说不定根本不会起火。"戚玉台越说越怒，"如今我受了这么多苦，那混账到现在都没影，岂有此理！爹到底有没有派人去找，等找到那狗东西，我非要亲手扒了他的皮，把他扔火里活活烧成一堆灰！"

戚华榀皱了皱眉。

她道："哥哥少说两句吧。你如今身子刚好，还需再调养几日，又是这个时候……"

丰乐楼大火如今举朝皆知，虽寒食散一事被戚清遮掩过去，但当日胭脂胡同里戚玉台神色惊惶发疯却是众人有目共睹。

流言总是传得很快。戚家多年清正名声，因此毁于一旦，连她都要受连累……

戚华榀低下眉，语气淡了几分。

"这几日，哥哥还是好好养伤才是。"

离凉亭不远的花圃里，戚清负手而立。

这花圃中曾豢养过不少雀鸟，只是后来太师府将所有鸟雀一并驱逐出去，连鸟笼也未曾留下一个。花圃中花朵茂密妍盛，但因并无鸟雀清鸣，显出几分冷清。

戚清远远望着凉亭中兄妹二人，看了一会儿，适才收回目光，叹道："玉台整三日不曾犯症了。"

身侧人闻言，恭声答道："戚公子因惊悸郁结，此番服用药物，郁解火泻，是以诸症若失。只要继续服用丸散善后，不日即将痊愈。"

闻言，戚清转过身来，看向身前人，慢慢地开口。

"这次，多谢崔院使为我儿操劳了。"

崔岷连声称不敢。

连日来为戚玉台制药施针，崔岷也憔悴不少，不过数日，两鬓生出斑白，气色暗淡无光，再无从前风姿。

戚清淡淡一笑："院使不必自谦。心病难治，崔院使能在短短数日间制好新方，收效甚捷，此医理娴熟精通，梁朝无出其右。"

他望着崔岷，嘴角是和善的笑意。

"我就知道，整个盛京，我儿之病，只有院使能治。"

崔岷弯下腰，感激地开口："谢大人信任。"

"我儿之疾，非院使之手不可痊愈。院使为玉台殚精竭虑，实为感激。"

戚清含笑："这几日院使也操劳不少，玉台既已有好转，院使也早些回去歇息几日。过几日，老夫会让人奉上谢礼。"

崔岷又连称不敢，说了几句后便拱手退下。

待他走后，管家从远处上前，看着崔岷的背影，道："崔院使的医术，果然担得起院使之名。"顿了顿，又开口，"可惜出身市井……"

戚清淡道："官无常贵，民无终贱。有能则举之，无能则下之。他是不是平民不重要，于玉台有用则行。"

"是。"

戚清转过身，又看了一眼在凉亭里与戚华楹说话的戚玉台，问："派去丰乐楼的人可有收获？"

管家摇了摇头。

"老爷，您不是说，画眉一事做不得真吗？"

戚玉台清醒后，曾说过自己看到过一幅绘着画眉会流血的画卷。

这当然很难令人信服。服食药散之人会短暂出现幻觉，加之大火骤起，让戚玉台回想起莽明乡杨家之火，从而知觉错乱，的确有可能。

"画眉一事是假，楼中起火未必偶然。"戚清道。

戚玉台清醒后说过，他在楼中与人起了争执，从而失手打翻烛台导致失火。但事后却并未看到此人，周围也并无人见过，连他说的在屋中抚琴的两位歌伶也查无此人。

歌伶是假的,与人起争执是假的,流血的画眉图是假的。一切都像是服散过量的戚玉台昏昏沉沉中打翻灯盏,无意引发的一场火患。

大火恰好将楼阁烧为灰烬,又恰好将所有证据一同毁灭。

一切看上去过于完美,以至令人心中起疑。

老者负手,看着眼前姹紫嫣红的花圃,眼中闪过一丝寒意。

管家想了想:"不过,老爷,如今公子病已渐好,是否可以出门了?"

自打戚玉台出事后,戚清称病不上朝,外头流言满天飞——戚家势力再大,堵不住市井百姓的嘴。

元尧一派更是巴不得抓住这个机会落井下石。

人人都怀疑戚大公子痴傻疯癫,唯有戚玉台亲自出现于众人跟前,流言方解。

出事已有月余,再以戚玉台受惊借口闭门不出未免说不过去,是时候破解流言。

"再让他服药两日。"戚清淡道,"如无异样,两日后,回司礼府一趟。"

夜风微凉。

京营殿帅府里,青灯木窗下,长桌前堆满公文。

年轻人坐在桌前,指尖擎着一只发黑的银戒,一言不发盯着戒指出神。

对面萧逐风看他一眼:"看了一晚上了,有看出什么不同吗?"

裴云暎不语。

萧逐风嗤道:"不就是痛失未婚夫之名,何必摆出一副冷脸给殿帅府上下看。"

裴云暎眉头微皱："你能不能安静点？"

萧逐风耸了耸肩。

白日里，段小宴回了一趟殿帅府，轮值前与裴云暎说话，恰好萧逐风从门外经过，因此听得一桩秘事。

陆曈那位神出鬼没、身份成谜、高贵不群、宿世因缘的未婚夫找到了，就在医官院中，原是纪大学士府上公子纪珣。

萧逐风若有所悟。

难怪陆曈西街坐馆坐得好好的，却突然参加春试进了医官院。

她把纪珣的白玉悉心收藏，修补不久后就挂在纪珣腰间，意味着他二人明白彼此过去那段渊源。

只是……

裴云暎花重金修补的白玉挂在别的男人身上……

换作任何一个人，此刻心中滋味恐怕也不好受。

萧逐风摇头，低头继续看军册。

裴云暎垂眸看着戒指，俊美的脸若覆寒霜。

白日里陆曈行色匆匆，忙着去医药库，以至于一众问题都没来得及解释。

"我与纪医官从前在苏南认识，当时曾有过一段渊源。"

当时，陆曈是这么说的。

纪珣一个盛京人，何以会在苏南和陆曈认识？这段渊源究竟是何渊源？纪珣是什么时候认识她的，比他还要更早？为何他的戒指和纪珣的白玉放在一块，梁朝这么大，怎么偏偏和她有渊源之人不少？

陆曈嘴里的未婚夫，究竟是谁？

他想起白日和段小宴到医官院制药房的时候，纪珣坐在屋里，二人之间气氛古怪。说起来,陆曈每次面对纪珣时似乎都与平日不同,就如上次在医官院门口被纪珣训斥,一向伶牙俐齿的她被斥责得哑口无言,情绪是罕见的低落。

裴云暎神色冷淡,拿起桌上茶盏喝了一口,随即蹙眉:"怎么这么苦?"

萧逐风匪夷所思地看他一眼:"你味觉失灵了?这是甜水。"

青年面无表情,把茶盏往桌上一搁,突然站起身。

"你干什么?"

"屋里太闷,出去走走。"

裴云暎把银戒收回怀里,方抬头,门外青枫推门进来。

"大人。枢密院那头传信了,严大人让您去一趟。"

脚步一停,裴云暎皱了皱眉。

片刻后,他没说什么,提起桌上银刀:"算了,走。"

静夜无云,月白如霜。

林丹青行诊回到宿院,一进屋,就瞧见桌上盛着点心的食篮。

"哎?给我留的?"

陆曈点头。

她擦过手,捡起一块塞进嘴里,眼睛一亮:"真好吃,比我前些日子和你在官巷买的那家好吃多了!陆妹妹,你在哪买的?"

"不知道。"陆曈道,"朋友送的。"

"你这朋友很会送。"林丹青夸赞,"下次让他多送点。"

陆曈笑笑。

桌上还摆着那只喜鹊食篮,陆曈一手托着腮,翻着面前医籍,心不在焉。

白日里裴云暎和段小宴来过，还撞上了纪珣。这本没什么，偏偏叫他们瞧见纪珣腰间系着的白玉。

　　以裴云暎的敏锐，估计很快就能猜出她与纪珣过去渊源。

　　其实她与纪珣是何关系，有何渊源，与他何干。但不知为何，陆曈总觉有几分莫名心虚。

　　或许是因为修补白玉用了裴云暎银子。拿别人的银子做人情，总觉不妥。

　　她心里这般想着，伸手翻过一页，听见林丹青边喝茶边道："说起来，今夜我路过院使屋外时，见屋里没亮灯了。"

　　"院使今夜没来医官院，是不是戚玉台病好了？"林丹青问。

　　"或许吧，"陆曈道，"都这么久了。"

　　林丹青点头："也是。"

　　她吃完最后一块茉莉香饼，拍拍手上饼屑，起身去梳洗，道："这几日屋里也不见动静，真奇怪，老鼠药都放下去了，好歹也给我瞧瞧成果。这风平浪静的，不会医官院的耗子都成了精，还学会自己配解药了吧？"

　　这话揶揄，陆曈也被她逗笑。

　　"怎么会？"她合上书页，"既已吃药，不妨耐心等一等。"

　　"迟早……都会闹肚子的。"

第二章 撞衫

又过了两日,盛京发生了件大事。

丰乐楼大火案后,一直不曾露面的太师府大公子重新出现了。

戚玉台出现在司礼府门口,门廊许多人都瞧见了,他除了脸色苍白消瘦了些,行为举止并无异常。

宿院饭堂,陆曈才捧着碗坐下来,就听见邻桌医官们议论。

"我就说怎么可能莫名其妙就疯了。多是当时大火一起,戚公子受了惊吓,被讹传成什么样子?"

"太师大人真是好脾性,被人造谣都不生气。前几日我回家,连舅舅都问我太师公子是不是罹患癫疾?真是人言可畏!"

林丹青放下馒头,看向说话人:"真好了?"

"那还能假?太师府今日一大早还送了谢礼感谢院使,我看应该也是痊愈了!"

啪嗒——

陆曈搁下筷子。

林丹青转头:"陆妹妹?"

陆曈站起身,把碗一推,一言不发地起身离开。

林丹青叼着馒头跟了上来:"我知道你不高兴,谁知他这么快就好了……但你不能表现得太明显。当心被人瞧见背后嚼你口舌——"

陆曈打断她的话:"近来往御药院送的药单在哪里?"

林丹青一愣:"在医案库里,怎么了?"

陆曈掉转头,头也不回地往医案库走。

林丹青赶紧跟上。

待进了医案库里,架子上放着一叠卷册,陆曈扯出一卷单册翻看。

林丹青一头雾水:"陆妹妹,药单不许医官翻看,你好歹关个门……"

医官院辨证开方,有时换用药材不够,须去御药院讨用,所批药材皆记录在册。但无特殊原因,医官是不允随意翻看的。

陆曈翻了几页,忽然一停,抽出其中一张药单,转身就往外走。

林丹青吓了一跳:"哎,你挡挡……"

"院使现下在何处?"她问。

"在他自己房中,今日不入宫,早晨还有医官看见他了,你要做什么?"

陆曈握紧药单,神色隐现怒意。

"找他对质。"

书房外,崔岷负手而立,看着太师府的下人将木箱搬进房中。

木箱沉重,箱盖被打开,一眼能看清里头的东西,多是些孤本画籍,还有好砚纸墨。

这是太师府送来的谢礼。

并非金银珠宝,此物风雅,恰可彰显他清风简正、高朗仁心之意,又能让全医官院的人瞧见太师府对他的看重。

路过医官们偷偷议论,心腹笑着上前,低声恭维:"恭喜院使,得太师大人看重。"

看重?

崔岷目色平淡望着眼前,眼中划过一丝讽刺。

他这一月，日日苦熬，辗转难眠，白日去戚家施诊，夜里在医官院反复调整药方。戚玉台消瘦，他也白了头发，临到头来，就换来这么一箱不痛不痒之物，几句轻飘飘的感谢。

他还要表现得感恩戴德。

何其悲哀，何其可笑。

然而他入医官院已二十年，平民之身走到此处已是不易，后起之秀纪珣虎视眈眈，当年依仗的颜妃又早已失势，若非太师府站在身后，只怕如今院使之位也坐不安稳。

并无选择。

看了片刻，崔岷正要回屋，忽然听得一声："院使！"

回头一看，陆瞳自院外疾步走来。

她走得很快，声音比寻常略高一些，四周医官们见状，纷纷朝她看来。

崔岷："陆医官……"

陆瞳走到他面前，一口打断他的话："崔院使，是否盗用了我的方子？"

此话一出，四周一片寂静。

跟着赶来的林丹青大吃一惊，一时忘了开口。

崔岷望一望她，语气依旧平静："陆医官何出此言？"

"十几日前，院使令我去书房，询问我春试大方脉考卷最后一问中，所制新方。"

"考卷中药方乃匆匆写下，中有不足，院使问我如何弥补，我便依言告之。"

"而今，"她目光觑过院中正搬至门口的装满了古籍文墨的木箱，冷冷开口，"戚家公子病退痊愈，太师府呈上谢礼。可这一切，皆由院使偷盗我药方而起。"

"院使清正,贵为医官院之首,怎能做出这等卑劣之事?"

四周议论声顿起。

崔岷给戚玉台行诊一事,医官院无人不知。但具体戚玉台病情如何,医案如何,除了崔岷本人,无人知晓。

如今陆曈骤然在此发难,当着众人面质问崔岷,难免惹人好奇。

围观医官中忽然有人说话——

"陆医官好大的脸,院使治好戚公子是院使的本事,与你何干?在这红嘴白牙张口诬陷人,当真以为红榜第一就了不起,以为谁都惦记着你那方子!"

陆曈侧目,说话的是曹槐。

曹槐冷哼一声。

自打几月前他将金显荣那摊烂差事甩给陆曈后,便在家中做起陆曈被折磨的美梦。谁知一直没等到陆曈倒霉的消息,心中实在奇怪,曹槐找来相熟医官一打听,得到一个晴天霹雳的消息。

"陆医官?她不是给金侍郎治肾囊痈吗?治得挺好的,金侍郎的下人好几次给陆医官送药册,毕恭毕敬,比先前对曹兄好多了。"

"陆医官,还真是有两下子!"

曹槐如遭雷击。

陆曈竟真治好了金显荣!

这也就罢了,更令人不安的是,他回到医官院中后,崔院使一直没分派别的差事给他。新医官入院,人人想出头,长时间坐冷板凳,吏目考核不过,入内御医便再无机会。

他把所有账都算在陆曈头上,奈何治好了金显荣的陆曈在医官院中已小有名气,后来更有裴云暎在她背后,他也不敢贸然动手。

没想到如今陆曈竟主动找死。

一介平民，仗着有人撑腰便张狂至此，不知天高地厚。

他有心想再挑拨，最好将此事闹到无法收场，便作势长喝："诬陷朝廷官员，你可知该当何罪？"

陆曈眼如寒冰："曹医官张口诬陷，未免失之偏颇。"

"口说无凭，陆医官有本事拿出证据。"

"我当然有证据。"

崔岷目光微震，垂在身后的手悄然握紧。

陆曈抬手，面前纸卷应声而展，长长拖于面前。

她道："当日崔院使对下官说，春试所写药方安魂魄，止惊悸，但若病人除此之外，惘然如狂痴，烦邪惊怕，言无准凭，此药方药效却显浅薄，或许使妄言妄见之症减轻，但神不守舍、心胆被惊之状犹在。"

"所以下官在此药方中，添几味白及、胡麻、淡竹沥、黄柏、柏实、血竭……"

陆曈一展手中药册。

"这是医官院前几日问御药院分拨的药材单册，其中正有白及、胡麻、淡竹沥、黄柏、柏实、血竭几味药材。我刚告诉院使药方，院使随后就用此药，难道只是偶然？"

她站着，脸色很冷："院使先以询问医经药理为由，窃取药方，随后以此药方治好戚家公子。行医过程中，不曾提过下官分毫。分明是要窃人之美，以为己力！"

最后一句掷地有声。

四周一静，众医官面面相觑，随即渐渐响起低声碎语。

虽然陆曈说的话乍一听是有几分道理，但仅凭一张药方便指责院使剽窃，是否有点过于捕风捉影了？

崔岷抬手，压下众人低语，适才看向陆瞳。

他盯着陆瞳，半晌，开口："陆医官，你说我剽窃你药方，是为了治戚公子疾病？"

"不错。"

崔岷下巴微扬，落在她身上的目光一瞬变得晦暗："那你说，戚公子所患疾症，究竟是何？"

"春试大方脉一科中所写药方，本就是针对痴病癫疾之症，戚公子自然是癫……"

陆瞳话音未落，一边的林丹青眼疾手快，一把捂住她的嘴，目光一瞬惊骇。

不能说！

丰乐楼后，胭脂胡同流传戚玉台妄言谵语，可太师府从未承认，只说戚玉台是因火受惊。

纵然整个盛京城中百姓皆私自议论，可皇城之中谁又敢将太师之子疯了的事拿到明面上来说？就连三皇子手下人马议论此事时尚要顾及场合，尤其如今戚玉台已痊愈，此事就更说不得！

陆瞳挣开林丹青的手，林丹青对她微不可见地摇了摇头。

她便一时没说话。

院中众人似也知晓此言禁忌，一时都未开口。

夏日近尾声，烈阳越是毒辣，晒得众人额上都渗出一层细汗，晒得檐下阴影里的人神色越发阴沉。

良久，崔岷开口："陆医官。"

他背着手，长衫在风中晃荡，抬起眼皮睇一眼陆瞳。

"我再问你一次，戚公子所患何疾？"

陆瞳一时缄默，脸色渐渐难看。

他便展展袖:"其一,你所言春试药方乃对疯癫妄言之症,去心窍恶血、褪风痫痰迷。而戚公子所患疾病,乃因火场烟熏,留下胸痹不寐之症。气虚血瘀,我为他施诊,也多用疏肝解郁、益气升阳之药材,与你说的癫症痫病并无半分关系。"

陆瞳:"你……"

"其二,医官院中医官不可随意调看御药院中发用药单,你身为医官,却私自查看,已违背院中条令,理应受责。"

陆瞳:"且不提下官有无违背规矩,药单与药方重合,院使应该如何解释?"

崔崏从容道:"白及、胡麻、淡竹沥、黄柏、柏实、血竭……都是常用药材,药单上尚有其他药草,陆医官只单将这几样提出来,未免失之偏颇。"

"何况,"他话锋一转,"当日我只问陆医官春试药方,因药方有所差损,也为陆医官行诊时贸然写下新方,行医制药理应谨慎,是为医官院着想。至于陆医官所言药方……当日我并未听过。"

陆瞳目光一寒。

周围的医官们看向她目光霎时不同。

陆瞳与崔崏言谈药方之时,并无他人在场。然而一个是医官院中高风承世、医术博达的院使,一个是年轻冲动、连太医局都没进过的新进医官,众人总是更偏向前者一些。

曹槐面露不屑:"陆医官真是想出头想疯了,仅凭随意猜想就妄图污蔑院使。也不瞧瞧院使是谁,院使当年能写出《崔氏药理》,医道见识远在你之上。"

"你口口声声说窃取,也过于自负了!"

一个平民医女,写出几味方子便以为自己医术天下第一,说些捕风捉影之事,是想往上爬想疯了?拿张莫名其妙的药单就能说人窃方,殊不知天下间方子本就都是由些常用药材组成,只要上头所有,岂不是皆可为方?

简直荒谬。

陆曈站在院中,眸中怒火冲天。

曹槐趁势开口:"院使,陆医官先私自翻看御药院药单,其罪第一,后对您污蔑中伤,此为其二。此等失德之人,怎能留在医官院败坏名声?还望院使按令严惩,以儆效尤——"

林丹青道:"不可!院使,陆医官也是一时心急。"

她拉了一把陆曈衣袖,压低声音道:"快认错。"

陆曈冷着脸不肯开口。

崔岷居高临下看着女子站在刺眼日头下,脸色微微发红,不知是气的还是晒的,只望着他的目光如有刻骨仇恨,攥着药单的指节发白。

还是太年轻了,沉不住气。

他漫不经心地想着,挺直近来因忙碌微躬的腰板,不疾不徐开口。

"同事之人,不可不审查也。曹医官说得对,陆医官未经求证一味误解我事小,将来若以此为凭,医官院风气必大乱也。"

"所谓惜草茅者耗禾穗,惠盗贼者伤良民。我虽看重陆医官医道天赋,却也不能一味纵容。规矩既设,理应遵循。"

"来人,"他淡淡道,"减去陆医官奉旨名册,即日起,陆医官停职三月,三月后再作裁夺。"

林丹青一惊:"院使慎重!"

曹槐却陡地大喜:"院使英明!"

医官们悄声议论,唯有陆曈执拗地盯着他,日头下如一尊笔直塑像,僵硬不肯低头。

"陆医官，可有异议？"崔岷淡然望着她。

停职三月，却没说三月后可回到医官院，或去或留，只在崔岷一念之间而已。

陆曈定定看了他半晌，片刻后，缓缓低下头颅。

"没有。"

院中众人渐渐散去，一场闹剧就此落幕。

陆曈回到宿院，一言不发推门走了进去。

木柜门全被打开，她把衣裳一件件叠好。林丹青一脚跨进屋门，急急按住她收拾行囊的手。

"陆妹妹，"她急道，"你先别急着走，此事并非全无转圜，我同你再一起求求院使，停职可不是好玩的。"

陆曈动作一停，转头问："你认为，我刚才在院中说的是假话？"

"这……"林丹青语塞。

如果仅凭相似药方就要定崔岷剽窃之罪，未免太过勉强。何况虽然盛京上下议论戚玉台或得癫疾，但真相究竟是何并无人知。

癫疾又岂是那么好治的？

如今的戚玉台已在司礼府，证实流言是假。

林丹青不解，陆曈向来稳重，今日怎会冲动至此？

她劝道："不论如何，你想用药方证明院使剽窃是不可能的。"她压低声音，"别说医官院，就算戚家也不会承认戚玉台罹患癫疾。"

陆曈默然。

"事已至此，我无话可说。"

见她一副咬死也不肯低头模样，林丹青暗暗发急："你就去服个软，好汉不吃眼前亏，大不了先留下来，日后再慢慢找证据。"

"不必。"陆瞳继续收拾行囊,"你也不必为我奔走,费心进了医官院,为我丢职不值得。"

"可是……"

"没什么可是的。"她说,"我回西街坐馆也是一样,医官院的俸银也并不比医馆多多少。"

她说得坚决,林丹青也再劝不动,只好坐在一边,呆呆望着她。

"这医官院,我好不容易才找了个说得上话的人。你走了,夜里零嘴都没人分。"她怅然,"难不成要我分给墙里打洞的耗子精?你这一回去,一想到一人一鼠共处一屋还怪恶心的,也不知老鼠药究竟起没起效。"

窗外艳阳高照,陆瞳望了日头一眼。

光照在窗前绿树上,枝叶浓绿,一片繁密。可再过几月,待到秋日,花盛不再,只余凄凉。

她收回目光。

"别担心。"

陆瞳起身,走到木柜前,把四只瓷罐一一放进医箱,又重新锁上。

"不过死期将至而已。"

烈阳炎炎。

西街仁心医馆门前聚拢了一堆破旧杂物。

杜长卿拿着张粗糙图纸,与银筝商量新药柜要摆在何处。

隔壁修鞋匠一家搬离西街了,原先的铺子便空了出来。杜长卿将隔壁铺子一并租下打通,仁心医馆霎时宽敞许多。

阿城提着几筒姜蜜水从远处走来,恰好见一辆马车在医馆门口停下,马车帘被掀起,阿城定睛一看,喊了一声:"陆大夫!"

医馆里几人同时转头。

陆瞳甫站定，还没来得及开口，眼前掠过一道鲜丽身影。

银筝抱住她又跳又笑："姑娘，怎么突然回来了，也不提前说一声！"

"小陆回来了？"苗良方拄着拐棍从里铺出来。

陆瞳下了车，马车夫也跟着下来，帮忙把车上东西卸下。

杜长卿愣了一会儿，才反应过来，诧然问道："这不到旬休日，医官院给你假了？"

陆瞳含混地点一下头。

杜长卿把图纸叠好揣进怀里，哼道："还怪会给人惊喜的……先进去喝点水吧，看这热的！"

陆瞳依言进门，众人跟了进去，唯有苗良方视线落在门口卸下的一干行李上，神情闪过一丝疑惑。

待进屋坐下，阿城把刚买回来的甜浆递给陆瞳一筒，苗良方靠着药柜，一面替她打扇，一面道："小陆这次回来，包袱比上次多啊。医官院是给公休了？"

银筝眼睛一亮："姑娘是不是这次要在医馆多待几日？"

陆瞳喝一口甜浆："我要在医馆待三月。"

众人一愣。

苗良方摇扇子的手一停，试探地开口："可是这假……"

"不是休沐，我被停职了。"

屋中陡然安静。

半响，杜长卿掏了掏耳朵，疑惑问阿城："我是听错了？她刚才说什么？"

"我被停职了。"陆瞳再一次强调。

银笋放下手中竹筒，愣愣开口："……为什么啊？"

陆瞳默然一瞬，语气平静："我私自查看了医官院发给御药院的药单，行举违令，所以被罚停职三月。"

杜长卿扭头看苗良方："还有这规矩？"

苗良方沉思道："依稀……好像……似乎……确实有这么一条。"

"不是。"杜长卿没好气看一眼陆瞳，"那你好端端地看那玩意儿干什么，闲得慌？"

"就是好奇。"

"哪那么多好奇……"他还要再唠叨几句，被阿城打断："陆大夫，那三月后你还会回医官院吗？只是停职没罚你别的吧？我听说皇城里犯了错要打板子，他们打你了吗？"

陆瞳莞尔："没有，只是停职。"

众人长舒口气。

银笋想了想："停职就停职吧，也就是三个月俸银的事。本来嘛，就算姑娘不回，过几日也想叫姑娘回来一趟的。"

"为何？"

"再过五日是仁心医馆开张五十年。杜掌柜把相邻铺子租下打通，这几日正忙着布置，就等着那一日开张。医馆能走到如今，姑娘功不可没，既要庆祝，怎么能少了功臣？"

杜长卿冷眼听着，哼哼两声："怎么？我听着倒像是陆大夫才是东家的味儿？"

银笋叉腰："没有姑娘，杜掌柜的医馆顶多也就只能办场四十九年的庆功宴了。"

"喂！"

"好了，都别吵了。"苗良方抬手制止他们，"小陆既然都回来了,就安心住下。我一人坐馆有时正嫌忙不过来。那后屋还得收拾,这次住的时间久些,瞧瞧小陆差什么,这几日补上。"

银筝闻言一合掌:"说得也是,那我先去给姑娘收拾屋子。"

她一掀毡帘,嘱咐陆瞳:"姑娘,你刚回来,先在铺子里歇歇,待我铺好床再进来。"

陆瞳应了。

杜长卿又问了几句,见陆瞳兴致不高的模样,便没追问,带着阿城又去隔壁收拾了——鞋匠的铺子刚腾出来,还得重新布置药柜桌椅。

陆瞳坐在桌前,慢慢地喝着甜浆,苗良方往药柜走了两步,忽然又转过身,一瘸一拐走到陆瞳对面坐下。

"小陆,"他望着陆瞳,压低声音道,"你老实告诉我,你被停职,是不是和我有关?"

陆瞳一顿。

苗良方紧张地盯着她。

他总觉不对。陆瞳一向谨慎,无缘无故怎会去私看御药院的药单?其中必有隐情。

医官院院使是崔岷,能让陆瞳停职三月的也是崔岷⋯⋯

他只能想到这个。

竹筒握在掌心,掌心也变得冰凉。陆瞳道:"与苗先生无关。"

"小陆,你莫诓我。"

"是真的。"她笑笑,"我只是无意犯了个小错,因此被停职三月。苗先生也清楚,倘若我真的犯下什么不可饶恕之罪,以我平民之身,根本不会只是停职这样简单。"

苗良方沉吟,这话的确不假。

"如今医官院事务繁忙,正缺人手。苗先生不必担心,我只是暂住些时日，说不定不到三月，医官院便会来人将我请回去。"

"瞎说。"苗良方被她逗笑，"那些人眼睛长在脑袋顶上，怎么可能自降身份主动请你回去？"

陆瞳不语，低头喝了一口甜浆。

她在医官院闹了那么一场，不管有无人相信，都已戳中崔崏心中最隐蔽的秘密。

若换作往日，崔崏必不会将她轻饶。

然而是现在。

戚玉台癫疾才愈，崔崏自己也没把握戚玉台还会不会再犯症。

倘若戚玉台再度犯症，先前的方子究竟还能不能用。如果不能用，他又找谁收拾这一堆烂摊子。

纪珣家世高贵，天赋异禀，崔崏在他面前自卑又自负，必不肯对纪珣弯腰，便只能利用自己这个平民。

在同样出身的平民身上，他才有强烈的优越感和掌控感。

作为意外的后手，崔崏绝不会轻易将自己发落。甚至三月之后，他也不敢将自己驱逐出医官院。

一个并无真才实学的平庸之辈，使了手段走到如今高位，无论表现得多么云淡风轻，内心深处都是心虚没有凭仗的。

高飞之鸟，死于美食；深泉之鱼，死于芳饵。

偏偏贪慕虚名……

她搁下手中竹筒："前头那家甜浆是不是换人了？"

"是啊。"苗良方一愣，"你怎么知道？"

陆瞳低头，望着竹筒里清亮浆水，笑了笑。

"比往日甜。"

竹摇清影，夕阳黄昏。

纪珣回到医官院时，已是傍晚。

这个时候，医官们都去用晚饭了，小树林里没人。

纪珣进了药室，从书架上抱起一只木箱。箱盖打开，里头装了五六册书简，皆有些残破。

他抬手拿过桌上几卷医籍一并仔细放进箱子里盖好，挂上只小锁。在他身后，药童竹苓坐在小杌子上，看得连连摇头。

自家公子人品端方，心地善良，怎么偏偏在与人交往一事上思路如此不同寻常呢？

就说和那位新进医官使吧，前些日子，竹苓无意得知这位陆医官竟是自家公子当年在苏南救下的贫苦少女，也很是吃了一惊。

竟然还有这么段渊源！

陆医官不仅与公子相认，还将当年公子遗留的贴身玉佩交还，竹苓看得很是激动。

救命之恩，多年故交，男才女貌，旗鼓相当……又同在医官院共事，这要是不有点什么，简直辜负老天安排的这一段巧缘。

竹苓静静等待好事发生。

谁知纪珣的举动实在出人意料。

他开始搜寻医籍送与陆瞳。每隔一段日子，就让陆瞳去他药室交流药理。

竹苓简直崩溃。

这真的不是提前吏目考核吗？

纵然这二人原可以发展出些旖旎时光，在这种情形下想来也烟消云散。

这究竟和太医局进学有何区别？

自家公子不会以为陆医官真的很喜欢吧!

他叹口气,耳边传来纪珣的声音:"陆医官怎么还没来?"

今日该是陆瞳过来领新医籍的日子,纪珣特意为她寻了几本太医局中也没有的,上头还有他写的手记。

但时辰已过,陆瞳仍未出现。

纪珣道:"你去药厅问问。"

竹苓称是。

约过了半盏茶工夫,竹苓上气不接下气地跑回来,才跑到药室门口就喊:"公子,出事了!"

"何事?"

"小的刚刚去找陆医官,前厅的医官告诉我,陆医官诬陷院使、私看药单,被停职三月,午后就已离开医官院了!"

纪珣蓦地站起身来。

"什么?"

"什么?陆医官被停职了?"

殿帅府里,有人惊讶抬起头。

段小宴一双眼睛睁得溜圆:"骗人的吧?"

陆瞳一向缜密,阎王也不是她对手,居然就这么乖乖任医官院停职,怎么听都觉得不真实。

正说着,院子里栀子叫了几声,裴云暎一掀门帘,走了进来。

"哥——"

段小宴站起身来。

裴云暎这些日子很忙。

苏南蝗灾,紧靠苏南的歧水叛兵作乱,三皇子与太子间明争暗斗……朝事全都堆在一起，有时裴云暎一进宫，到深夜才回。段小宴也有几日没见着他了。

裴云暎放下银刀，看一眼立在屋里的青枫，转身在桌前坐下。

"怎么了？"

"主子，出事了。"

裴云暎望向他。

青枫低头："陆医官今日离开医官院，回西街去了。"

他一顿，目色陡然凌厉："何事？"

青枫便将白日里发生的一切尽数道来。

待听完，不等裴云暎说话，段小宴先嚷起来："原来如此，这崔岷分明是做贼心虚嘛！"

裴云暎看他一眼。

段小宴忙压低声音："戚玉台本来就是个疯子，姓崔的也不见得多有本事，偷了陆医官药方拿去讨好太师府也不是没可能。我看陆医官不是诬陷，说的就是事实。只是人微言轻，没人相信罢了。"

裴云暎眸色沉沉，突然起身，提起桌上银刀，似要出门。

"哥，你是不是打算给陆医官出头？"段小宴满脸兴奋，摩拳擦掌，"带上我吧，我也去凑凑热闹。"

裴云暎没理会他，正要动作，不知想到什么，脚步一停。

过了一会儿，他把银刀放下，重新坐了下来。

"哎？"段小宴疑惑，"怎么不去了？"

裴云暎不说话，半晌开口："你也别去。"

陆曈做事一向自有主张，此举或许另有打算。不清楚她的计划之前，最好不要贸然行动，以免弄巧成拙。

指尖抚过刀鞘，刀鞘花纹冷硬锐利，映着青年微垂的眼。

还是等见过面再说。

又过了几日。

杜长卿寻人把破了的房顶修补过,墙面也重夯了一遍,挂上字画,新打的药柜摆好,两间铺子一打通,一边用来抓药,一面用来坐馆,原先狭窄的铺子顿时宽敞许多。

银筝从官巷买完鞭炮回来,一眼看见仁心医馆前站着个人。

穿碧青罗襦裙的女子眉眼明媚,正抬头张望新换的牌匾。

银筝把爆竹挂在手上,上前询问:"姑娘可是要瞧病?"

女子回过头,望见银筝便道:"请问,陆医官可在此处?"

银筝还未来得及答话,陆瞳从铺子里走出来,叫了一声"丹青"。

林丹青转头,望着陆瞳笑道:"这地方真不好找,我还以为自己走错了。"

陆瞳把药罐放下,见银筝疑惑,主动解释:"这是医官院的林医官。"

"噢!"银筝恍然,"原来是姑娘的朋友。"

三人一同进了铺子,杜长卿乍见陆瞳领着个姑娘进来,愣了一下。

银筝笑道:"这是姑娘在医官院的朋友林医官,特意来看望姑娘了!"

"医官?"杜长卿眼睛一亮,态度顿时热络起来,"哎呀呀,林医官来咱们医馆怎么不提前说一声,也没准备点茶水。阿城——"他一拍阿城脑袋,"快,去给林医官洗几个果子来!"

阿城摸摸脑袋,一掀毡帘进小院了。

林丹青打量一下四周,忍不住感叹:"这医馆倒是比咱们医官院看着清幽许多。"

"林医官这话说的。犄角旮旯的小医馆怎么能和皇城比。"杜长卿把银筝挤到一边，凑上前，"我们小户人家不懂规矩，陆医官同我们混久了也没点眼色，这不，才进医官院不到一年就闯祸被罚回来了。"

阿城端着茶盏出来，杜长卿接过，贴心递到林丹青手里："林医官在医官院里，一看就比我们陆医官开朗活泼讨人喜欢……恕我多嘴打听一句，不知我们陆医官何时能回去？"

林丹青端茶的手一滞，看向陆曈的目光满是为难。

陆曈："别问了，杜掌柜。"

"问问怎么了？"杜长卿不乐意，"问好了，该道歉道歉，该赔礼赔礼，该送银子送银子呗！"

在药柜前坐馆的苗良方闻言不赞同："风气不正，杜掌柜少把小陆带坏了。"

"你们清高，你们了不起。"杜长卿一甩袖子，"难怪进了医官院也能被扫地出门！"言罢一转身，掀毡帘进院了。

苗良方："……"

老大夫尴尬地指了指里面："说他两句还不乐意……"

陆曈默了默，对林丹青道："他随口一提，你不必放在心上。"

林丹青叹气："我知道，他也是关心。"又压低声音，"其实我之前已问过常医正，崔院使心中如何想的，没人知道。"

陆曈点头。

这是意料之中。

"我今日出院行诊，看时候还早，所以来看看你。"林丹青笑起来，"看你精神不错，我也放心了。"

又闲叙几句，林丹青搁下茶盏起身告辞，才走到门口，里铺毡帘又被打开，杜长卿从里走了出来。

方才的不悦早已散去，他又笑成平日一副热情模样，将一幅花帖往林丹青手里一塞："林医官，这个给你。"

"这是……"

东家微微一笑："这是我们医馆的庆帖。不怕林医官见笑，我们小医馆看着是寒酸了点，其实也在西街开了近五十年，底蕴悠长。"

"再过几日就是五十年庆宴，恰好前些日子医馆又扩了一下门馆，也算双喜临门，在下就想着邀请一些身份显赫、地位特别的好友共聚一堂以祝佳日。"

"今日虽第一次见林医官，可我却觉得莫名可亲，林医官与我们陆医官又同在医馆共事，其情谊自然不同寻常。"

"不知庆宴当日，林医官可有闲暇到场？"

众人："……"

花帖上墨痕未干，一看就是临时书写的。

阿城疑惑开口："东家，我们哪来身份显赫的好友？"被杜长卿一把捂住嘴。

林丹青却高兴起来："好啊！"

她拿起庆帖仔细看过："刚好是旬休日，我一定过来！"

杜长卿大喜："一言为定！"

林丹青将庆帖收起，正要转身，忽而想到什么，脚步一停，迟疑看向杜长卿："杜掌柜，我能不能再要一张庆帖？"

杜长卿爽朗："当然可以！"又问，"林医官这是想带朋友一起来？"

林丹青摇头，又看向陆瞳。

陆瞳："怎么？"

"我今日行诊前，恰好遇到纪医官，就顺带与他闲叙两句。陆妹妹，你走了后，纪医官来问过你几次，说要把寻的医籍孤本给你送来。我听他药童说，应当就是这几日，反正他要过来，都是同僚，不如一起坐坐？"

她偷偷凑到陆曈耳边："顺带可以让他向院使求情。"

陆曈还未说话，杜长卿啪的一声合扇，脸都要笑烂了。

"好啊！又是一位医官，这真是咱们仁心医馆的荣幸。好好好，太好了，来者是客，都是朋友，都来都来！"

他笑逐颜开："林医官你等着，在下这就写庆帖，敢问那位医官尊姓大名？"

"纪珣。"

杜长卿的笑容陡然僵住："纪珣？！"

药柜后的苗良方也是一愣："纪珣？"

纪珣这名字，盛京医行无人不知。纪大学士家医术精绝的天才医官，年纪轻轻就已做入内御医。更何况……

今年春试新增的那科验状，就是出自此人之手。

杜长卿狐疑扫了陆曈一眼，语气带了几分试探："我听说这个纪医官性格孤僻，不与人交流，怎么听林医官话里说的，倒对陆医官格外照顾呢？"

林丹青想了想："纪医官的确对陆妹妹特别一些，从前也不见他给别人寻医籍讲药理，大概惜才？天才之间惺惺相惜嘛！"

这回答显然不能令杜长卿满意。

东家眉头紧锁："那这位纪医官什么年纪，何种相貌，又有没有婚配？"

陆曈："……"

林丹青答："早已及冠，相貌清俊，尚无婚配。"顿了顿，疑惑望向杜长卿，"杜掌柜问得详细，是想为纪医官做媒？"

杜长卿一噎，没好气嘀咕："做做做，拉给孙寡妇做小丈夫正好。"

他不说话，林丹青便摊手："既然杜掌柜答应了，就请给我一张庆帖吧，正好我回医官院一并拿给他。"

杜长卿："……"

话已出口，不好出尔反尔。

东家磨磨蹭蹭进了小院，不多时又无精打采地出来，把张纸料粗糙的庆帖往林丹青手里一递："给。"

林丹青收好两张庆帖，又与陆瞳嘱咐几句，这才转身告辞。

陆瞳送她出门，到西街门口上马车再回来。

待她二人走后，银筝欣慰开口："姑娘也在医官院交到朋友了呀。原先还怕那些太医局学生瞧不上平民，这位林姑娘性子倒是蛮好，人长得也漂亮。"

苗良方捡着药材，乐呵呵说道："小陆聪明，做事又稳重，要讨别人喜欢还不容易？"

"没听刚才那位林姑娘说，连纪家公子都对小陆另眼相待嘛。"

杜长卿不悦："无事献殷勤，非奸即盗。"

银筝叉腰："姑娘生得好看，男子不献殷勤才不正常。杜掌柜之前还说，殿前司那位裴大人非奸即盗，怎么现在又换成纪医官了？

"总不能是个男子就看人家有问题，照你这么说，我家姑娘干脆去庵堂坐馆最省事！"

"喂！"

阿城也道："就是，纪公子要真和林医官说的一样，和陆大夫站在一起，旁人也要说一句男才女貌嘞！"

铺子里你一言我一语，直说得杜长卿脸色难看，一气之下干脆进了院子。

他在院中石桌前坐了下来。

虽然陆曈与他非亲非故,但好歹也是他看着考上翰林医官院的。他爹就生了他一个,他把陆曈当亲妹子,就指望着她在医官院好好干,说不定将来做到入内御医,好光宗耀馆一回。

但这世上怎么有这么多臭男人?

好好一个姑娘在医官院,不是这个男的登门,就是那个男的拜访,他又不是孙寡妇相赘婿!

听林丹青说,姓纪的老在陆曈面前晃,如今陆曈都不在医官院了,还要追到西街来,一看就心怀鬼胎。

还不如那个裴云暎识相。

裴云暎?

杜长卿心中忽而一动,眼珠子转了几下,高声唤前堂的阿城:"阿城,空帖用完了,给我拿张空帖来!"

不多时,毡帘被人掀开,有人走了进来。

杜长卿低头认真磨墨,来人走到杜长卿身边,将一封空帖放到他手下,杜长卿扯过来,"刷刷刷"龙飞凤舞几个字。

"小裴大人?"银筝愕然开口,"东家怎么给小裴大人下帖子?"

杜长卿抬头,看见来的是银筝,轻哼一声:"咱们医馆五十年庆宴,陆大夫人缘又好,不多请几个人显得多寒酸。"

"我想了想,那位纪医官相貌清俊,身世不凡,殿前司的裴殿帅同样风姿俊美,位高权重。一个也是请,两个也是请,都请来得了。"

"本少爷,打算给殿帅府也送一张。"

银筝想了半天,目光一动:"我知道了!"

"杜掌柜,"她看向杜长卿,"你是不是也觉得,比起纪医官来,裴殿帅和姑娘更为相配。你更看好小裴大人？"

"不是。"

杜长卿提笔写完，面无表情把帖子一合，交到银筝手里。

"不看好。"他微笑，"但我缺德。"

已是黄昏，晴霞遍散绮红。

傍晚潮热减少几分，再过大半月，快要立秋了。

裴府里，裴云暎合上面前卷册，眉心显出一丝疲惫。

歧水乱兵起事，兵事急报传至天子案前，梁明帝却有心让振威将军带人马前往苏南平叛。

陈威。

他看着兵册上的名字，眸色闪过一丝嘲讽。

此人原先只是个节度使，后来在某次兵事中大败敌军，军功卓然，被梁明帝破格提拔。

这本没什么，偏偏在这不久后，有人举告陈威曾杀平民以冒军功，手段残忍。梁明帝派人彻查此事，举告之人却离奇身死，此事不了了之。

兵马司向梁明帝提议由振威将军陈威带兵时，梁明帝很快同意了。

陈威是三皇子表哥、陈贵妃兄长的儿子。

梁明帝身体越发病重，无论是太子还是三皇子，这时候把兵拨给陈家人……

多年风平浪静，终于一朝打破。

砰——

段小宴从门外进来，大汗淋漓，身后跟着的萧逐风解下护腕，二人在屋里坐下，各自倒茶喝。

裴云暎不悦："我这里是演武场？"

殿帅府无事，他回府看看宝珠，这二人却不请自来，非要在他府上练刀。

"演武场人太多，"段小宴仰头喝茶，"你这里清净，那么大片园子也没个花，空着浪费。"

裴云暎与裴云姝的宅邸一墙之隔，裴云姝喜欢种花，花圃群芳烂漫，裴云暎园子里却空空荡荡，平平整整正适合练剑——也不怕剑气伤到花。

"练完了，"他牵牵嘴角，"可以走了吗？"

段小宴把茶盏搁在桌上，铿锵有力地开口："我要蹭饭。"

裴云暎："……"

少年说得理直气壮："听说你把食鼎轩的厨子请回来了，日日给云姝姐做好吃的。你等下也要去云姝姐屋里用饭吧，来都来了，带上我们呗。"

裴云暎瞥他一眼："你又提前把俸银花光了？"

段小宴不好意思地一笑。

"前些日子路过文巧阁，掌柜的新得了一只玉枕，说连枕数年，青春常驻，强身健体。我听说只剩最后一只，顺带就买了……"

裴云暎盯着他足足半晌，哂道："你老了之后，一定会被骗很多银子。"

"我……"

段小宴正欲说话，外头又有人进来。

来人是青枫，从怀中掏出一封花里胡哨的帖子，低声道："主子，仁心医馆差人送来庆帖。"

萧逐风一愣，段小宴已经蹦了起来："仁心医馆？"

他窜到裴云暎身边，伸头去看庆帖内容："……小店开张五十年庆贺并移扩店面……嗯，仁心医馆这是经营得有声有色啊。"

少年央求："哥，你到时候带上我呗，我也想去瞧瞧。"

自打陆曈离开医官院后，裴云暎早该去西街一趟，奈何歧水兵事来得突然，梁明帝日日召见他至深夜，一来二去就耽误了。

如今帖子来得正好。

青枫迟疑一下："主子，还有一事……"

"讲。"

"仁心医馆的人送来庆帖时，特意嘱咐过，请您务必前去，这次庆宴邀人不少……翰林医官院的纪珣也会前去。"

此话一出，屋中陡然安静。

裴云暎缓缓抬眸："纪珣？"

青枫硬着头皮开口："医馆的人说，陆医官先给纪医官下了帖子。"

"先？"

裴云暎面无表情："纪珣为何也在？"

"还能为什么，人家毕竟是陆医官未婚夫嘛。"段小宴顺口接道，又合掌激动起来，"果然，我说得没错，纪大公子与陆医官果然渊源不浅。从前可没见陆医官对别人这样主动。"

他想着想着，有些感叹："说起来，这二人看起来，还挺般配。"

裴云暎漠然："哪里般配？"

"同样清淡冷漠，醉心医术，陆医官爱穿白，纪大公子也爱穿白，这还不够般配吗？"

裴云暎一言不发。

萧逐风肩头耸动。

他讥笑道："先给纪珣下帖子，看来，未婚夫之名确实花落别家了。"

裴云暎："她看起来和纪珣根本不熟。"

"那更糟糕，"萧逐风淡道，"男儿爱后妇，女子重前夫。你这后来者，似乎并未占到先机。"

段小宴瞪圆眼睛，仿佛发现了秘密般骤然开口："什么？原来哥你对陆医官……"

裴云暎冷冷看他一眼："你闭嘴。"

段小宴噤声。

少年面上仍带点不可置信的惊疑，嘴上却安慰："没关系没关系，纪大公子哪里比得上哥你，你生得俊身手又好，陆医官爱穿白，你穿黑，你俩走在一起……"

他目光瞥过裴云暎，这人今日穿了件圆领对窠鹰纹黑锦袍，英气凌厉，遂绞尽脑汁地开口："……像对黑白无常。"

裴云暎："……"

段小宴讪讪："这是夸奖赞美你的意思。"

萧逐风嗤笑一声。

正说着，芳姿在外面敲了敲门，轻声道："世子，晚饭备好了，小姐叫您现在过去。"她又瞧见屋中另两人："段公子和萧副使也在？"

萧逐风站起身："不用，我还有事，先走一步。"

段小宴茫然："哎？这马上都快吃饭了……"

裴云暎看向萧逐风，眼神似笑非笑："不占个先机？"

萧逐风没理会他，整整佩刀，侧身离开了。

待他走后，段小宴仍一脸费解："他有什么事啊？不是说好来蹭饭的？怎么都快蹭上了人走了？"

"不用管他。"

青年拿起庆帖,视线落在庆帖的名字上。字迹并非陆瞳字迹,却如出一辙的潦草,一看就是下帖之人并未用心,匆匆写下。

他沉默太久,段小宴小心翼翼询问:"哥,仁心医馆的庆宴,咱们还去吗?"

裴云暎放下帖子。

"去。"

他抬眼,无所谓地笑笑,语气有些冷淡。

"当然要去。"

接连下了两日雨,第三日的早晨,天放晴了。

段小宴清晨起来,特意换了件崭新的孔雀绿交领锦袍,腰间挂着那只水戏凫鸭的锦囊,高高兴兴来找裴云暎。

今日是仁心医馆五十年庆宴的日子。

医馆只给裴云暎送了帖子,段小宴便自己溜去仁心医馆一趟,觍着脸问银筝要了一张来。

到了裴府,段小宴与青枫打过招呼,一进屋,就见裴云暎从屋里走出来。

他穿了件朱红燕纹圆领大袖锦袍,腰束黑犀带,衬得人唇红齿白,俊秀英朗,一眼看去十分打眼。

段小宴却皱起眉。

"哥,你这身与公服也太像了吧,不知道的还以为你是去上差,又要抄一回医馆。"

似是想起上回秋日夜抄仁心医馆不愉悦的画面,裴云暎神色微顿,须臾,看了段小宴一眼,转身往屋里去。

段小宴赶紧跟上。

裴云暎进了屋，走到屏风后的紫檀暗八仙立柜前，打开柜门，伸手拿出一件皂色鹰纹窄袖锦袍。

段小宴摇头点评："不好，陆医官平日喜欢穿白，你穿件黑色去，岂不是真的黑白无常？"

他再拿起一件茶白澜袍，被段小宴大声阻拦："人家是庆宴，你穿件白色去，多不吉利呀，不妥不妥！"

唰的一声。

裴云暎丢下手中衣裳，平静开口："段小宴。"

"在！"

少年一个激灵，连忙辩解："我说的是实话，不信你问青枫。"

正从门口走过的青枫赶紧转头望天。

段小宴诚恳望着他："哥，我是在帮你。今日医馆庆宴，医官院的那位纪大公子也在。那位公子生得也不差，届时宴席开始，男子间明争暗斗起来，谁丑谁尴尬。万一纪大公子盛装打扮，一举夺得陆医官芳心，妒忌的滋味，可是十分难受啊。"

裴云暎微微冷笑："笑话，我为何妒忌？"

"因为萧副使说女子重前夫……"

剩下的话在裴云暎冰冷目光中渐渐熄灭，段小宴轻咳一声，主动转向裴云暎的衣橱："哥你放心，有我在，绝不让咱们殿前司的脸面落后他人，我来替你梳妆打扮——"

他掀开衣橱。

裴云暎的衣裳很多，大多是裴云姝让人给他做的。他生得好，不挑衣服，随便穿公服也好看，因此衣橱里多是黑白和朱色，其余颜色倒是也有，只是不常穿。

段小宴挑剔地一一看过，最后从衣橱最角落挑出一件锦袍来。

这是件崭新的宫锦澜袍，颜色是干净的淡蓝色，绣了细细雪白勾云纹，一眼瞧上去，干净又清冷。

"这件好！"段小宴赞道。

裴云暎扫了一眼，眉头微皱。

这是裴云姝命人给他裁的。这样温柔浅淡的颜色他一向不爱穿，因此做好了许久都被放在衣橱中，一次也没穿过，偏被段小宴找了出来。

"这件颜色不错！"段小宴举着袍子兴致勃勃，"哥你想想，陆医官平日除了白衣裳，最爱穿的也就是蓝色了。"

"你今日穿一件蓝色，她也穿一件蓝色，你俩不约而同，显得默契十足，那纪大公子一见，可不就知难而退了吗？是不是，青枫？"

站在门口的青枫认真看向远处，假装没听到段小宴的话。

裴云暎看一眼衣袍。

浅蓝衣袍似雨后长空，又若淡色湖水，清冷之色倒是与另一人气质很像。

身侧少年还在问："哥，就穿这件怎么样？"

他别开眼，哼了一声。

"不要。"

噼里啪啦——

仁心医馆前，一片热闹。

悬挂在树枝上的鲜红爆竹热热闹闹炸响，溅起的碎纸缀在枝叶中，浓绿也添了点嫣红。

杜长卿把草编罐子堆在长桌上，这是消暑药茶，进来买药的病者可免费拿一罐走。

阿城和银筝站在医馆外，给路人分发一些熬好的药茶，再送一张银筝写的"身强体壮,寿比灵椿"的红纸。

林丹青也得了一张红纸。

她是一早来的,医官院旬休,她便盘算着时间,一大早就来帮忙。

杜长卿和阿城在外张罗,林丹青随陆曈往里铺里走,铺子被打通过,两间并作一间,原先墙面被仔细修补过,一眼望去,焕然一新。

桌上医籍下还放着几册书卷,林丹青眼尖,一把抽出来,讶然开口:"《双情记》……陆妹妹,你也爱看这个?"

陆曈愣了一下:"不是。"

"是我看的。"银筝笑着从林丹青手里接过书卷,"先前去雅肆书斋买爆竹书画,洛老板送的搭头,有时医馆闲暇,我就看看话本打发时日。"

"话本?"陆曈疑惑。

她平日忙着坐馆,不知银筝何时迷上了这个。

"是呀,"银筝笑着解释,"讲的是一对高门宅邸里真假千金的故事。真假千金,先婚后爱,兄妹相恋,假死脱身,最后破镜重圆,皆大欢喜,可有意思了。"

陆曈茫然。

林丹青眨了眨眼:"这本我先前看过,不过看到中途没看了。"

银筝不解:"为何?后面写岔了?"

"那倒没有,就是后来看到女角儿受伤不起,王爷对御医叫嚣'若治不好她,你们统统陪葬'就看不下去了。"

陆曈:"……"

见陆曈神色一言难尽,林丹青便感叹:"其实我以前挺爱看这些,后来嘛,一是准备春试挺忙的,二来有些话本实在写得离奇。"

"那要御医陪葬的,顶多是人品不怎么样。有的话本更过分,写男女角儿新婚,一夜十三次……"她凑近陆曈压低声音,"你我都是学医的,这不离谱吗?"

银筝忍不住扑哧笑起来,见林丹青看来,又忙解释:"可能、可能写话本的人也是瞎编的……"

"说得容易。"林丹青认真反驳,"但若看了的女子信以为真,以为天下间男子皆是如此。待将来成婚,却发现与话本所录全然不同,岂不是毁人姻缘?"

她这思虑得长远,让陆曈与银筝一时无言。

正沉默着,门外突然响起一阵马蹄声,小伙计高兴的声音传来:"客人来了,快快请进!"

陆曈回身望去。

李子树下,一辆马车停了下来,从车上跳下个穿绿衣的小童,麻利地掀开车帘,紧接着,马车上又下来位青年。

这青年一身浅蓝衣袍,长发以玉簪冠起,黑发明目,风韵清俊,十分的端方有礼,随着他下马车,衣袍随风微微拂动好似湖面溅起涟漪。

夏日间日头盛炽如火,这青年下车瞬间,四周如飘来一股竹林清风,掩住闷燥炎意,格外令人舒展沉静。

孙寡妇与宋嫂正拿竹筒接不要钱的药茶,见状皆是呆了呆。孙寡妇碰了碰杜长卿胳膊,悄声询问:"杜掌柜,这位文弱的俊男又是谁啊?"

杜长卿舀药汤的手一停,没好气道:"狗皮膏药。"

林丹青摸了摸下巴,附在陆曈耳边嘀咕:"纪医官不穿医官袍的样子还怪有几分姿色的,是不是?"

陆曈沉默,把手中药罐放下,转身往门口走。

看杜长卿的模样,是不打算迎客了。

才走到门口,忽地又听见一阵马蹄声。

这马蹄声比方才那阵更急促，随蹄声渐近，又一辆朱轮马车在仁心医馆前停了下来，与李子树下纪珣的那辆马车并在一处。

"陆医官——"

人还未到，声音先行，绿衣少年从马车上跳下来，声音雀跃，在他身后，有人掀开马车帘，弯腰下了马车。

众人朝前看去。

马车上下来个穿浅蓝宫锦澜袍的年轻人。

这年轻人生得亦是俊俏，他眉眼不似方才那位清冷淡薄似水墨，更加锋利分明，夺人心魄，偏偏扬起唇角时，露出若隐若现梨涡。

于是锋锐变成和煦，竹林长阔寥落的清风，霎时被暖日照亮。

医馆前，人烟熙攘吵闹，渐渐那吵闹声也淡去，被马车下站着的二人聚集住目光。

同样的浅蓝衣袍，同样俊美出挑，然而同一种色彩，穿在不同人身上却全然不同。

一个清冷出尘似山间长风，泠然湖水，总是蒙着淡淡云雾；一个卓拔耀眼，英秀峨然，似雨后晴空，微夏清夜，干净明朗。

摇曳树影落在石阶上，医馆前的两人却把整个西街狭窄的土路都衬得光鲜起来。

宋嫂捂住心口，再看看眼前挥舞勺子的杜长卿，突然觉得这往日眉清目秀的少东家今日看着好像也黯淡许多。

两位蓝衣青年彼此视线相撞，都怔了一下。

门口整理红字的苗良方睁大昏花老眼，看了看林丹青："林医官，这是翰林医官院新发的医官袍？"又疑惑，"怎么还送了裴殿帅一件？"

杜长卿把舀勺一摔，抱胸冷笑："真是令人叹为观止。"

陆曈:"……"

那一头,裴云暎也瞧见了纪珣的衣袍,面色一顿,看向段小宴的目光登时发凉。

段小宴哽了一下。

"失策。"少年痛心疾首,低声道,"没想到这纪大公子竟也如此心机深沉,倒显得你俩撞上了,无事……哥,你底子好,足以艳压群芳。"

"再者,管他做什么呢,纪大公子是个意外,咱们只要和陆医官一样颜色……"少年的声音在看到陆曈时猛地消失。

裴云暎朝前看去。

医馆门前站着个女子,穿件淡黄薄衫子,下着郁金罗绣染裙,乌发边簪一朵苔绿绢花,芳容明丽,身姿娉婷,浓淡合宜好似幅江南俏春图。

正是陆曈。

裴云暎淡淡看一眼段小宴。

段小宴语塞。

"她、她穿了黄色啊。"

处心积虑地穿了件蓝色,谁知对方却穿了件黄色,偏与另一男子撞了色,这可真是搬起石头砸自己的脚,人算不如天算。

陆曈并不知树下几人的心思,只是疑惑裴云暎竟穿了件平日不常穿的颜色来。她身上那身黄裙是银筝去葛裁缝店里裁的,说是葛裁缝店里卖得最好的颜色,做衣裙正好。

门外烈阳仍盛,银筝笑着上前,打破微妙尴尬:"纪医官与小裴大人都来了,快快请进,阿城已备好茶了。"

那二人对视一眼,彼此微微点头算过礼,一前一后进了里铺。

纪珣的药童竹苓手里抱着个琉璃细颈大肚罐子，费力往茶桌上一搁，仰头道："这是我家公子送的贺礼'青竹沥'。"

苗良方："青竹沥？"

"心下有支饮，其人苦冒眩。暑天气热，易生痰症，我家公子亲手做的青竹沥，外头可买不着。"竹苓说得骄傲。

身后杜长卿翻了个白眼，对苗良方无声做了个口型——不值钱。

陆曈接过琉璃罐，对纪珣道："多谢。"

纪珣颔首："今日庆宴就可用上。"

段小宴见状，若无其事将纪珣挤到一边，把手中竹篮往桌上一放："我家大人也有贺礼，陆医官请看——"

陆曈低眉看去。

皁编竹篮盖着的绸布一掀开，里头坑坑洼洼、乌漆嘛黑、团团囵囵物，还有些干枯枝草。

林丹青眨了眨眼："这是……药材？"

"没错！"段小宴正色道，"毕竟是医馆嘛，大人觉得与其送些花里胡哨的，不如送些更实用之物。陆医官又不是贪慕金钱之人，就令人寻了些珍奇药材，日后陆医官想做新药或是研制新方也方便。"

陆曈草草翻了几下，有些甚至是御药院也难得的草药，不由看了裴云暎一眼。

这贺礼很难得。

裴云暎见她看来，勾了勾唇："陆大夫这回不会将礼退回来吧。"

这话说得很有些深意，周围人都朝他二人看来。

陆曈合上竹篮盖子："不会，多谢裴大人。"

"不用谢。"他笑。

咳咳——

114

门口的杜长卿挤了进来，皮笑肉不笑道："我看时候不早，人都到齐了，就别在这挤着，进院里用饭吧。阿城，摆饭——"

阿城应了一声，把药桶子搬进屋，又把大门一锁，欢呼着朝里跑去。

唯有段小宴挠挠头，语带茫然："不是说广邀贵人好友吗……就这几个人啊？"

当然没有人回答他。

银筝掀开毡帘，众人陆续走了进去。

小院整洁，院中已拉起布棚，遮蔽头顶烈阳，因院落四周有树，院子里倒并不很炎热，有风时还觉出几分清爽。

其余人都已来过院子几回，唯有纪珣与竹苓是头一次来，走得更慢些。

"公子——"竹苓扯了扯纪珣袖子，"这窗前有棵梅树哎！"

银筝笑道："这是姑娘的屋子，冬日花开时，打开窗就有梅花飘进来，可好看了。"

她一转头，见院子凉棚下的石桌前，众人三三两两已入座，便招呼道："纪医官，阿城在摆饭了，您二人请先入座吧。"

纪珣点头应了。他走到石桌前，苗良方和段小宴已先坐下，陆曈正将碗筷一一摆好。

阿城动作很麻利，不多时就已将饭菜摆满一整张桌。

白炸春鹅、清撺鹑子、荔枝腰子熬鸭、山煮羊、蜜渍豆腐、雪霞羹、酒烧香螺……还挺丰富的。

竹苓挨着阿城坐下，苗良方和银筝坐在一处，杜长卿接过竹苓方才抱来的青竹沥，叫陆曈也坐下。

纪珣看着陆曈在凉棚下坐了下来，见她身侧还有空位，犹豫一下，朝着陆曈走去。

他还有些事想问陆瞳。

他走到陆瞳身边,微撩袍角,正要坐下。

忽然间,斜刺里响起一道声音。

"请问——"

纪珣抬头。

裴云暎不知什么时候走了过来。

微风吹动梅树花枝,打开的青竹沥渐有清香扑鼻,年轻人站在二人身前,眉眼明朗含笑,语气却很有几分无辜。

"我可以坐在这里吗?"

第四章 真话

凉棚遮蔽头顶日光,佳肴美馔热气腾腾,石桌前,女子身边一左一右,二人同样站着。

纪珣看向裴云暎。

他面色平静,微微笑着,语气很自然,却叫纪珣不由皱了皱眉,心中忽然生出一丝不喜。

不知为何,他有些不喜欢这位裴殿帅。

席上众人鸦雀无声。

段小宴眼疾手快,一把拉着裴云暎在陆瞳身侧空位坐下:"哎哟,说什么介不介意,这么大张桌,还能找不出个位置?"

他看向纪珣,灿烂一笑:"纪医官,您坐那边吧——"他指了个空位,与陆瞳正对在圆桌两面,"刚好挨着白炸春鹅,夹菜方便。"

竹苓:"……"

顿了顿,纪珣转身,在段小宴指的地方坐了下来。

陆瞳微微松了口气。

不知为何,她总觉得每次纪珣与裴云暎见面时,气氛有几分古怪。明明二人交谈正常,举止有度,但总有种暗藏的剑拔弩张之感,裴云暎笑得越是亲切,纪珣举止越是有礼,这感觉就越是强烈。

林丹青轻咳一声,移开话头:"杜掌柜这桌菜真是丰盛,这盆荔枝腰子熬鸭,看上去和仁和店大厨做得差不离。"

阿城嘴快:"林医官厉害,这荔枝腰子熬鸭本来就是东家在仁和店买的。"

杜长卿敲一下他的头,骂道:"多嘴!"

"是在食店买的?"竹苓愣愣地开口,"我还以为是自家做的呢。"

苗良方解释:"咱们厨艺都一般,怕招待不周,引人见笑,小杜才特意去仁和店买了酒菜回来。"

竹苓疑惑:"既然这样,何不直接在酒楼里吃呢?酒楼里还宽敞一些。"

杜长卿翻了个白眼,皮笑肉不笑道:"都是坐馆行医,医官院的医官领着俸银,偶尔还能从贵人手里漏个金子珠串什么的,咱们这里可不同。来西街瞧病的都是穷人,别说赏些资银,遇到滥发好心的,有时候还要倒赔几个。"说至此处,瞪一眼苗良方。

苗良方赶紧低头吃花生,假装没听见。

"就挣那么点银子,物价还飞涨,今年又加征税赋。说实话,医馆这回扩店,可是把我家底掏空了,可将来呢,未必赚得回来。这要说,哪是开店,简直就是布施做善事了。"

他身子往后一仰:"仁和店订席,席位费也要钱,当然是在医馆吃更划算。"

竹苓茫然。他自小跟着纪珣,除了饮食清淡、日子乏味,倒不曾吃过什么苦。

纪珣垂着眉眼,一言不发,似在认真沉思杜长卿的话。

林丹青见状,笑着道:"话不能这么说,知足常乐嘛。况且盛京这头还算好的,前些日子,我回家听我爹说,苏南闹蝗灾,庄稼幼苗被吃空了,都已闹起饥荒。"

银筝惊讶:"苏南蝗灾?"

杜长卿看看陆瞳:"那不是你们的家乡吗?"

苗良方皱眉:"飞蝗蔽日,庄稼顷刻而尽,饥荒一旦闹起来,大疫恐怕紧随其后……"

院中气氛顿时有些沉重。

杜长卿见状,轻咳一声,起身道:"好好庆宴,说这些不开心的干吗呢?今日我们欢聚在这里,是为了庆祝仁心医馆开张五十年——我老爹要是泉下有知,也该欣慰了。毕竟就算他自己来,也未必能开到四十九年。"

他这一打岔,将方才沉郁冲散了一些。

他抱起桌上酒坛:"我买了甜酒,动筷之前,大家先举一杯吧。"

他正要拔掉酒塞,一直不怎么作声的纪珣突然开口:"喝酒伤身,我今日带来青竹沥正好可以用上。"

杜长卿啊了一声,有些费解地看向纪珣。

庆宴喝酒不是常事吗?这人却偏偏说喝酒伤身。也太煞风景了。

难怪外头传言他不喜与人相处。估计人也不喜与他相处。

四下无人说话,林丹青自然地顺过话头笑道:"青竹沥……名字真好听!纪医官是入内御医,只有宫里的贵人们才得他亲自写方制药。先前他做的'神仙玉肌膏',如今外头多少人想买都买不着。青竹沥既是纪医官特意准备,定然不凡,今日能尝到,算是咱们走运。是不是?"

银筝也赶忙打圆场道:"就是就是,听说御药院的药材与外头成料截然不同。药露放在外头,不得卖个百八十两的?今日我们是托了纪医官和东家的福,才能见识这好东西呢!"

桌上,那只漂亮的琉璃罐子刻了细致花纹,里头装着露液青碧幽幽,在罐子里晃荡,像盛着翡翠,一眼看去,消夏去燥。

杜长卿目光闪闪。

平心而论,他是不想喝这玩意儿的——哪户人家庆宴上不喝酒只喝药?

也太晦气了!

不过……

御药院的药材珍贵,林丹青说得也有道理,这东西放到外边,不知有多值钱。

心中打定主意,杜长卿就把方才的甜酒放下,转而抱起纪珣带来的罐子,笑说:"那是那是,既然是纪医官精心酿制,要是不喝,显得我们多不识抬举似的。"

"来来来——"

他道:"都满上,咱们皇城里的琼浆玉露,这就来咯!"

他说得夸张,纪珣面上闪过一丝不自然,药童竹苓却面露绝望。

杜长卿并无所觉,誓要将这东道主做到极致,贴心地抱着罐子给每人来了一碗。

陆曈面前也摆了一碗。

她低头,纪珣的青竹沥正如其名,青碧盈盈,色如春竹,一股苦涩药香充斥在鼻尖,甚至能闻得出其中几味药材。

陆曈不由皱眉。

咳咳——

那头,杜长卿已端起酒碗,回到座前站好。

他道:"感谢各位今日赏光来我们医馆做客,都是皇城里的青年才俊们,我们西街因此蓬荜生辉。"

"话不多说,"杜长卿举碗,"本掌柜先喝为敬!"

他一仰头,豪气灌了下去。

竹苓欲言又止:"哎……"

咳咳咳——

话音刚落,杜长卿就捂着脖子剧烈咳嗽起来。

纪珣端着酒碗,面色迟疑:"药露会略苦一点……"

竹苓捂脸。

自家公子做的药露,那可真是苦得叫人心酸。年年纪家老太爷寿辰,纪珣都会送上一罐自己做的药露,每次纪家诸人都是面色苦涩地咽完。

那可真是苦啊!

也不知道自家公子从哪儿寻来苦得这般离奇的药材。那位杜掌柜一口气喝完,想想也猜到其中滋味。

杜长卿满脸涨得通红,一碗苦水含在嘴里也不好吐,只得艰难吞咽,待咽完最后一口,脸皮皱成一团,仍努力挤出个微笑。

"不苦。"他一脸诚恳:"可甜了。"

众人:"……"

杜长卿不甘自己成为这唯一的受害者,非要把所有人一起拖下水,斜睨着眼道:"怎么不喝呀?东家都喝了,你们看不起东家,难道还不给纪医官面子?都端起来,别磨磨蹭蹭的!"

众人面露难色。

纪珣想了想,轻声解释:"良药苦口,虽是苦了一点,于体却有裨益。"

他这般认真,一时叫周围想推脱的众人也不好意思不喝了,想着就当喝补药,纷纷举起酒碗,说些吉祥话,端起眼前药露。

这药的确很苦。

有苗良方和纪珣这样年长稳重,长痛不如短痛一口气喝完的,也有竹苓和段小宴这样面如死灰,喝一口呕一口如饮鸩毒的。

林丹青和银筝还好些,不过喝完后鼻子皱成一团。

裴云暎又比这些人更淡定些,伸手拿过酒碗,不紧不慢喝完了。

陆曈低头,看着面前酒碗。那酒碗里盛着一大碗竹液,乍一看很是清凉,只是其中四溢的苦气着实令人难受。

众人都已咽下苦水,唯剩她一人磨蹭到最后,陆曈深吸一口气,正要拿起面前酒碗——

一只手从旁伸了过来。

陆曈抬头。

裴云暎从她手中接过酒碗,低头把药露倒进自己空碗中,又拿起银筝买来的桃子酒重新斟进她碗里,道:"喝这个吧。"

他这动作做得自然无比,陆曈手一抖,再抬眼,对上的就是众人各异的目光。

林丹青本就苦得快哭了,见状一口药露呛住,顿时咳嗽起来。

察觉到众人视线,裴云暎抬眼。

年轻人一张俊秀的脸面带微笑,看起来不似穿公服时般高不可攀,嗤了一声,无辜开口:"怎么这么看着我?不是说很贵重?倒了浪费。"

他看向纪珣,唇角一弯。

"我多喝了一杯药露,纪医官应该不介意吧?"

纪珣抿了抿唇。

这本是一件没什么大不了的事,但不知为何,他心中忽生出几分气闷,只觉面前人和煦的笑容此刻看起来也有几分刺眼。

段小宴暗暗握拳叫好。杜长卿脸拉得老长。

外头不知何时起了风,吹得凉棚呼呼作响。

银筝笑着招呼:"大家别干坐着了,赶紧用饭吧。菜单我和杜掌柜半月前就拟好了，比不得皇城里讲究，公子小姐们莫要嫌弃。"

"不嫌弃不嫌弃。"段小宴高高兴兴举箸，"可比皇城里饭食丰富多了！"

银筝和林丹青本就是人精，最善活络气氛，又加上段小宴话痨，杜长卿偶尔阴阳点评几句，席上渐渐热络起来。

说着说着，就说到陆瞳被停职一事上来。

杜长卿不满道："我说，咱们这西街好容易供出个医官，进院还不到半年，怎么就被赶回家了？不就是多看了一眼药单，多大点事，皇城里的人就是小题大做，那看一眼药单能上天啊？"

纪珣闻言，诧异地看一眼陆瞳。

看来，陆瞳并未将停职的真正原因告知杜长卿。

"皇城里的人都那样，没什么眼光。"林丹青摇头。

"我，太医局考核时次次第一。"她一指陆瞳，"陆妹妹，春试红榜第一。我俩这实力，医官院甲冠天下，俸银至少得往现在翻十倍才对得起。就那么点钱，打发叫花子呢？"

"日日奉值，天天挨骂，牛马不如，绝对牛马不如！"

竹苓小声反驳："那也不能说甲冠天下吧，把我家公子置于何地？"

林丹青一顿。

她想了想："你家公子有家族支持，我和陆妹妹半路出家，能比得上吗？"又道，"至少在女医官里，我俩说声'杏林双娇'不为过吧？"

"那是那是。"杜长卿捧场，"我看，大梁将来第一位女院使，十有八九就在你俩中间挑一个了。"

林丹青得意："承你吉言。"

苗良方笑呵呵道："小陆和林医官确实卓有天赋，不过，说到女大夫，我倒知道一个更好的。我行医大半辈子，所见病症不少，但那姑娘天赋之高，医术之妙，确乃生平罕见。"

他一捋胡子，看向纪珣："恐怕这位纪医官，见了她也要甘拜下风。"

纪珣不解。

苗良方当年离开医官院时，纪珣尚还年幼，因此并不知道苗良方，以为对方只是一位瘸了腿的平民大夫，被仁心医馆请来坐馆。

林丹青惊讶："还有这么一号人物？我怎么不知道，是盛京人？"

"是。"

竹苓看向纪珣，问："公子可曾听说？"

纪珣摇了摇头。

苗良方叹道："也难怪你们没听说过，那毕竟是二十年前的事了。"

"二十年前……"

他语气悠远："二十年前，你们中间，有的还是个吃奶的小娃娃，记不得事，有的还没出生……"

"那时候啊，我也还年轻气盛，刚到盛京头一年，在一家药铺里给人打杂做伙计。"

"有一天，药铺里来了个抱着孩子的妇人，说三岁女儿误食毒草，赶紧送来药铺救人。"

"当时天色已晚，药铺里只有一个坐馆大夫，我一看那小姑娘，翻白眼、吐白沫，身子都发僵，出气多进气少。"

"大夫说来得太晚，我们瞧着都心痛，以为小姑娘铁定活不过今夜了。"

"谁知峰回路转，街头恰好驶过一辆马车，从马车上下来个戴幂篱的年轻姑娘，扶起那对母女。"

林丹青听得入迷："她把小姑娘救活了？"

"救活了。"

苗良方出了一会儿神，须臾，才慢慢开口："我后来才知道，她是盛京入内御医莫家府中的小姐……莫如芸。"

此话一出，陆瞳睫毛一颤。

手中酒碗一个没拿稳，几滴甜酒溅到手背，渐渐蔓延出一点蜇人的冰凉。

她抬眼，脸色骤然苍白。

平地忽然起了阵轻飘飘的风，更远处的天上，渐有厚云飘来。

苗良方继续开口："那位小姐喂了小姑娘一颗药丸，过了半炷香，小姑娘吐出一堆秽物，渐渐醒转过来。当时围观百姓齐齐为她鼓掌，那位小姐却起身上了马车，径自离开了。"

"我见对方衣饰华丽，问起掌柜。掌柜的告诉我，那是莫家的马车。"

林丹青问："莫家？"

苗良方慢慢笑起来。

"入内御医莫文升，当初在翰林医官院任差。我做伙计时听过此人名字。他年事已高，医术刻板，循着老掉牙的方子不肯变通一分，却因年长长寿，旁人都信任他，他自己开方又保守，很得宫中贵人喜爱。"

"莫如芸，就是莫文升的孙女。"

这名字对在座众人都有些陌生。

苗良方停顿一下，才继续开口。

"我当时对这位小姐的医术颇感兴趣，就多问了几句，才知这位莫小姐与她祖父莫文升的行医之道截然不同。"

"莫文升保守，莫如芸却用药刚烈霸道。偏偏她是个天才，医行束手无策的疑难杂症，在她手中迎刃而解。听说她幼时也曾上过一段日子太医局,不过很快就不去了,说是太医局的先生所教授之医理,迂腐至极。"

闻言,竹苓偷偷看了一眼纪珣。

纪珣并未察觉,只看着苗良方,语带不解:"若莫小姐不曾进过太医局,莫老先生所行医道又与她大相径庭,莫非另有良师教导?"

"没有。"

"那她如何行医?"

世上自有天才,才智、机捷都胜于常人,或过目不忘,或心有成算,但行医与这些又全然不同,若不能亲自见过大量病者、病症,仅凭读几本医经药理,是难以做到此种地步的。

苗良方笑着摆手:"纪医官莫急,听老夫继续讲来——"

他叹道:"总之,莫小姐犹如传奇,风头之盛,比之如今的纪医官有过之而无不及。医行的人都说,等莫小姐到了年纪,自然而然会入翰林医官院,将来做入内御医,其成就定然超过其祖父。"

"这种天才,我也只当传言中的人物听听。毕竟对方身份不低,也不是日日都能与我们这些平民相见。"

"我在那间药铺干得不错,过了两个月,有一日正忙着,门口又出现了先前那个抱着中毒小姑娘的妇人,这回,她是一个人来的。"

林丹青紧张:"那小姑娘还是死了?"

苗良方摇头:"她失踪了。"

陆曈握着酒碗的手指僵住。

"妇人说,小姑娘回去后,不多日便全好了。谁知有一日出门打酒,半日都未归家,再找,就找不着人了。妇人来问我们药铺的人可有见过小姑娘,我们都没见过。"

苗良方叹气。

"其实那段日子,盛京常有孩童失踪,城守备说可能是拐子张狂。被拐走的幼童多是贫苦出身,官府不耐烦找,爹娘也上不起那个心,寻个几日就草草算了。"

"我看那妇人可怜,一夜白了半头,于是帮问了许多人,也没见着影子。"

"后来,又过了半年,我都离开原先那间药铺了,盛京又丢了个娃娃。"

他道:"这个娃娃,可不一般。"

段小宴好奇:"这个娃娃是谁?"

"是刑部郎中李大人的儿子!"

众人面面相觑。

拐子拐到刑部郎中府上,的确有些胆大包天了。

苗良方捋一把长须:"刑部郎中李大人惧内,家中夫人只生了一双女儿。这李大人就在槐花巷养了个外室,外室给他生了个儿子,才满五岁。"

"因怕夫人发现,这对母子也不敢招摇,旁人就以为是双有些家底的孤儿寡母进京过日子。"

"小公子随母亲夜里出门逛庙会,不知怎的就不见了。李大人一得知,那还得了,立刻知会各路人马并城守备,不把盛京找个底朝天不罢休。"

"这一番大动静,还真被他找到了。"

苗良方说至此处,停了一停,看向席中诸人:"你们猜,这小公子在何处找到?"

众人茫然。

裴云暎道:"藏在莫府?"

苗良方大惊："你如何得知？"

裴云暎耸了耸肩："猜的。"

"竟在莫府找到？"林丹青惊讶，"那孩子怎么会在莫府？"

"不止——"

苗良方望着面前酒碗，眸色忽地有些变化："不止李家小公子，还有先前中毒被救后又走失的小姑娘……还有盛京这一年来，陆陆续续失踪的幼童……"

"……全都在莫府小姐后院的花圃里，找到了。"

此话一出，鸦雀无声。

段小宴大惊失色，竹苓有些害怕地缩了缩身子。

"那位莫家小姐杀小孩？"银筝颤声问道。

苗良方摇了摇头："莫小姐闺房中有处密室，李家的小公子还活着，官差找到他的时候，他已瘦成一把骨头，奄奄一息。李大人盘问他，从这孩子嘴里才得知一桩秘闻。"

他顿了顿，才开口："莫家那位小姐，在四处搜寻幼童做自己试药的药人。"

"药人？"林丹青失声喊道。

众人朝她看去，她便解释："从前听说有人曾在人身上行用新药以研制症方，不过，此法对试药之人身体损伤极大，行医之人行此道有悖医德，是以，我也只在传闻中听过。"

苗良方点头："不错。当日官差从这位莫小姐的后院中挖出许多孩童尸骨，后来才知，这位莫小姐一直暗中蓄孩童作为药人。"

"一开始是她院中丫鬟女童，后来就从各处人牙手中买来贫苦出身的小孩儿，因她给的银钱多，渐渐就网罗了一群人，特意在京中寻些叫花子、农人家儿女买进。"

"她把这些小孩藏在密室,供给他们吃喝,喂他们毒物,再解毒,如此反复。幼童身子本就娇弱,如何折腾得起,至多不过几月,一命呜呼。"

苗良方叹道:"正如纪医官所说,行医辨症需看过大量病者。莫家小姐虽天赋异禀,但这些被她看作药人的孩童,才是她屡现奇方的关键。"

"那些孩童在她手下生不如死,十分凄惨。若不是恰好抓到了李大人私生子头上,不知还有多少无辜孩童命丧她手。"

段小宴眉头紧皱:"那女人后来如何了?就地正法了?"

苗良方点头,又摇头。

"当时此案震惊京城,莫家因此被连累,莫文升也被关进牢房。他自称对孙女豢养药人一事并不知情,但事关重大,莫家岂有独善其身的道理,统统被下狱。"

"出事那一日,莫家小姐恰好出门,因此躲过一劫,陛下下令全城缉捕,莫小姐却在一个夜里偷偷回到府邸。"

银筝好奇:"她回去做什么?"

"据说莫家女儿的闺房里还藏着大量药方,都是她豢养药人时研制的新方。莫小姐在屋子里放了一把火,连同那些留下来的药方,一同烧成灰烬。"

"官差从烧焦的府邸里掘出一具焦尸,狱卒带莫老医官到了现场,亲自确认确是莫小姐无疑,再过不久,莫文升被处斩刑,此案告结。"

微风吹得人皮肤上带起一阵细细寒意,苗良方端起酒碗,润了润干涸的嘴唇,道:"故事讲完了。"

故事讲完了。这也算是善恶有报,然而听到最后,却不免有些怅然。

林丹青喃喃:"原来如此。可我从小到大,为何都没听过此人名字呢?"

苗良方摇头:"医官之后,豢养药人,说出去实在羞愧,医行禁谈此事,将莫家视作耻辱。连莫小姐先前用出的方子也全部禁用。谈的人少,何况又过了二十年,除了医行里年纪大些的老人,你们这些小年轻不知晓也寻常。"

林丹青点了点头,"说得也是。"

众人一时都有些沉默。

倒是苗良方,忽然想起了什么,看向陆瞳问:"对了小陆,你先前那位师父,用药霸道刚猛与莫小姐有几分相似,又精通诸毒,不知有没有听她说过莫家的事?"

世上医道千万,虽莫小姐行事恶毒,伤天害理,但她那些手札和毒经却并非一无是处。若有人将此为道,在此基础上钻研学进,未必没有可能。

陆瞳低着头,并未回答。

裴云暎侧首,见身侧女子看着面前酒碗,似在发呆。

"……小陆?小陆?"

苗良方一连叫了两声,陆瞳才回过神来。

"怎么了,苗先生?"

"教你的师父,有没有和你提过莫小姐啊?"

满席琳琅香气扑鼻,小院热闹温馨,窗下梅树摇曳着枝叶,枝梢挂着的灯笼被风吹拂。

不到冬日,不曾下雪,尚未开花。

恍惚似幻觉。

陆瞳顿了顿,才抬起头。

"没有。"

她平静道:"我没有听过这个人。"

宴席散了之后,众人都有些微醺。

杜长卿酒量不好,被阿城和苗良方扶着先回家去了。

林丹青也说犯困,遂与段小宴一同离开。

小院顿时冷清许多。

竹苓坐在里铺和阿城玩格子画,小院里,裴云暎与纪珣把院里的桌椅一一搬回原位。

二人都很清醒。

纪珣是从头到尾滴酒未沾,只喝青竹沥和茶水,自然无碍。

至于裴云暎……他倒是喝了不少,不过,到现在也神色如常。

一桌杯盘狼藉都要收拾,陆曈本着物尽其用的想法,索性叫这二人也出出力,帮着收拾一下残局。

最后一把椅子放回里铺,银筝端走陆曈手里的簸箕,低声道:"姑娘,哪有让客人干活的道理?您先进屋,我瞧着这二位,是有话要和姑娘说呢。"

陆曈站定,心想也是,就走到二人身前,道:"殿帅,纪医官,若有事商谈,不妨先进内室稍候,桌上有茶,我即刻就来。"

内室挨着陆曈与银筝的寝房,夏蓉蓉走后堆过一阵药材,如今两间药铺打通,铺子宽敞,屋子就腾了出来。银筝去旧货场选了张半旧竹几和椅子,改作茶室。陆曈回医馆时,有时在里头看书。

她抱着空酒坛去后院厨房,裴云暎与纪珣便先进了内室。

一进屋,顿觉一阵浓重药香。

内室不大,物具也十分精简,竹几前,椅子摆了两把。

地上胡乱堆着些叠得老高的医书,还散着药方,被窗外的风一吹,飞得到处都是。

纪珣尚在四处打量，裴云暎弯腰，把地上药方一张张捡起，重新放于桌上。

他见竹几上还放着陆瞳的银药罐，便伸手拿过，打算压在叠好的药方上，以免墨纸被风重新吹走。

纪珣一转身，突然开口："别动。"

裴云暎抬眸。

"陆医官不喜别人动她的东西。"纪珣抿了抿唇。

他记得很清楚，先前在制药房，他曾拿起这只银罐，被陆瞳一把夺了回来，像是很介意旁人看用。

面前人黑眸微动，缓缓重复一遍："陆医官不喜别人动她的东西？"

纪珣道："不错。"

"原来如此。"裴云暎点了点头。

下一刻，年轻人唇角一弯，挑衅地看向他。

"可我不是'别人'。"

陆瞳进屋的时候，屋中气氛有些奇怪。

裴云暎和纪珣站在竹几两面，听见动静，朝她看来。

纪珣朝她拱手："陆医官，我有话和你说。"

陆瞳颔首："好。"

纪珣又看向裴云暎："可否请裴大人暂时回避？"

裴云暎看向陆瞳。

陆瞳便道："裴大人，请先出去吧。"

裴云暎定定地盯了她片刻，一言不发出了门。

陆瞳正看着他背影，听见身后纪珣道："陆医官，坐下说吧。"

"好。"

二人在竹几前坐了下来。

屋中安静,陆曈不知道纪珣究竟要与她说何事,但大概能猜到一些他的来意。

果然,她才提过茶壶正欲斟茶,就听纪珣开口:"你被停职一事,是否另有隐情?"

陆曈动作未停:"纪医官应当已经听说了。"

"随意翻看药单的确有悖规矩,但你被停职的真正原因,应该是控诉崔院使剽窃药方一事。"

"控诉?"陆曈把茶盏推至纪珣面前,"不是诬陷吗?"

纪珣接过茶盏,默了一下,道:"我看过你的药方。"

"什么?"

"太医局春试后,红榜所有学生的考卷我都看过。你的十份药方皆有不足,但也不乏精妙之处,若加以改进,未必不是救命良方。"

纪珣继续道:"我回医官院后,才知你被停职一事,竹苓问过当时医官,按你后来所言添增药材,我看过药方,的确对治疗癫疾有效。"

陆曈眨了眨眼,一个不可置信的念头浮上心头。

"莫非,纪医官认为我是被冤枉的?"

陆曈十分意外。

纪珣是君子,公私分明,不会因私交偏袒或是误解谁。她那蹩脚的"举告"漏洞百出,以纪珣的谨慎,应当不会说出这种话才对。

女子眼眸晶亮,望着他的眼神泛着真切疑惑,纪珣一时有些不自在。

定了定神,他道:"没有证据之事,不可胡说。仅凭你只言片语,的确无法判断。最重要的是,戚公子究竟是不是癫症尚未可知。戚公子的医案只有院使能看到。"

陆曈点头:"外头传言戚公子只是受惊。"

"从前我不明白,现在我知道了,平民医官在皇城中行事比我想象中艰难百倍。"纪珣望着她,"今日我来,只是想告诉你,戚公子一事或许暂时无法还你清白,但我会与院使说明,三月之后,一定让你回医官院。"

陆曈愣了一下。

这话对追求公平的纪珣来说,已经有些出格了。

"当年苏南一行,我曾说过,你若来盛京太医局,我会照拂你。如今你既进医官院,若遇不公,我自不能袖手旁观。"

纪珣低头,从布囊里取出几个精巧瓷瓶。

陆曈的视线落在瓷瓶之上。

"这是……"

"神仙玉肌膏。"他道,"你回到西街,时时取药不太方便。我新做了几只拿给你。不必俭省,你的伤应当细致养护,以免日后落下疤痕。"

面前五六只瓷瓶排成一排,这在宫中贵人间也难寻的精药,如今在这里如大白菜似的全堆在面前。

可惜对她一点用也没有……

咽下心中复杂滋味,陆曈看向纪珣,真心实意地道了一声"多谢"。

"纪医官,"她说,"指责院使一事,或许是我太捕风捉影,未经求证胡乱攀扯,院使责罚停职也是应该。此事到此为止,纪医官原本也和此事无关,之后也无须为我费心,待三月后,院使如何安排,陆曈都坦然接受。"

又思量一下,陆曈微微笑道:"至于这些膏药,既是纪医官一片心意,那我就却之不恭了。"

纪珣本皱着眉头听她说话，待听到最后一句，紧皱的眉头这才松缓。

"如此也好，"他点头，"黄茅岗受伤，你本就应多休息些时日。这三月，你就在西街好好养伤吧。"

陆曈颔首。

纪珣站起身来。

"时候不早，我傍晚还要进宫一趟，不便多留，告辞。"他冲陆曈拱了拱手。

待出门，瞧见树下阴凉里，年轻人靠墙坐着，见他出来，淡笑着冲他点头，算是打过招呼。

说来奇怪，这位指挥使言语和气，笑容明朗，但不知为何，纪珣却总能从对方亲切神情下看出几分冷淡。

像是不太待见自己。

他顿了顿，也冲裴云暎一拱手，径自离开了。

屋子里，陆曈坐在竹几前。

桌上茶水还温热，她望着竹几上一排精致瓷瓶，出了一会儿神。

离开医官院一事进行得十分顺利，谁知纪珣会中途插了进来。纪珣刚正清明，若真为了她停职一事调查崔岷，恐怕扯出更多麻烦。

陆曈揉着额心，忽而觉出几分头疼。

是不是演得太过头了？连纪珣都生出怜悯之心。

正想着，身后传来裴云暎的声音。

"他倒是大手笔，送你这么多秘药。"

陆曈回头。

裴云暎走到竹几前坐下，视线掠过纪珣用过的茶盏，轻嗤一声，把那茶盏拂到一边，自己重新取了一盏新的茶杯。

陆曈看着他动作,觉得这举动似曾相识——西街裁缝铺养的大黄圈地盘时,也会绕着草边撒一圈尿。

他注意到陆曈的眼神,就问:"看我做什么?"

陆曈摇头:"殿帅有话对我说?"

面前人提壶倒茶:"我忙了几日,一回殿帅府,就听说你离开医官院的消息。本还担心你不习惯,没想到你适应得很好,和在医官院时也没什么两样,连同僚都追到西街来了。"

言罢,又看了一眼玉肌膏。

陆曈无言。进屋短短片刻,他已提了两次纪珣。

她索性把药瓶往裴云暎面前一推:"殿帅若想要,全拿走吧。"

他瞥一眼陆曈,慢条斯理道:"人家送你的,我怎么能夺人所爱。况且这对你伤有好处,自己留着用吧。"

语气又比先前缓和了一些。

这人简直反复无常,莫名其妙。

裴云暎看着她:"所以,为什么离开医官院?"

陆曈纠正:"殿帅,我是被停职。"

他一哂:"我看起来像个傻子?"

陆曈:"……"

以一个漏洞百出的名义举告崔岷剽窃,被赶回西街是自然而然的结果,甚至这结果已是崔岷手下留情。

他其实可以让陆曈再也回不了医官院。

"你为何非要闹这么一场?"他问。

见什么都瞒不过此人,陆曈索性开口:"我欠了苗先生一个人情,本来说好进医官院就动手,耽误这么久,是时候还了。"

"只是为此?我以为,你有别的计划。"

陆曈沉默。

"你该不会……"青年剑眉微拧,"在方子里动了手脚?"

但戚玉台的家族癫疾,当时的陆曈应该还不知晓,为何会在春试的时候写下药方?

陆曈笑而不语。

裴云暎不可思议:"难道你一早知道戚玉台有疯病,所以提前布置?"

陆曈摇头。

"春试时,我不知道戚玉台素有癫疾,我只知道,崔岷是个会窃人药方的小人。我虽写了十副新方在每科考卷下,以诱对方贪心上钩,却也故意留下缺陷。"

她神色平静,语气却有些嘲讽:"崔岷是个并无真才实学的小人,就算拿到方子,未必能补上缺陷,待那时,不得不寻求写药方的主人帮忙。如此一来,我对崔岷来说,永远都不会成为废子,永远,留下一线生机。"

陆曈放下茶盏。

"我没有殿帅想得那般厉害,能提前预料将来发生之事。崔岷会用此方给戚玉台治病,也出乎我意料。是老天将机会送到我面前,我将计就计而已。"

"行事之前,留下后手。毕竟,一副方子,要想得来,也是很不容易的。"

屋中安静。

裴云暎盯着她半晌,忽而低下头,忍不住笑了。

"将欲败之,必故辅之,将欲取之,必故与之。"青年笑吟吟看着陆曈,语气是真切的欣赏,"现在想想,当初我得罪你时,你应该对我手下留情了吧？"

"殿帅谬赞。"

"那药方有什么问题，他会疯吗？"

"或许。"

裴云暎点头。

"原来你打的这个主意，"他微微后仰身子，像是不经意开口，"原本还想着有没有我帮得上忙的地方，现在看来，全无我用武之地啊。"他叹气，"陆大夫实在太厉害了。"

"裴大人已经帮了我许多，总是劳烦殿帅，也于理不合。"她客气了一下。

"你是我债主嘛。"他说。

陆瞳深吸口气。

没见过人上赶着还债的。

她道："人家是抱者倦矣，施者未厌，怎么到了殿帅这里，还反了过来？"

"陆大夫不领情？"

"我只是不想殿帅辛劳。"

"这么为我着想啊。"

他点头，身子微微前倾，手撑着下巴看着陆瞳，一双明亮眸子盈满笑意。

"既然如此，"他慢腾腾道，"当初殿帅府门前，你用我刺激董家小少爷的时候，怎么不嫌我辛劳？"

此话一出，陆瞳怔然怔住。

她不可置信地望着眼前人："你知道？"

那他还装得若无其事！

裴云暕挑了挑眉:"差点都要亲上了,我应当不知道吗?我这清清白白的名声,可都被你糟蹋了。"

陆曈一瞬火冒三丈。

这一刻,她倒是有些明白纪珣为何看裴云暕不顺眼了。

这人就喜欢看旁人出糗。

她忍怒开口:"说得也是,殿帅清誉高洁,不过,既然守身如玉,当时为何不推开我呢?"

他明明可以直接推开她。

他仍撑着头,像是很乐于见到她发怒模样,不紧不慢道:"你想听真话还是假话?"

陆曈皱眉:"假话是什么?"

"假话就是,太府寺卿先前传我闲话,我也看董家不顺眼。他们家少爷伤心,我就开心。"

无聊。

陆曈问:"那真话是什么?"

"真话就是……"他眉眼含笑,定定地盯着陆曈,深邃眼眸若一潭湖水,被窗外清风一吹,渐渐荡起盈盈涟漪。

陆曈心中一动。

似乎有清淡酒香和他身上的兰麝香气一同传来,芬芳使人恍惚。

裴云暕仍静静凝视着她,夏末午后十分安静,蝉鸣把林间绿木也带出一分燥意。

连胸腔和脸庞也渐渐泛出些热来。

"你猜。"他说。

"……"

夏日午后，蝉声嘈杂。

太师府中，榻上人翻了个身，有些烦躁地坐起。

戚玉台眉眼焦躁。

距离他病好回司礼府，已近半月了。这半月来，他每日晨起去司礼府，黄昏归家，在外人看来，一切已恢复原位。

戚玉台却知其中煎熬。

从前父亲虽也管束他，但去司礼府时，他尚能寻得一两丝喘息机会。如今却不然，自他病愈出门后，戚清便派护卫守着他，包括去司礼府，表面说是还需煎药补养身体，实则是监视。

怕他再度发病，怕他大庭广众之下丢了戚家的脸，才让人一步不离跟随，若有意外，即刻将他带回府去，保全戚家颜面。

颜面。

戚玉台自嘲地冷笑一声。

外头那些风言风语他不是没听到，父亲一向爱惜名声，如今他在胭脂胡同被人当猴戏一般观赏，父亲的失望可想而知。

一想到这些，戚玉台就觉脑子生疼，仿佛有什么东西要从中炸开。越是如此，越是怀念被一把大火烧毁的丰乐楼。

他又想服散了。

只是眼下父亲看他看得更严，别说服散，连单独出门的机会也没有，只能作罢。

罢了，等日后得了机会，让华楹想法子帮他出门一趟解解闷好了。

想到戚华楹，不免就想到了那个令妹妹伤心的罪魁祸首。恰好仆人送来煎好的新药，戚玉台就问："近来那个陆瞳如何？"

若没有丰乐楼那场大火，他早已开始收拾那个低贱医女了。穷街巷口出来的贱人，不知天高地厚，竟敢让戚家的掌上明珠伤心，纵然有裴云暎护着，他也要想法子叫对方丢一层皮。

谁知突逢意外，倒是让那女人多蹦跶了几日。

身侧仆人回道："回少爷，陆瞳已离开医官院了。"

戚玉台抬头："什么？"

仆人将近些日子医官院发生之事尽数道来。

听毕，戚玉台喃喃："竟离开了。"

他还没动手，陆瞳就已不在？裴云暎身为陆瞳的靠山，竟也没阻拦？

不对，应当是阻拦了的，否则不会只停职三月。

崔岷还是有所忌惮。

戚玉台神色不屑，不过很快又高兴起来。

这样也好。

陆瞳在医官院时，皇城里有裴云暎盯着，还有那个纪灼，有些事不好动手。如今流落西街，鱼龙混杂之地，想对付她轻而易举，比在医官院更方便。

"好。"他抬起因生病苍白的脸，略显青黑的眼睛在这一瞬闪着莫名的光，竟有几分瘆人。

"也算好消息。"他一面说，一面伸手拿起托盘上的药碗。

乌褐色汤药黏稠，盛在瓷白药碗中，像摊腐臭淤泥，甫一凑近，苦气顿时盈满鼻腔。

良药苦口，可这药苦得比之毒药更甚。

戚玉台暗暗骂了一句崔岷，仰头闭着眼，将碗中汤药饮尽。

夜深了，园中起了白露。

长廊有人提灯走过，灯色在夜里忽明忽暗，停在一处门前。

崔岷推门走进书房。

屋中灯亮了起来。

四周渐被照亮,长桌上摆着几册医籍,墨砚都是上等的,桌角一只绿玉竹盆栽,成色鲜亮,十分古雅。

书房很大,看似简致,实则所摆器物陈设皆十分讲究。

他在桌前坐了下来。

这书房是他亲自令人建好的。

他年少时,于药铺给人做伙计,连住的地方都没有。药铺关门后,在柴房里铺张席子,他睡觉吃饭,读书认字都在里头。

柴房,就是他的书房。

那不算个好地方,夏日闷热,冬日冰凉,席上常生跳蚤惹得浑身发痒,有时夜里还会有老鼠从身上爬过。

那时他便憧憬着,若将来有了自己的宅子,能在盛京有一处自己的书房,不必太大,只要能装得下他的医书,摆得下一方桌椅就好了。

后来他做了院使,渐渐攒下银钱,在盛京买下宅邸的第一时间,便先让工匠搭制了这间书房。

宽敞明亮,满架医书,窗前好风景。比他少时憧憬的更胜百倍。

崔岷紧了紧身上外裳。

说来奇怪,他少时睡柴房时,每日吃得粗陋,住得糟糕,哪怕夜里漏雨,照样一觉到天明。

反倒是如今有了大宅子,软绸榻,点熏香,夏日凉冰,冬日暖炭,却时常失眠不寐。纵是躺在榻上,常半夜睡意毫无。

譬如今夜,他又睡不着了。

崔岷揉了揉额心。

或许,他是真的老了。

房门发出一声轻响,仆从自外头走了进来,手里端着一碗汤药。

崔岷道:"别吵醒夫人少爷。"

"老爷放心,夫人少爷都睡下了。"

崔岷点头,伸手接过汤药。

这是他给自己开的药方。

戚玉台突犯癫疾,近月余时间,他都在太师府尽心尽力。他已许多年不曾这般劳累,先前还勉强支撑,戚玉台病愈后,他才渐渐显出倦怠乏力之症。

崔岷知自己损伤心脾,气血乏源,是以日日让下人熬煮养心安神的保元养心汤养复。

他抬手,将碗中汤药一饮而尽,掏出丝帕擦拭唇边药汁,忽而想到什么,问:"陆瞳近来可有动向?"

仆从回:"陆瞳回到西街后,一直在仁心医馆坐馆。今日医馆开张五十年,裴云暎、纪珣和林丹青都去西街道贺了。"

"仁心医馆?"

崔岷微微皱眉。

他知道这个医馆。当初点陆瞳进红榜第一时,他就已让人打听过陆瞳的底细。

陆瞳是苏南人,从外地来盛京投奔亲眷,不知为何流落西街,因有一点医术,留在西街坐馆。

仁心医馆是个破落医馆,东家是个纨绔,因陆瞳的出现,小医馆起死回生。医馆里除了杜长卿外,还有一个伙计和陆瞳的丫鬟,陆瞳进了翰林医官院后,医馆又招了个坐馆的平民老大夫。

一群杂草,乌合之众。偏偏得裴云暎和纪珣另眼相待。

崔岷冷笑一声。

平民在皇城生存,总要寻一座靠山,对女子来说,没有什么比攀高枝更容易的了。

陆曈很聪明，所以在纪珣和裴云暎之间游走，将两位天之骄子耍得团团转。

但她又很愚蠢，否则也就不会当着众医官的面，不知死活地举告自己。

空药碗拿在手上，碗壁有浅浅汤药痕迹，附在白瓷上，如洗不掉的污瑕。

崔岷低头望着，目色闪过一丝轻蔑。

他是对裴云暎和纪珣有所忌惮，但如今戚玉台的癫疾反而成了他的保命符，就算为了戚玉台，戚太师也不会让他出事。

打狗也要看主人，陆曈背后有人，他又何尝不是？

各凭所仗而已。

他与陆曈，都是权贵的玩物，一条狗罢了。

正想着，右眼皮冷不丁跳了一下。

崔岷伸手，按住眼皮。

这几日，隔三岔五他眼皮都会跳几下，崔岷总觉不安，好似有什么大事将要发生。

他摇头，正要甩掉这莫名的错觉，忽然间，有脚步声匆匆响起。

门房提着灯小跑到书房门前，跪伏在地："老爷，太师府来人了！"

心中不祥的预感越发浓重，崔岷起身，死死盯着面前人："发生何事？"

小厮抬起头，焦急开口："说是戚家公子服过汤药，夜里醒转，晚间又开始发病了！"

崔岷一怔，不觉手一松。

砰——

粉碎声在夜里分外刺耳。

他喃喃:"你说什么?"

深夜的太师府,嘈杂更甚白日。

院中不时有人匆匆走过,昏昧风灯下,有压抑低吼和器物摔碎的声音隐隐从窗缝中飘来。

屋子里,戚清面沉如水。

戚玉台被两个仆从按着,满眼血丝,正奋力挣扎。

"……白日还好好的,黄昏时服了药,晚间就不对劲起来。"婢女低着头,对赶来的崔岷解释。

崔岷瞧着戚玉台情状,一颗心如坠冰窖。

这模样,分明是又发病了。

屋中传来几声咳嗽。

戚清放下绸帕,看向崔岷,一双浑浊老眼越发灰淡,如颗死去多时的鱼眼珠,散发出一种死寂。

"崔院使,"他咳嗽几声,才慢慢道,"你不是说,我儿之疾已然痊愈了吗?"

崔岷只觉胸腔那颗心被一根细细丝线再次悬紧,面对老者逼问的目光,几乎要喘不过气来。

他佝偻着腰,低头道:"大人,公子身热,先前是遇火受惊,风邪入并于阳所为,风邪入血……虽用药渐有好转,然公子过去本有心血不足之症,遇火添一分血虚,如今再度惊悸失常,还是因脏腑虚弱,以致伤魂。"

他抹了把额上汗:"请大人再给下官一点时间,下官一定竭尽全力为公子医治!"

戚清没说话。

头上视线如一方重石，沉沉压在崔岷肩头，屋中分明放了冰块，他却感觉像是被人扔进火炉。

许久，戚清轻叹一声。

"有劳院使。"

他语调平静，宛如出事之人并非自己儿子。

"惩病克寿，矜壮死暴。老夫只一双儿女，玉台自小身体孱弱，正因如此，常年精心养护，以免出一丝差错。"

"又为他安然长大，戚家修桥铺路，广行善事，以积德求福，未料苍天失衡，总让我儿陷于无妄之灾。"

他看向榻上的戚玉台，目色似怜悯，又似有一丝隐隐的厌恶。

"整个盛京，戚家唯钦院使医术医德出众，是以玉台出事，总要有劳院使操怀。"

"此乃下官职责所在。"

戚清摇头："自丰乐楼大火一案，京中流言四起。直到玉台重归司礼府，谣言方才止息。"

崔岷心中一紧。

那些流言他也听过，传言都说戚玉台疯了。

"如今才止息不久，玉台再出事……"

戚清看向崔岷："恐怕不妥。"

"下官一定尽快治好公子……"

"再过不久，天章台祭典，宫中大礼，皇城百官皆至。"

戚清缓缓道："我儿，需在人前。"

崔岷心中咯噔一下。

天章台祭礼至今不到两月时间。这么短的时间里，戚玉台真能恢复清醒？

他看向床榻。

戚玉台被按住良久，终于力竭，不再乱动。然一双布满血丝的眼仍惊悸看向屋中人，时而清醒，时而发狂。

崔岷蜷了蜷手指，他没有一丝把握。

"我知此事为难。"戚清怅然，"殚竭心力终为子，可怜天下父母心。崔院使也是有子女之人，应当更能与老夫感同身受。"

如同一盆冷水当头浇下，崔岷再也说不出话来。

仁慈温和的话，却是如此可怕的要挟。

若他治不好戚玉台……若他无法在祭典之前治好戚玉台，他的子女，或许将比现在的戚玉台还要凄惨。

戚清握着绸帕，低头咳嗽几声，雪白绸帕上染上淡红丝迹。

他抬手，管家忙将他扶起身来。

"崔院使，玉台，就交给你了。"

他在崔岷肩头一拍，慢慢地去了，背影枯败而老迈。

崔岷微佝着身，望着他远去的身影，宛如身上什么东西也随着这背影一并流走，只剩一具轻飘飘空壳。

身后传来戚玉台的拍手声，伴随惊怒吼叫。

"有狗！好大一条狗！会咬人的狗！救命，救命！"

崔岷闭了闭眼。

一刹间，只觉遍体生寒。

夜色越来越浓，浓得看不见一粒星。天地好似变成了个巨大窟窿，沉沉要把一切吞没。

就在这极致的黑暗以后，远处天边却渐渐亮了起来，长空出现一丝灰白,把暗色吹走一些。

崔岷出来时,已快要至卯时了。

戚玉台的婢女将他送至门口,崔岷与她嘱咐几句,才往门前马车走去。

半个时辰前,戚玉台终于睡下。

人犯起癫疾来,原本孱弱的人力气也会增大。戚玉台虽不算强壮,到底年轻,发起疯来不管不顾,又因太师公子的身份,屋中仆从皆不敢用力阻拦,不免被他打伤。

崔岷面上也被他抓出一条血印。

他背着医箱上了马车,心腹见他面上血痕,大吃一惊,询问道:"院使,戚公子果然发病了?"

崔岷沉默。

岂止是发病,这一次戚玉台的症象分明比上一次厉害许多。他用尽各种办法,都无法使戚玉台平静,若非最后戚玉台力竭,终于睡下,不知还要折腾多久。

崔岷脸色难看至极,心腹便道:"戚公子先前分明已有好转,突然犯病,可是再受刺激,以致失调?"

"不是。"

他问过戚清,事关戚玉台的病,戚清不可能隐瞒。这些日子,戚玉台出行皆有人跟随,并未出现任何异常。

"那就怪了,莫非是未曾好全?"

崔岷低着头,眉眼阴仄。

他看过戚玉台的脉象,和从前确有不同。

原先戚玉台虽犯癫疾,除了脉象细弱些,其他与寻常人无异。如今戚玉台更似脑脉养失,髓海不充。是以无论他用何药,行如何针刺,戚玉台都毫无反应。

这可如何是好？

崔岷万分焦躁，忍不住舔了一下起皮的嘴唇。忙了一整夜，他甚至不曾坐下喝口水。

大礼祭典时，戚玉台必须清醒地出现在众人眼前。而如今他连头绪都找不到，先前的方子如今毫无效果，可是新方要如何做出……

新方……

脑中忽然闪过一个人，崔岷眼睛一亮。

陆瞳——

他并不是毫无退路。当初为给自己备下后手，陆瞳举告他剽窃医方时，他也仅仅只是将对方停职，为的就是倘若戚玉台再度病发，至少还有一个人可用。

一语成谶。

他猛地掀开车帘，对车夫道："去西街，仁心医馆。"

心腹惊讶："院使是想……"

车轮辘辘转动，驶过盛京黑暗与白昼交界之处。

心腹迟疑："可陆瞳被停职，心中一定对院使生怨，真的会答应给戚公子治病吗？"

许久，崔岷才开口。

"我会说服她。"

陆瞳是个天才。

同样只是个平民。

身为天才的纪珣可以在医官院无所顾忌，陆瞳却要处处受人欺凌。只要别人想，就能轻而易举将她发配南药房，被色鬼侍郎占便宜，对咬伤的恶犬下跪。

一道身份，未来全然不同。

他可以给陆曈想要的，有天赋又不甘平凡、自恃才华的平民心中最向往的东西，他再清楚不过。只要陆曈想，他甚至可以帮她坐上副院使之位。

更何况，还有太师府。

搭在膝头的手渐渐攥紧，崔岷喃喃："……我能说服她。"

沙沙——

天刚蒙蒙亮时，西街就响起扫地声。

起得早的商贩早早开了门，拿竹帚将门前灰尘扫净，再泼上一盆清水，待日头升起，这里将会变得洁净又清爽。

仁心医馆大门早已打开，一辆马车在李子树下停了下来。

从马车上下来两个人，其中一人穿件褐色长袍，下了马车后，打量一下四周，朝铺子走去。

医馆无人，左右两间铺面打通，药柜很大，靠墙四面摆得整整齐齐，桌上堆着几册医籍，一只风灯静静亮着，朦胧昏黄的光把药铺清晨晕染得昏暗无比。

"请问——"崔岷提高声音，"有人在吗？"

并无人应。

他皱眉，又喊了两声。

忽地，从铺子深处传来一声哎的应和声，紧接着，像是有什么重物在地上戳动，发出咚咚闷响，随着这声音走近，毡帘被掀起，从里头钻出个人来。

这人一身粗布麻衣，满头花白头发以布巾束起，杵着根拐杖，行走间一瘸一拐，似只不够灵活的田鼠，脚步都带着丝蹒跚的快活，嘴上直道:"刚才在院里收拾药材,这位——"

他走近,整个人在灯色中渐渐清晰,熟悉的眼睛鼻子嘴巴,五官却拼凑成一张陌生的脸,像是打算说些什么,却在看见崔岷的脸时瞬间哑然。

崔岷脑子一蒙,失声叫了起来。

"苗良方!"

苗良方僵在原地。

天还未全亮,黑夜与白昼的分界尚且混沌看不清楚,那片浓重白雾似要包裹万物。风灯里,暗沉黄光却像是要照亮一切,冷冰冰的,把二人面上怔忪与惊惶都照得无所遁形。

一片凝滞里,又有人的声音响了起来。

"苗先生。"

毡帘被人掀起,陆曈从后院走了出来。

看见崔岷,她目色一怔。不过很快,她就平静下来,把手中簸箕装着的草药往桌上一放。

"崔院使。"

陆曈绕过里铺小几,走到他身前站定,温声开口。

"你终于来了。"

第五章

可悔

一片寂静。

崔岷死死盯着风灯前的脸。

仍是记忆中的模样，却又与记忆中全然不同。

乌发生出花白，皮肤布满褶皱，胡须不知何时长长了，堆在下巴，显得凌乱无章。

这张脸应当过得不好，满载风霜沧桑。微蜷的腿边支撑一截掉了皮的拐杖，衣裳也是粗粝麻布。

这张脸又似过得很好，眉眼间不见郁气，方才从毡帘后传来的应和声盈满快乐，纵是此刻相见，面上也只有怔忪，不见愤懑。

他僵在原地。

这是他昔日的挚友——

苗良方。

崔岷听见自己的声音，缥缈得不甚真切。

"是你……你怎么在这里？"

苗良方张了张嘴。

陆瞳已自然地接过话头："他当然在这里，苗先生是仁心医馆的坐馆大夫。"

"坐馆大夫？"

崔岷只觉荒谬。

"他是罪臣，怎么能坐馆？"

"为何不能？"陆瞳微微笑着，语气依然平和，"当年苗先生被赶出医官院，医官院对他的惩罚中，可从来没有不可再度行医这一条。"

崔岷一顿。

是没有说过。

可是……

怎么会呢？

十多年前，苗良方被赶出医官院，他也曾令人暗中打听对方的消息。

曾红极一时、春风得意的天才医官在跌入谷底时，并未有任何奇迹发生。苗良方也曾求过昔日好友，但得罪了人的平民医官，又有罪名加身，没人会冒着风险拉他一把。

他就如一棵不小心闯入贵人花圃的杂苗，轻描淡写间就被人除去了。

崔岷知道后来的苗良方过得落魄，瘸腿，酗酒，整日浑浑噩噩，渐渐也就不在意此人了。

他没有赶尽杀绝，是看在当年情分。他希望苗良方活着，但不要活得太好，如无数忙忙碌碌庸人一般，渐渐化作一颗腐旧尘埃。

许多年过去了，崔岷再也没见过苗良方，他以为对方或许是死了。"苗良方"这个名字，只偶尔在他午夜不寐的某个瞬间突然惊现，如一个虚假幻觉，渐渐被他抛之脑后。

未承想他会突然出现在眼前。

"你……"

苗良方回过神来，下意识往前一步，盯着崔岷冷冷开口："你来干什么？"

"崔院使是来找我的。"陆瞳道。

"不错，我来——"崔岷忽然一顿，再次看向面前二人。

里铺风灯昏暗,那点微弱的光却把二人面上细微神情照得格外清楚。

苗良方站在陆曈前面,二人间言谈亲近,似是熟悉之人。

一个荒谬的念头浮上心头。

"……你们是一伙的?"

苗良方一怔,不明所以。

陆曈却含笑不言。

崔岷骇然后退两步。

陆曈与苗良方看上去分明是旧识,可这二人是何时认识的?

是这几日陆曈被停职回西街之时,是前些日子黄茅岗陆曈受伤之时,还是陆曈刚进医官院之时?

他没将西街放在眼里,仁心医馆更只是一个可有可无的破落医馆,他知道里面有个坐馆老大夫顶替了陆曈的位置,但从没人告诉过他那个坐馆大夫是谁。

崔岷看向苗良方:"你何时开始在这里坐馆?"

陆曈代替苗良方回答:"春试之前就在了。"

她问:"崔院使怎么会突然前来,莫非……戚公子又发病了?"

闻言,崔岷脸色陡变。

她竟然猜到了!

不对,或许不是猜到,而是……

陆曈是苗良方的人,就绝不可能毫无目的地进医官院,苗良方与他素有冤仇,唯一的可能,陆曈进医官院就是为了替苗良方向自己复仇。

春试中的十副方子,书房里看似认真的指漏,那毫无根据的、欲盖弥彰的指证……

原来都只是她精心布好的一个局……

他早已身在其中!

一阵恶寒从心底生出,崔岷头痛欲裂,布满血丝的眼球格外瘆人。

"你是故意的?你是故意留下有问题的方子诱我上钩,就是早已料到今日!"

为何戚玉台的病明明已近痊愈,又陡然重发。为何原来不曾出现的脉象,如今统统出现。他找不到一丝头绪,连治病都寻不出方向,只因这一切本就是陆曈留下的陷阱。

他中计了!

苗良方皱眉:"你在说什么?"

陆曈往前走了几步,望着他失笑。

"是不是故意,很重要吗?将别人所有之物据为己有,迟早有一日会付出代价。"

她黑亮的眸凝视着崔岷,目光里似含无限讥诮。

"崔院使,就算春试考卷上的药方有问题,就算在你药室中我所言材料有所错漏,只要你不曾生出觊觎之心,甚至只要在做这件事时顺带提一提我的名字,今日便不会落到如此下场。"

"这么多年,还是只会同一招。看来——"

"你不仅卑劣,而且愚蠢。"

平淡的话,却如闷鼓雷击,重重捶在崔岷心头。

他踉跄一下。

昔日友人站在面前,他不知道苗良方究竟知道多少,抑或是此事本就由他一手造成,只是本能地不愿在苗良方面前丢脸。

崔岷咬牙,看向陆曈,压低声音道:"陆曈,你为了对付我,竟敢对太师公子动手。"

陆曈与苗良方是冲着自己而来,却把戚玉台作为这场局中棋子。那可是太师府唯一嫡子!竟被一低贱平民玩弄于股掌之中,戚家岂能善罢甘休?

"戚家绝不会放过你们……你这是找死!"

"这与我何干?"陆曈惊讶,"方子是崔院使亲自研制,这一点,当初当着众医官停我职时,就已是尘埃落定的事实。"

她微笑:"院使身为医官院之首,总不能一出问题就往旁人身上撂担子。"

崔岷心头一闷。

当时满院目睹的医官,如今倒成了人证。

她根本早已算好一切!

怒到极致,崔岷反而平静下来,对着陆曈,语气终是忍不住软了几分。

"陆曈,要怎么做,你才愿意补上方子中错漏?"

他已没有别的路可走,若戚玉台不能在祭典前恢复清醒,戚家会拿他妻儿要挟……

女子歪头看着他,似在认真思索。

片刻后,她点头,声音爽快:"只要崔院使现在向天下人说明,当年所书《崔氏药理》乃窃取《苗氏良方》所著,且承认当年陷害前副院使之罪,告诉大梁所有人,你就是个沽名钓誉的骗子……我就放过你。"

此话一出,崔岷脸色铁青。

"不可能。"他断然开口,拒绝的同时,心中又浮起一丝荒谬。

这女子十分年轻,遇事冷静,从前他觉得她是没有背景的纪珣,抑或是更懂审时度势的苗良方,如今看来,她与他们二人都不同。

说她清高,却在裴云暎和纪珣二人间盘旋纠缠。说她贪婪,却不自量力地与太师府作对。

"你到底想要干什么？"他强撑着，努力不让自己在对方面前一败涂地，想要阻止她这粗暴的、近乎同归于尽的复仇。

"戚玉台的病情，全盛京人都不知道。"他微微喘了口气，"你知道了他的秘密，你以为你能活得了吗？"

就算报复了自己，陆曈也会被太师府解决，她到底明不明白？

陆曈牵了牵唇，仿佛被他的话逗笑。

"崔院使，你不是活下来了吗？"

崔岷一怔："你说什么？"

空旷长街，远处的天渐渐白了一线，那一线越来越亮，越来越大，暗色一点点褪去，淡薄白雾里涌出一丝日头金光。

里铺也被这点日头染亮，不再如方才一般昏暗了。

陆曈微微一笑。

"崔院使忘了一件事。太师府需要一个治病大夫，你与我同出身平民，谁去都一样。"

"我当然不会死。"她望着他眼睛，轻言细语地开口。

"因为我要将你……"

"取而代之。"

天色全然大亮，街口泼下的清水已被清晨的热气蒸开。

陆曈走到里铺，把风灯灭掉了。

苗良方呆呆坐在凳子上，门前的李子树下已没有了马车的影子。

崔岷已然离开。

他离开前很是狼狈，仿佛被陆曈揭开某个最为惧怕的现实，困兽一般叫嚣。

"我能治好他，这世上并非只有你们能制出新方。"他冷笑着，视线掠过苗良方时,有莫名的痛愤与不堪,"戚家不会对你们留情。"

"小陆。"苗良方茫然开口,"刚才,真是崔岷过来了?"

陆瞳:"是。"

"噢。"

老先生更茫然了,过了一会儿,轻声喃喃:"我快不认识他了。"

已过去了太久。

十多年来,他在茅草屋地上醉得倒地不起,灶下米袋窘迫得再也倒不出一粒米,一到阴雨天腿骨伤痕隐隐作痛时——

崔岷那张脸总是分外清晰。

他以为他会永远记住这个将自己害到如今境地的仇人,然而当崔岷真正出现在他眼前时,那些仇恨不甘竟没有他想象中浓烈。

他像看一件陈旧疤痕,虽然偶尔隐隐作痛,但已不再停留。

比起这个,眼下他更担心另一件事。

"小陆。"苗良方问道,"刚才崔岷说的是什么意思,你故意留下有问题的方子,诱崔岷拿有问题的方子给太师儿子治病?"

陆瞳不说话。

苗良方一急:"你胆子太大了!"

戚家是什么人家,一人之下万人之上,他是曾想过陆瞳能为自己拿回公道,但也不是这样的法子。

这法子虽能制住崔岷,却会将太师府一并牵扯进来。戚清绝不会容忍自己的儿子成为陆瞳与崔岷间较量的棋子。

没人能承接得住太师府的怒火。

"苗先生,"陆瞳道,"药方是在我春试考卷中写下,春试时,我尚未进医官院,连太师府有什么人都不清楚,如何能知道将来戚家公子会犯病呢,还恰好犯的是癫疾?"

苗良方一愣。这倒也是。

"你是说，这是意外？"

"不错，先生也知道，我的新药方一向不够稳妥。没想到戚家公子会突然发病，崔岷竟胆大包天直接窃取，才会自作自受。"

苗良方仍旧疑惑："那他怎么一口咬定是你动手脚？"

陆瞳坦然："丧家之犬，胡乱攀咬，也是自然。"

苗良方听完，仍觉心头仍有些古怪。

"先生放心，我又对戚家并不了解，怎么可能提前做局？是他自己亏心事做得太多，业力回报而已。"

"可是小陆，"苗良方担忧，"如果戚公子一直不好，会不会连累到你？"

"不会。"

她淡淡开口："为善者，天报之以福，为恶者，天报之以祸。"

"崔岷为恶多年，是该大祸临头了。"

今日依旧是个晴天。

太师府中，有人匆匆进门，低声禀报："大人，今日清晨，崔院使从府中离开，并未回医官院，一路去了西街。"

"西街？"戚清端起桌上茶盏，"去西街做何？"

"跟着他的人见他停在西街仁心医馆前，与先前赶出医官院的陆瞳说了几句话。怕打草惊蛇，跟的人未敢靠近，不知说的是什么。"

戚清蹙眉。

他知道陆瞳。

先是与裴云暎揪扯不清，使得戚华楹伤怀落泪，后黄茅岗上搏杀擒虎，让戚玉台因此丢脸……他其实并不在意陆瞳做什么，一个无依无靠的平民医官,只要戚家想,随时能将她拿捏在掌心。

迟迟不对她动手,是因为其中涉及裴云暎。

三皇子如今正试图拉拢裴云暎,梁明帝也默许,元贞已经开始着急了。

陆曈,只是殿前司表明态度的一颗棋子,代表裴云暎的意愿。

裴云暎已决定支持元尧。

下人道:"崔院使或许是想让陆曈回到医官院,一同医治少爷?毕竟,先前陆曈被停职,是因为举告崔院使剽窃给少爷的药方。"

茶盏凑至唇边,戚清低头呷饮一口:"是啊。"

"大人,如果她说的是真的……"

戚清没说话。

如果陆曈说的是真的,崔岷真剽窃了她的药方,如今戚玉台的病或许只有陆曈能最快对症下药。

"还有一事……"

"说。"

"跟去的人说,仁心医馆新雇的坐馆大夫看起来有几分眼熟,长得神似医官院前副院使苗良方。后来打听了一下,坐馆大夫的确姓苗。"

苗良方。

这名字太过久远,戚清沉默良久,才渐渐拼凑出一个模糊的印象。

"姓苗?"

"是的。"

他记得那个被赶出医官院的副院使,曾一度深得宫中贵人们喜爱,一介平民春风得意,在宫中不懂顺应时势,下场可想而知。

没记错的话,苗良方和崔岷是一同进医官院的。

戚清目光动了动。

陆曈,来自西街仁心医馆,如今苗良方也在仁心医馆坐馆。

苗良方与崔岷间过去曾有旧怨。

陆曈以平民之身进入医官院。

似是原先混沌模糊的云雾一刹被吹开,所有一切恍然分明,戚清放下茶盏,忍不住笑起来。

他笑得很沉,仿佛发现了什么秘密,笑得眼角皱纹深刻,目色却如冷箭,罩着一层灰翳的阴影。

原来如此。

"平民医官,竟敢拿玉台做斗法工具。"他拿起桌上脱下佛珠,在手中慢慢捻动,"实在胆色过人。"

窗外日色晴好,屋中一片沉默。

"备车吧。"

下人一愣:"大人是想……"

老者站起身,一双浑浊的老眼阴沉,面上却露出蔼然的微笑。

"去西街。"

晌午过后,铺子里没人了。

杜长卿带着阿城回家去了,前几日屋中漏雨,请了工匠今日来补房顶。

苗良方也不在,半个时辰前庙口有户三岁小儿突然腹痛,他随人出诊,不知何时回来。

银筝望了望门外:"怪热的,姑娘,我去前头买两杯甜浆来喝吧。"

陆曈道:"好。"

长街清净,这时候没什么人来,陆曈坐在桌前,随手翻起纪珣带来的医籍,暑日悠闲,渐渐眼皮泛起困意。

门外有动静声,一片阴影投映过来,她以为是银筝买甜浆回来,一抬头,见门外走进个须发皆白的老者。

老者穿着简朴,葛衣藤杖,鬓须皆白,手里攥着方绢帕,一进门就低低咳嗽起来。

陆曈起身走出药柜后,搀扶着老者在桌前坐下。

"大夫,"老者止住咳,望向她道,"近来我总头昏倦怠,夜里不眠,乏力多汗。劳烦大夫看看。"

说着,伸出一只苍老枯皱如树皮的手,搁在陆曈面前的软垫前。

陆曈伸手替他号脉。

片刻后,她收回手。

"因于湿,首如裹,湿热不攘,脉道难充。"她站起身,"思虑过度,损伤脾胃,脾失健运,则气血生化乏源,清阳不升,浊阴不降,四肢肌肉失养,故而头脑昏蒙,全身乏力。"

"不是什么难题,开几副养心安神、健脾化湿的方子就好。"陆曈拿起桌上纸笔写下药方,"老先生是在这里抓药还是别处抓?"

"这里。"

陆曈点头,见老者又咳嗽起来,遂提起桌上茶壶,把消渴药茶水倒了一碗递于他面前。

老者颤巍巍接过茶碗,道了一声谢。

陆曈又转身到药柜前继续抓药。

老者捧着茶碗,抬首打量四周,目光在墙上那幅泛着金光的锦旗上停了一停,最后,抬眼看向药柜前的人。

女子正低头拉开药屉,按方子写的抓取药材。

"都说西街仁心医馆的陆大夫医术好,今日一见,没想到竟这样年轻。"他突然开口。

陆曈一顿:"老先生过誉。"

"听说陆大夫并非盛京人。"

陆曈关上药屉,把抓好的药拿到药柜前捆扎:"我在苏南长大。"

老者点头,仿佛拉家常般攀谈:"陆大夫是苏南本地人?"

"算吧。"

"为何说'算'?"

陆曈提着两大包捆好的药,回到桌前,在对方跟前放下。

"我是孤儿,自小被人收养,不知自己父母是谁,原归何处,只是自记事起就在苏南长大。"

老者有些惊讶:"真是可怜。这么说,你约莫五六岁时就已在苏南了。"

陆曈颔首:"应当三四岁吧,或许更小。"

"三四岁……"

老者沉吟片刻,微笑起来:"大约是十三四年前了,说起来,十三四年前,老夫也曾去过苏南一回。"

"苏南处南地,同盛京不同,老夫还记得当年苏南护城河前曾有一座刻满佛像的石桥,上头刻着的是睡佛还是文殊菩萨……"

"老夫年纪大了,已记不大清,陆大夫既在苏南长大,能否告知老夫,石桥雕刻的究竟是什么佛?"

陆曈抬起眼眸。

面前老者和蔼地望着她,一双眼睛似生淡淡白翳,显得浑浊而灰败。

十三四年前……

那个时候,她才四岁。

"我不太记得了。"沉默片刻,陆曈开口,"我对佛像不感兴趣。"

老者微微眯起眼睛,伸手捻动腕间佛珠,一粒又一粒。

下一刻，陆曈的声音响起。

"况且，当年护城河上根本没有一座石桥。"

捻动佛珠的动作一顿。

"正因没有桥梁，幼时长辈特意嘱咐我千万别去河边玩耍。后来落水孩童太多，官府令人重新修缮，但那也是五六年前的事了。"

陆曈看向面前人，目光满是疑惑："老先生，是否记错了时日？"

对方没作声，仍审视般地将她打量。

陆曈神色坦然。

片刻后，他重新笑起来，看向陆曈的目色越发温和："所以，陆大夫在苏南生活多年，怎么会突然来盛京？"

"我师父是盛京人，"陆曈道，"她离世后，我在苏南再无亲眷。师父离世前唯一愿望是回乡，我也是继承师父遗志。"

"那为何会想到进翰林医官院？"

"我的医术，只在西街坐馆似乎有点太亏了。"她微笑，似是玩笑，"医官院的医官里，有些医术甚至不如我。"

老者哈哈大笑。

他摇头："旁人都说陆医官木讷安静，老夫倒觉得陆医官甚是有趣，不如传言沉闷。"

陆曈望向他："下官却觉得，太师大人如传言一般亲切慈和。"

此话一出，老者笑容一滞。

他看向陆曈："你是何时认出来的？"

他明明已换了简朴葛衣，马车也未停在门前，甚至连护卫也不曾带一个。

"方才把脉时看出来的。"

"哦？"

"盛京上了年纪的老者，脉象虚弱，大人脉象虽不够强劲，却像长年以名贵药材温养。西街看诊的都是穷困平民，操劳辛苦已习以为常，单只乏力不眠，是不会特意来医馆看诊的。"

"大人虽穿了平民衣，却不改贵人身。贵贱有别，一看即知。"

她微微一笑："更何况，今日一早，下官才见到了崔院使。"

"原来如此，陆医官蕙心兰质。"

"大人谬赞。"

戚清点了点头，又咳嗽几声："既然如此，你可知今日老夫来意。"

"若说不知，似乎太假。"陆曈平静道，"早晨崔院使来时，已将一切都说与下官。戚公子旧疾复发，崔院使盗取我的方子，却不知对症下药，生搬硬套之下匆忙出错，如今补不上窟窿，才想起我来。"

她说得明明白白，戚清眸色微动。

小小医女，身份卑贱，却丝毫不避讳戚家在其中的位置，是自负还是自信？

"崔岷让你治病？"

"是，下官拒绝了。"

"为何？"

"崔院使并无真才实学，凭借他人之物沽名钓誉，此等小人，凭何我该成为他垫脚石？下官虽出身平凡，亦有心气。既有医术，在哪都能生光。"

女子坐在桌前，语气里隐带激愤。

戚清捻动手中佛珠。

她很年轻，如今才十七岁，说这话时令他想到华楹，与华楹相仿的年纪，这个年纪的孩子，天真冲动，很容易不知天高地厚。

但华楹是戚家的女儿，如何傲气，自有戚家在身后撑腰。而眼前之人,只是一介平民孤女……

若她真如表现出来的一般自大无脑,便不会令裴云暎与纪珣为她倾倒,更不会让安稳多年的崔岷病急乱投医。

若非自作聪明,就是在演戏。

戚清叹息一声。

"但我儿如今急病。若如陆医官所言,盛京唯有陆医官能救我儿,要怎样,陆医官才愿意为我儿施诊?"

陆瞳抿着唇,一言不发。

他微笑,语气和蔼像是犯难:"老夫知晓玉台过去和你曾有过节。黄茅岗一事,老夫已狠狠教训过他……待他病好,老夫让玉台亲自向你道歉,是老夫教子无方,才闯下此祸,也愿陆医官体谅老夫爱子之心,给玉台一个机会。"

"陆医官想要什么,老夫都答应。"

位高权重的太师大人亲自来此,对一介平民低声下气,已是给足了体面。再端着,就显得不识抬举了。

陆瞳看向他,沉默一下,才开口:"仁心医馆的坐馆大夫,叫苗良方,曾是翰林医官院前副院使。"

"十一年前,崔岷陷害苗副院使,将苗良方赶出医官院,并将对方所书《苗氏良方》据为己有,改名为《崔氏药理》。"

她道:"十多年来,苗良方郁郁潦倒,酗酒度日,背负莫须有骂名,浑浑噩噩生活。直到来到仁心医馆。"

"太师大人为官清慎,风期高亮,愿借太师大人之名,还苗副院使一个清白,将当年之事公之于众。"

话音落地,戚清眉心微动。

他问:"你在和老夫谈条件?"

陆瞳低眉："下官不敢，只是崔岷此人睚眦必报，若下官回去，或许哪一日被崔岷陷害中伤，落得当年苗良方一般下场。崔岷一日安然，下官便一日不敢回医官院。除非崔岷离开，否则下官宁可就此在西街坐馆，永远不回医官院。"

永远不回医官院。

老者慈和的脸色一瞬冷沉下来。

这是威胁。如果他不发落崔岷，她就拒绝医治戚玉台。

"你知不知道自己在说什么？"

陆瞳抬起头，声音不卑不亢："器要有用，则贵贱同资。对大人来说，崔岷与下官并无区别，与其用一个只知窃取他人药方，并无真才实学的庸医，倒不如用更好的人，不是吗？"

戚清静静看着她。

午后日头正盛，渐渐远处飘来浓云，明亮街道一瞬布满阴霾。

沉默良久，他笑起来。

"陆医官好胆色。"

戚清盯着陆瞳，语气充满欣赏："老夫有一女儿，年纪与你一般大，若她也有你这般聪敏，老夫也就放心了。"

陆瞳只称不敢。

他点头："你坚持公义，很好。崔院使入医官院多年，若你所言不假，崔岷真有窃人药方之举，犯法怠慢者，虽亲必罚，老夫也必还你们一个公道，将当年之事公之于众。"

他站起身，扶着藤杖，意欲离开。

陆瞳叫住他："大人忘了药包。"

"不用了。"戚清微笑道，"心病还需心药医，待陆医官一解老夫心疾，想来老夫症象自会不药而愈。"

说完这句话，他就不再看陆疃，慢慢地迈出铺子，一点点消失在李子树下。

直到门前再也看不到戚清的背影，陆疃面上笑容散去，冷冷看向桌上茶碗。

茶碗里，浅褐茶汤清亮，平静没有一丝涟漪。

戚清从坐下到离开，不曾饮下一口。

她垂眸，松开藏在袖中攥紧的拳。

掌心全是汗水。

马车上，戚清微阖双眼。

管家握着丝帕，轻轻替他拭去额上汗水。

"大人，陆疃所言，究竟是真是假？"

"假话。"

"怎么……"

戚清仍闭着眼，淡淡道："她绝不可能是为苗良方而来。"

若只是为苗良方出气，何至如此得罪太师府。一个人付出远大于所求，其中必然有鬼。

管家疑惑："可在此之前，她的确不可能知晓少爷病情。"

戚清不语。

这也是他不明白的地方。

陆疃不可能在春试就开始布局。

管家道："老爷，无论她所图何物，如今少爷病着，崔岷毫无办法，这医女嘴上说能治，可形迹可疑，不知是真是假，您真打算让她给少爷治病？"

"治。"戚清捻动佛珠，"崔岷已无用，可弃。玉台亦如此，不如给她试试。"

管家心一凛，不再作声了。

佛珠温润，戚清静静看着，眼前却浮起方才女子镇定面对他时的模样。

不管是不是自作聪明，其镇定与从容，已当了院使的崔岷亦不能做到此种地步。

陆曈其实说得没错，她比崔岷更有用。

可惜出身平民，若是戚家的女儿……

偏偏姓陆。

姓陆……

捻动佛珠的手一顿，戚清猝然睁眼，问："先前在丰乐楼死了的那个良妇叫什么？"

"叫陆柔。"

"陆柔，陆曈……"

戚清眸色微变。

"大人怀疑她是常武县陆家人？"管家不解，"可良妇一家是常武县人，陆曈是苏南人。"

戚清皱眉。他也曾怀疑过此女来历，然而方才药铺中试探，她已打消他的疑虑，的确是苏南人不假。

何况当初派去常武县的人回来说，常武县陆家确无其他亲眷，仅有的远亲刘鲲一家，也死的死疯的疯，早已离开盛京。

但，过于天衣无缝本就是一种古怪，比起证据，他更相信自己活了几十年的直觉。

"再派人去一趟苏南。"

"问问苏南医行，有没有一个叫陆曈的医女。"

夜幕四合。

崔府。

满地都是医书药理，一片狼藉里，崔岷席地坐着，忘我地埋头翻找面前摞成山的医书，眼底都是血丝。

自打他白日回府后，就将自己关进书房，饭也不吃，水也不喝，发疯般翻遍医书。夫人与儿子都已来劝过他几回，他置若罔闻，仍然奔忙不休。

旁人都说他是魔怔了，只有崔岷自己心中清楚——

没有时间了。

他快没有时间了。太师府要他在祭典前让戚玉台恢复清醒，已十分紧急，而陆瞳更可怕，她随时会将自己取而代之。

天才想要代替庸才，总是轻而易举。他苦心经营多年的一切在对方眼中不堪一击，他无法接受这个事实。

他狂乱地翻找，嘴里喃喃："我可以的，我也可以做出方子……"

他是院使，他做了这么多年院使，医官院的医籍医案都看过，他也是凭真才实学通过春试，不可能连一个平民背景的年轻医女都比不过。

他一定能治好戚玉台，只要再多一点时间就好了……

门外忽而传来隐隐吵嚷声，伴随惊声尖叫，紧接着，砰的一声，书房大门被人毫不留情踹开。

崔岷霍然转头。

沉重木门在他惊骇目光中轰然倒下。

一队红衣官差涌了进来，为首的官差看一眼地上狼狈憔悴的人，语气冷酷如冰。

"翰林医官院院使崔岷，有人举告你盗取下属医方据为己用，中伤诬陷同僚——"

"不——"

不等官差说完，崔岷就跳起来，打断他的话。

像是一直恐惧的事情终于发生，长时间的不眠不休已让他濒临崩溃，他跳起来，推开面前官差就想往外跑。

下一刻，脊背传来一阵剧痛，他被人一脚踢到地上，再也爬不起来。

剧烈疼痛令他方才的狂暴一瞬散去，倏然清醒许多。

官差们涌进屋中，在书房中迅速翻找，一本本医籍被拂落在地，他精心搜罗的花瓶被砸得粉碎。

一只靴子踩着崔岷的脸，将他的脸踩得贴了地，他恍然看着屋中一片狼藉，看着看着，惊觉时日模糊，他好像回到了十多年前，苗良方出事的那一日。颜妃宫里的人冲进医官院，将正在医案库整理医籍的苗良方推倒，匆忙慌乱中不知是谁踩了苗良方腿骨一下，痛得苗良方大叫，这叫声却像是取悦了那些官差，他们故意在他小腿上碾磨，听他痛苦惨叫。

那时苗良方也被人这般按着，脸贴着地，像是察觉了他的视线，努力偏过头看向站在门口的崔岷，眼中都是不可置信。

年轻的崔岷冷眼看着，曾经的挚友被人践踏在地，双眼通红，如砧板鱼肉任人宰割。

一如他此刻。

又过了两日，盛京医行出了件大事。

当今翰林医官院院使崔岷被人举告陷害同僚，剽窃医官药方。

崔家一夜之间下狱，连带着崔岷最信任的下属曹槐也倒了大霉。

这消息传遍盛京时，上至官门下至平民都惊讶不已。

皇城里的事西街众人不清楚，但也听过那位崔院使以平民之身进入翰林医官院，编纂《崔氏药理》造福天下医工以利万民的善举，如今陡然揭露是个人面兽心的混蛋——

"《崔氏药理》根本就不是他写的，这人好不要脸，抢了同僚功劳，还把人害得下了狱！亏得医行拿他做榜样给平民医工看！"

胡员外一捋长须，道："果然，不可以一时之誉，断其为君子；不可以一时之谤，断其为小人。"

宋嫂吐出一把瓜子皮："说来，那个被陷害的医官姓苗，和咱们街上老苗还同姓呦，都是行医的，不知道以前认不认识，没准儿是远亲？"

众人说着，转头看向仁心医馆。

药柜后，陆曈坐在桌前，正低头整理药册，不见那位苗大夫的影子。

"银筝姑娘，"葛裁缝问，"你家老苗今儿怎么不在？"

"柜子里少了两味药材，苗先生去医行添置了。"银筝笑道，"得到响午后才回来！"

盛京牢狱前。

狱室阴冷，夏日明亮烈阳被阻挡在外，如泾渭分明的两个世界。

狱卒拿铜牌给了眼前人，遥遥指向牢狱深处某个方向。

苗良方接过铜牌，道过谢，望向黑暗深处。不知为何，临到头了，他反而有几分踟蹰。

崔岷下狱了。

他勾串外人陷害自己旧事被揭发，连同自任院使多年来，收人贿赂，私藏医方，以入内御医身份泄露御前消息……桩桩件件，皆是重罪。

想要认真惩处一个人时，罪名总是很多。

他知晓一切，陆曈问他可还要见崔岷一面，将来或许再也见不着了,苗良方思来想去,终于还是来了。

过去之事再探讨已无意义,十年间错过的东西不会再回来,可他还是决定再见崔岷一面,因为他还有不明白之处,想向崔岷问个明白。

拐杖在安静牢狱中响声清脆,苗良方一瘸一拐地往前走去,在一间牢房前停了下来。

牢房角落里,蜷缩着一个人。

这人低着头,一言不发靠墙坐着,听见动静,猛地抬起头,待看清苗良方的脸,不由一怔:"是你?"

"是我。"

苗良方把拐杖收起,扶着监牢的栅栏,一点点席地坐下来。

崔岷一动不动,冷冷地看向他:"你来看我笑话的?"

苗良方摇了摇头。

"那就是来炫耀的。"崔岷仰起头,布满伤痕的脸上神情刻薄,"还未恭喜你,布了这么久的局,总算得偿所愿,如今看我落到如此地步,满意了?"

"崔岷,"苗良方望着他,"我来只为问一句,当初医官院中,你为何要陷害我?"

崔岷一顿。

"十多年了,我始终不明白,为什么你要这么做?"

崔岷看向牢狱外的人。

阴沉牢狱里,苗良方坐在牢房外,布衣粗糙,神情平和,一如当年。只是当年,他在牢狱内,自己在牢狱外。十年弹指而过,到最后二人位置颠倒,仍走到如今结局。

崔岷倏地发出一声冷笑。

"为何?"他反问,"你自己难道不清楚?"

苗良方皱眉："崔岷，我与你一同在药铺做伙计，一同参加春试，又一同进入医官院。过去种种，我苗良方自问没有一处对不住你，你为何如此对我？"

"我怎么对你？"崔岷望着他，"就因为是你让我参加春试，是你让我有机会进入医官院，我就该对你感恩戴德？"

他笑起来："别做梦了！你帮我，不过是为了成全你惺惺作态的英雄梦，你根本不曾想过我的处境，你只在意你自己，只想自己出风头！"

苗良方盯着他："你说什么？"

崔岷反倒放松了下来。他望着苗良方，神情似哭似笑。

"当年我便说过，我不想春试，不想进医官院。我只想平平淡淡普普通通地过日子，是你非要拉着我参加春试，进了那个鬼地方。"

"你是天才，你大可以在太后面前出风头，得宫中贵人喜爱。权贵忌惮太后势力，医官院那么多医官对你不满，你可以置之不理，他们不敢动你，却敢动我。"

"那些年，我替你挡下多少明枪暗箭，如果没有我，你早就被人整死了！"

崔岷轻蔑地望着他："苗良方，你太自负了，其实你什么都不懂。如我们这样的平民进医官院，若无背景支撑，仅有医术，不过是立个靶子给人打。"

"你被人欺负？"苗良方一愣，"为何不告诉我？"

"告诉你有什么用，你已做了副院使，心系万民，哪有心思在意旁人？我不过是你的陪衬，衬托身为平民的你是多么天赋出众，有多么了不起！"

苗良方怒道："你怎么会这么想？"

"我为何不这么想？如果你有半分念及我，当初副院使之职就不会

176

推举别人了！"

此话一出，狱中陡然安静。

苗良方看着他："你怎么知道……"

"我当然知道。"崔岷冷笑，"这可是颜妃娘娘亲口告诉我的。"

墙壁挂着的火把昏暗，冰冷没有半丝温度，在崔岷眼中摇晃着，刺得他眼睛也生出些痛楚。

那时候颜妃刚进宫，后宫几个妃子明争暗斗，苗良方作为盛极一时的副院使，自然成了颜妃拉拢的对象。

年轻的、刚直的副院使义正词严拒绝了颜妃的拉拢，对方便把这气出到了崔岷身上。

他也是平民，又无背景支撑，与苗良方走得近便也成了一种罪过。颜妃随意找了个由头抓了他的"小辫子"，威胁他要将他丢进牢里。

崔岷跪地求饶。

"其实，你何必对苗良方忠心耿耿呢？"高位上的女子漫不经心，任由宫女染着丹蔻，将一封信函扔到他脸上，"他马上要当院使了，可连副院使的职位也不愿举荐你一回。"

"你拿他做朋友，他却看不起你，难道不觉得可悲？"

他颤巍巍地伸手拿过信函。

信里是医官院副院使的举荐。

他知道苗良方即将要升任院使了，也曾真心实意地祝贺过，心中暗暗期待着，以自己与苗良方的交情，副院使之位空缺，或许这位置会落到自己身上。

然而真相是，那封举荐信里推举的是另几位颇有背景的医官，他的名字并不在其列。

他的朋友，背弃了他。

苗良方看着他："我没有推举你，是因为副院使之位要看吏目考核的成绩，你的成绩并不合格……"

"所以？"崔岷打断他的话，"你想说什么？我医术平庸，比不上你这样的天才。进医官院后不能像你一样开出新方，讨太后欢心，也不能在吏目考核中成绩亮眼，所以在你'公正'的主持下，连举荐的名册也登不上。"

"既然我无能平庸，为何要让我进医官院？给了人希望却又告诉别人不配，苗良方，你不觉得这样太伪善了吗！"

空旷牢狱里，沙哑的声音在四面回荡，拉出古怪回音。

崔岷讽刺地笑起来。

谁不想往上爬？谁不想做人上人？世上哪儿来那么多天才，他也曾日日苦背吏目医书，到最后也仅仅只是位于人后——医官院那些自小在太医局进学的医官使，他根本比不上。

书上写：昏与庸，可限而不可限也；不自限其昏与庸，而力学不倦者，自力者也。

假的，都是假的。勤学不能弥补愚笨，平庸的人想要靠自己努力走上高位，根本不可能。

"所以，你为了这个陷害我？"

崔岷哂笑。

"苗良方，你明明可以帮我，多一步，就可以让我过得更好，但你没有。既然你没有为我考虑过，又有什么资格要求别人为你考虑？"

崔岷轻叹："你空有医术，却根本不懂利用。《苗氏良方》在你手中没有价值，它真正的价值不是造福天下，是可以换来富贵和前程，让人当人上人，过好日子。这才是《苗氏良方》存在的真正意义。"

苗良方静静看着他。

"所以,你过上好日子了?"

崔岷一顿。

这些年,他已做到了院使,比苗良方还要高的位置。他也娶妻生子,购置宅邸,书房比少时做工的整个药铺都还华丽宽敞。

往来皆是达官显贵,他几乎都已忘记自己来自何处,直到现在——

太师府像抛弃一条狗一样将他抛弃掉了。

只因太师府找到了更好的替代品。

他其实也并非全无筹码,他知道戚玉台的癫疾,他可以以此威胁,他甚至脑海里已有过这样一个念头,但很快这念头就被打消了。

只因来送饭的狱卒"无意"与他说了一句话——

他妻儿如今狱中着感风寒。

只一句,他再无反抗之意。

他不能威胁,只因他妻儿尚在对方手中。如今妻儿尚能留一条性命,若他不识好歹,连命也保不住。

他重要的东西在别人手中捏着,便只能束手就擒。

苗良方问他:"那你现在,做到人上人了吗?"

人上人。

崔岷苦笑起来。

他汲汲营营爬至高处,也不过是戚家的一条狗,呼来召去,随时可弃。他们这种人,注定只能做奴才。

"人命贵贱,胎中自带。"他抬起眼,认命般木然开口,"这辈子没指望了,下辈子,希望我投个好胎。"

"卑贱贫穷,非士之辱也。"苗良方摇头,"阿岷,没人能决定自己出身,出身并非你我之过。"

"阿岷"二字一出,崔岷愣了一下,他看向苗良方。

苗良方坐在牢狱前，许多年前，他二人也是这样，席地坐在冬日的柴房里，捧着医书互相盘问，对将来的日子盈满期待。

时光倏然而过，当年的小伙计鬓发已生出斑白，他锒铛入狱做阶下囚，苗良方也瘸了只腿，早已物是人非。

崔岷低下头："如今你冤屈既洗，绕了这么大个圈子，今后打算如何？回医官院做你的院使？"

他讽刺地笑一声："看来这位置注定是你的，别人抢也抢不走。"

"我不回医官院。"

"什么？"

苗良方道："我老了，腿也不好使了，医官院早已不是当年的医官院，回去也做不了什么。"

崔岷盯着他的目光古怪："我以为你做这些，是为了拿回院使之位。"

苗良方道："其实当年之事，我早已看开。离开熬煮药膳，本就是我有错在先。至于你拿走《苗氏药方》，说到底也造福天下医工，利民之举，不必追名。若不是小陆出力，我根本不会与你纠缠。"

"陆曈？"

崔岷面色古怪，片刻后，道："原来如此。"

"什么？"

"原来你不是幕后主使，是那个丫头。她为你出头，却偏偏用了这种方式。"他笑起来，神情有些奇异，"会咬人的狗不叫。我这条狗下来，她这条狗上去，会咬掉戚家一块血肉来的。"

苗良方皱眉："你在说什么？"

崔岷却闭上了嘴，不愿再多说一个字了。

外头的狱卒摇了摇铜铃，示意探视时辰已毕。

苗良方扶着拐杖站起身来。

今日一见,将来应当也不会再见。这长达数十年的恩怨,终于尘埃落定。

他往前走了两步,忽地又停下,没有回头,只背对栅牢开口:"阿岷,走到如今这个地步,你可曾后悔过?"

身后无声。

他等了片刻,并无人回应,于是轻轻叹息一声,拄着拐杖一瘸一拐地离开了。

走出狱门,外面日头正盛。

明亮日光落在身上,刺得苗良方微微眯起眼睛。

他拄着拐杖,顺着人流慢慢走着。

过去多年,他一直为背负的冤屈耿耿于怀,每每看到自己的瘸腿,心中都会浮现当初的仇恨、不甘和委屈。如今大仇得报,始作俑者已下牢狱,真相水落石出,他却并无想象中的欣喜。

反而空落落的。

崔岷自作自受,对这背叛的人,他本该觉大快人心,然而看到对方在狱中狼狈之状时,苗良方心中竟并无快意,只有唏嘘。

说到底,当初的确是他拉着崔岷春试,从而改变了对方的一生。

悔悟是去病之药,然以改之为贵。

不知崔岷最后有没有后悔?

可惜也没有改正的机会了。

像是完成了一件半生追索的大事,接下来不知何去何从,苗良方怅然若失,不觉已走到西街。

门口李子树下,小伙计正拿扫帚清扫落叶,见他回来,招呼道:"苗叔回来得正好,银筝姐姐买了葡萄,井水镇过甜得不得了,赶紧尝尝——"

"尝什么尝！"

不等苗良方说话，杜长卿的身子从药柜后探了出来，摇着蒲扇满脸不耐："刚收的药材院子里堆满了，陆大夫出去施诊，这医馆里一个人都没有，难道要我一个人收拾吗？到底谁是东家？"

他兀自骂骂咧咧："一大早人就不知跑哪去了，发月银的时候倒是一个比一个到得齐。怎么，我脸上是写着冤大头三个字吗？还站着干什么，赶紧干活别偷懒，干完了再吃！真是没一个省心的……"

苗良方站在原地，不知为何，方才的怅然不知不觉烟消云散，胸腔空落落的地方像是被什么填满，陡然踏实下来。

他把拐杖在地上一顿，在这一片鸡飞狗跳的忙碌里一瘸一拐走进药铺，嘴上应和道："吵什么，就来——"

夜里，西街宁谧。

银筝关好医馆大门，一进屋，就见陆曈正坐在榻边收拾衣物。

崔岷已下狱，戚玉台仍疯病不起，明日起，陆曈将要登门太师府为戚玉台治病了。

陆曈收拾得很慢，衣物一件件叠得整齐，连同银筝新为她做的几朵绒花。

银筝看着看着，忽觉有几分心酸。

"姑娘，"她轻声道，"明日你就要去太师府，戚家人不是好相与的，里头人又多，要动手怕是不容易。要不，我跟着你一道去吧。"

陆曈摇了摇头。

"戚家不同，四处都有人盯着，你去也帮不上什么忙，反会拖累我。"

这话说得不留情面,银筝没吭声。

陆曈把包囊叠好,转头去取医箱,把一些常备药物一并放进医箱里。

崔岷下狱比她想象中更快。

太师府出手很是干净利落。

原先崔岷背后有太师府做靠山,想要扳倒并不容易,如今由太师府亲自动手更好。

戚清问过陆曈,苗良方是否想要重新回到医官院,只要苗良方愿意,他仍可以回到副院使的位置。

但苗良方拒绝了。

"小陆,我老啦。"苗良方拄着拐杖,笑呵呵看着她,"心里头早就没什么雄心大志,将来也只想安分守命,顺时听天,踏踏实实地当我的坐馆大夫。"

"有句词说得好,林泉高攀,齑盐贫过,官囚身虑皆参破。"

"富如何?贵如何?闲中自有闲中乐,天地一壶宽又阔!"

他拒绝得很坚决,陆曈便没有勉强。

人各有志,同一个人,二十年前与二十年后,选择或也截然不同。

银筝看着她整理药箱,又忍不住开口:"姑娘,我还是不放心,医官院好歹有林医官、纪医官他们帮衬,可太师府却只有你一人。要不……找小裴大人帮忙?"

"找他做什么?"

"小裴大人手下人多呀,我看话本里,那些个王爷将军手下总有几个无所不能的侍卫。让他分一个给你,藏在太师府里,若你有危险,还能护你一二。"

陆曈无言片刻,道:"太师府禁卫森严,与医官院不同,他想安排人进去,并非易事。"

"再者，"陆曈合上医箱，"欠裴云暎的人情已够多，再多下去，就快还不上了。"

"还不上就送礼嘛。"银筝仍不罢休，"拿人手短，咱们送些厚礼给他，收了东西总不好不帮忙吧。姑娘，你可知小裴大人平日喜欢什么？咱们问杜掌柜提前支点银子，凑钱买点贵礼送去。要是生辰日最好，他生辰是什么时候？"

陆曈一顿。

这她还真不知道。

"我生辰在姐姐生辰一月之后，八月十九，怎么，你要替我过吗？"身后突然传来男子的声音。

二人循声看去，见裴云暎站在门口，好整以暇地看着陆曈。

陆曈皱眉："你怎么进来的？"

他笑，看外头一眼："这医馆的确不如太师府戒备森严，我在门外敲了半天门，都没人应声，怕你们出事才进来的。"

陆曈语塞。

西街葛裁缝家四岁小儿近来上学堂了，功课学得不好，一到夜里，小孩哭声、父母斥骂、鸡飞狗跳一片喧嚣覆盖一切，有人敲门确实听不清。

银筝目光在二人身上逡巡一转，旋即莞尔，起身道："小裴大人到啦，我去厨房煮壶热茶来。"言罢，轻轻退出屋子，走之前还把门给带上了。

裴云暎走进屋，在圆几前坐下，把手中竹篮搁到桌上。

"这是什么？"

"茉莉香饼。"

陆曈看向他："食鼎轩的？"

裴云暎嗯了一声:"路过,刚好有卖剩的,顺手买了一盒。"

陆瞳沉默。

茉莉清香混合糕饼的糖汁,从竹篮里散发出一股诱人甜蜜的气息。

他看了一眼陆瞳:"一盒香饼而已,又不贵重,你怎么那副表情?"

陆瞳收回思绪:"都已经子时了,殿帅还四处乱跑,难道不曾听过修养安神的道理。"她提醒,"熬夜会死。"

裴云暎笑了一声,不甚在意道:"死就死吧,人固有一死。"

陆瞳:"……"

见她无言,他反而笑起来,语气却严肃了些:"你要去太师府了?"

"是。"

"怎么会去戚家?"裴云暎停顿一下,"我以为,你是想借崔岷的手杀了戚玉台。"

陆瞳垂眸:"无知无觉地死,实在太便宜他了。"

裴云暎眉眼一动:"你进太师府,是为了给他下毒?"

"不,"陆瞳道,"我会治好他。"

灯影昏色里,她声音平静。

"疯子得不到惩罚,只有清醒的人才会获罪。至少他死前应当是清醒着才对。"

裴云暎微微蹙眉。

女子坐在桌前,低眉盯着眼前医箱,黑发白裙似张描摹浅淡的水墨画。

像是随时会烟消云散。

沉默一下,他低声提醒:"戚清并非傻子,昨日已让人去苏南查你的底细。"

陆瞳抬眸。

"我已让人处理,但就算查不出底细,戚清也已经怀疑到你身上。之前,他已令人查过一回常武县陆家。戚清很敏锐。"

屋中安静一瞬。

陆曈反而笑起来。

"我知道。"

她道:"先前他来仁心医馆时,已试探过我一回。就算他去苏南查也查不出什么,至多证明我说的是事实。"

"戚清知道我心怀鬼胎,但他没有办法,因为只有我才能救戚玉台。在他眼里,我是个自作聪明、胆大包天、妄想与高门做交易的贱民,他轻视我,所以我才有机可乘。"

裴云暎盯着她:"进入太师府后,你打算如何?"

"攻强以强,离亲以亲,散众以众。我总有我的办法。"

"但你一个人太危险。"

"殿帅,"陆曈道,"这世上,有的父母为儿女杀人放火,有的儿女为父母报仇雪恨,很公平。复仇,从来都很危险。"

"这次不同。"裴云暎看着她,眼睛在笑,语气却罕见地凝重起来,"你去太师府,是将自己独自置身危险之中,他随时能对你出手,如果你出事,周围没人能救得了你。"

"我让人混入太师府,接应你。"他说。

此话一出,陆曈愣了一下,鬼使神差的,脑中忽然浮起方才银筝说过的话来——

"我看话本里,那些个王爷将军手下总有几个无所不能的侍卫。让他分一个给你。"

原来,那离谱的话本竟是真的?裴云暎还真有无所不能的护卫?

她兀自想着,直到面前人伸手在她眼前挥了挥方才回过神。

"不用。"她定了定神，"我自己就行。"

裴云暎看了她一会儿，突然开口："你是不是忘了一件事？"

"什么？"

"你是我债主，可以随时支使我。"

他抬眼望向陆曈："只要你说，我就会去做。"

陆曈顿了一顿。

桌上明灯照着他的脸。青年眼眸漆黑，如盛京窗外这片浓重夜色，静静凝视着她。

认真的语气，柔和的眼神。

好像她就算此刻提出再荒谬的要求，他也会毫不犹豫地答应。

油灯里摇曳的火苗轻轻摇晃一下，陆曈的心也轻轻晃动一下。

有甜腻香气顺着风慢慢飘来，那是茉莉花饼的芬芳。

她倏然垂眸，攥着医箱带子的手紧了紧，再抬起头时，已换了一副自若的神情。

"救命之恩珍贵，人情也当用在刀刃上。日后我还有更重要的事想请殿帅帮忙，待那时，不会和殿帅客气的。"

裴云暎目光一闪："何事？"

"现在不便告诉你，等时候到了，殿帅自会知道。"

他打量陆曈一眼："神神秘秘的。"终是不放心，又问了一句，"你对付太师府的计划可靠吗？真的不需要帮忙？"

陆曈摇头。

"殿帅也听过一句话，莫言炙手手可热，须臾火尽灰亦灭。"

她微笑："物极必反，恶极必亡。有的人，也到了该灭亡的时候了。"

离开仁心医馆时，已是深夜。

裴云暎回到殿帅府，萧逐风正准备起身离开。

见他回来，萧逐风问："这么晚，去哪儿了？"

裴云暎没理会他，只叫来青枫，吩咐道："之前给戚家准备的钉子，送一颗进去。"

青枫一愣，紧张地开口："大人，要提前动手吗？"

"不是。"

顿了一下，裴云暎才道："明日陆瞳进太师府给戚玉台治病，暗中护好她。"

"……"

青枫领命离去。

萧逐风欲言又止地看了他一眼，终是叹了口气。

"殿下要是知道你这副模样，一定很后悔将你拉扯进来……你现在看着不太冷静。"

裴云暎没搭理他，垂着的眼睫灯色下显出几分阴沉。

虽然陆瞳说并不需要帮助，但他总放心不下。她孤身一人登门太师府，与羊入虎口无异。

简直……

比他自己只身赴险还要令人紧张。

翌日天晴。

太师府中，窗前芭蕉掩映，窗下坐着个年轻女子，香罗薄薄，珠裙熠熠，手里捧着卷书，正望着窗外发呆。

蔷薇端着盘点心进来，笑道："清晨饭食小姐用得少，厨房做了小姐从前爱吃的茉莉香饼，小姐尝尝？"

戚华楹心不在焉地看一眼，微微摇了摇头。

蔷薇和身边婢女对视一眼，彼此都有些为难。

戚华楹眉头紧锁。

戚家近来很是不顺。似乎是从黄茅岗围猎开始，就无一件可喜之事。

先是黄茅岗凤守班卫中人和太师府扯上干系，惹得戚清在朝屡受针对。接着戚玉台又在丰乐楼遭遇大火，惊悸失魂，整个胭脂胡同都看见他发疯癫态。外头渐有流言传出，说戚玉台疯了，好在后来渐渐清醒过来。

然而戚玉台还没清醒几日，竟再次发病。太师府院子里日日都是汤药苦气，怕生事端，戚华楹门都不怎么出了。

心中烦闷，胃口便不怎么好，厨房如何变着花样，戚华楹还是日日消瘦下去。

"哥哥今日可好些了？"

蔷薇摇了摇头："晨起时还是认不得人。"

戚华楹叹了口气。

"也不知父亲怎么想的，崔院使出事，竟不帮衬一把。"

崔岷两日前出事了。

戚华楹得知此事时也惊讶。

戚玉台一直由崔岷诊治，几年前戚玉台受伤，上回丰乐楼大火，都是由崔岷施诊后才恢复清醒。

没了崔岷，如今医官院医术最好的当是纪家那位公子。然而父亲一向对纪家并不亲厚，戚华楹也听说过对方清正刚直之名，若是寻常疾症还好说，偏偏是癫疾。

她问："蔷薇，你可知道新换来给哥哥治病的医官是谁？"

蔷薇犹豫一下，轻声回答："其实……奴婢刚刚从院里经过时，看见那位新来的医官了。"

"是谁?"

"是……陆医官,先前杀了公子爱犬的陆曈。"

戚华榀怔住。

"什么?"

长廊下,陆曈正随着引路婆子往前走。

夏日将暮,万花丛开,太师府园林讲究,亭榭池塘皆布置精巧,一眼看去,门庭雅洁,阁室清靓。

婆子领着陆曈进了一处院子,在门外停下脚步,轻轻叩门几下,道:"陆医官到了。"

门被打开,陆曈背着医箱走了进去,刚进屋,迎面飞来一角雪白的东西,她眼疾手快侧身避开,那东西轻轻擦着她额角而过,带出一丝细细刺疼。

耳边骤然响起戚玉台惊恐的叫声:"放开我——"

下一刻,又有女子惊呼传来:"哥哥!"

门外匆匆跑进一华服女子,被屋中人七上八下拦下。

最近的婢女急道:"小姐不可,公子现下还病着,恐怕伤到您。"

"哥哥手都受伤了!"女子声音焦急,没再继续往前冲了。

陆曈看向前方。

几个仆从按着狂惑的戚玉台,地上摔碎一地汤水,有人正把戚玉台手里的碎瓷片夺走。陆曈摸了摸刺痛的额角,又看一眼落在脚边的一角瓷片。

刚才,戚玉台就是扔来了这个。

她又看向正关切望着戚玉台的女子。

这应当就是戚家小姐,戚华樾了。

自宝香楼匆匆一瞥,陆瞳还是第一次近距离观察这位戚家小姐,看上去,戚华樾和戚玉台兄妹情深,也难怪黄茅岗上,戚玉台要为受委屈的妹妹打抱不平。

顿了顿,陆瞳走上前去,道:"留两位帮我按住戚公子的人,其余先出去,我要为戚公子施诊。"

她声音平静,戚华樾朝她看来。

陆瞳坦然任她打量。

"可屋中只有两人,出事了怎么办?"戚华樾问。

陆瞳还未开口,屋中站着的老管家先说话了。

"不妨事。"他走到陆瞳面前,微微低头,神色甚是恭谨,"老爷提前交代过,一切依照陆医官吩咐。"

他对身后人扬手,除了戚玉台身边的两个护卫,其余人皆退出屋去。

地上的碎瓷片也被一并清理干净了。

"大小姐也先回去吧。"老管家笑道。

戚华樾担忧地看了一眼戚玉台,又看了看陆瞳,这才没说什么,转身出去了。

"陆医官,"老管家看向陆瞳,"少爷发起病来时像个孩子,若有不当之处,还请陆医官多担待。"

陆瞳称不敢。

"如此,"老管家躬身,"少爷就托您照顾了。"

他退了出去,屋门重新关上了。

陆瞳转头,看向戚玉台。

戚玉台被身侧两个人制着,望着她的目光充满恐惧。

"不要过来!"他尖叫,拼命蹬着腿,语气尖利而古怪,"别过来——"

陆曈温和地看着她。

"别怕,戚公子。"

她微笑:"我是来给你治病的。"

夜渐渐深了。

书房里,灯火幽微。

老管家进了屋,走到桌前人身后,低声道:"老爷,少爷已睡下了。"

戚清点头:"好。"

他没说话,管家便主动开口:"白日陆曈进屋后,为少爷看过脉象表症,重新换过药方,之后煎药针刺……尽心竭力,两个护卫一直盯着,不曾发现不对。"

一位陌生医官进入戚家,给戚玉台治病,总是危险的。

崔岷纵然医术不精,但戚家已豢养他多年,是条乖顺的狗。

这条新来的野犬却不同。

不知底细,不知来路,连目的都模模糊糊看不清楚,总要留几分警惕。

是以屋中护卫皆是精心挑选之人,若她胆敢对戚玉台不测,立刻就会血溅当场。

"少爷可有好转?"戚清问。

"……没有。"

戚清叹息一声。

"再看看吧。"

他看着手中黝黑佛珠,微微阖眼。

"盯紧她。"

"是，老爷。"

床上帘帐放下，榻上人呼吸均匀。

陆曈坐在门槛上，低头吃饭。

傍晚送来的饭食，到深夜时已全然冷掉了。戚玉台发病时一刻也不能歇，连吃饭都只得寻出空隙，譬如此刻，癫狂了一日的戚玉台力竭沉睡，她终于能坐下来休息一刻。

太师府饭食精致，只是冷掉时味道也变得古怪。

她细细吞咽，对身后护卫审视的目光视而不见。

管家说发病的戚玉台像个孩子，事实上，发病的戚玉台像个魔鬼，或许，本就是个恶魔。

她必须随时面对这人的惊惶和妄语，有时针刺到一半，戚玉台会突然惊醒，男子力气本就大于女子，戚玉台屋中两个护卫又怕伤到他，控制他时并不会使全力。

煎药，喂药，针刺，安抚……

现在陆曈明白，为何一向稳重精明的崔岷在戚玉台发病后也会病急乱投医，失了平日冷静。为何丰乐楼大火后，短短数日，崔岷的头发便斑白不少。

少眠多思，心劳力乏，寻常医官也很难担此摧残。

她快速吃完饭，婢女把碗筷撤走，带她去旁边屋子梳洗。太师府要她整夜守着戚玉台，以免戚玉台夜里发病。

陆曈简单梳洗一下，对着镜子在白日被戚玉台擦伤的额角撒下一层药粉，再进屋，已有婢女帮她把被褥搭好了。

小床搭在临靠屋门的地方，极矮的一张榻，一旦戚玉台夜里惊醒，她可立刻上前查看，又不会离得过近，若生歹心使得护卫来不及阻拦。

陆疃上了榻，拉上被子。

戚家如此行径，让她与戚玉台和别的男子同处一屋，是打算牺牲她的名声，将来如何婚配，或成难题。

不过，她也不在意这个。

陆疃翻了个身，摸了摸发间花簪。

木槿花叶纤细，黑暗里，亭亭洁净，恍若新雪。

第六章

七夕

戚玉台做了一个梦，一个很长很长的梦。

梦中纷繁零碎，前一刻是莽明乡上挂着鸟笼的草屋，下一刻就成丰乐楼间汹涌大火。飞灰蔽天中，他看见一张苍老的脸，眼鼻流血，一个痴痴呆呆的傻子含笑望着他，肩上画眉啁啾。

他惶然奔逃，却被一扇上了锁的门拦住，回头，丰乐楼惊蛰房中，画上美人垂泪，冷冷地看着他。

"啊——"

戚玉台猛地睁眼，一下子从榻上坐起身来。

有仆从婢女的声音传来："少爷？"

戚玉台惊惧看向四周，金缕席上，白玉兰如意云纹被皱成一团，远处香炉散发着熟悉香气。他恍惚一瞬，缓慢明白过来。

这是在他自己的屋里。

刚刚他是做了一个梦？

"我什么时候睡着的？"他掀开被子，揉着额心问身侧人。

婢女愣了一下，紧接着，面上流露出惊喜之色："少爷醒了？"

她回头，朝着院中喊道："快去告诉老爷，少爷醒了——"

戚玉台甩了甩头，只觉脑子沉重不已，宛如几个日夜不曾眠休，昏沉得要命。再一回想，竟想不起自己是什么时候上的榻，睡前又做了什么了。

正揉按颞部，忽闻门外有人说话："戚公子醒了？"

这声音十分熟悉，戚玉台一愣。

他抬头，见门外站着一女子，一身淡蓝衣袍，眉眼秀致，捧着一碗汤药迈步走了进来。

戚玉台顿住，随即指着面前人失声喊道："陆瞳！"

他问："你怎么在这？"

女医官把药碗放到桌上，望着他开口："戚公子，是太师大人让我来的。"

"我爹？"戚玉台狐疑看向身边人，"什么意思？"

婢女低着头解释："公子，前些日子，您又犯病了，老爷请来陆医官为您施诊。"

他犯病了？

戚玉台茫然，这是何时的事？然而一细想，如有人拿一根长针于他脑海翻搅，令他头疼欲裂。

戚玉台打起精神，望着面前人冷笑："笑话，我的病一向交由崔岷诊治。不过一介医官，还不够格为我施诊。崔岷呢？让他滚过来！"

婢女将头埋得更低："少爷，崔院使出事了。"

"出事？出什么事？"

他还要再问，门外忽而传来一声"玉台"。

戚玉台朝前看去，管家扶着戚清走进屋来。

老太师衣袍微皱，边走边咳嗽。

戚玉台叫了一声"父亲"，戚清眉眼顿时舒展开来。

他将戚玉台细细打量一番，半响，道："你醒了？"

戚玉台嗯了一声，迫不及待看向陆瞳："父亲，为何要让她来给我施诊？先前黄茅岗，擒虎就是死在这个女人手中——"

197

"玉台。"

戚清声音平静，戚玉台剩下的话便堵在胸口，一句话也不敢说了。

老太师转而望向陆瞳。

"陆医官，"他道，"多谢你照顾我儿，这几日你辛苦了，来人，带陆医官下去歇息。"

陆瞳颔首，随屋中婢女离开，门被关上了。

戚玉台眼睁睁看着陆瞳退出房间，终是不平开口："父亲，这贱人和裴云暎纠缠不休，害得妹妹伤心，又当众羞辱我，你怎么能这么客气对她，这不是打戚家脸吗？"

他眉眼狂躁，戚清眉头微皱。

"你病刚好，"戚清道，"要静心养护。"

"我根本没病，父亲。"戚玉台道，"为什么崔岷不在？"

"日后都由她为你施诊。"戚清并不理会他，"天章台祭典，你不能出半点差错。"

"父亲！我根本没病！"戚玉台提高声音。

屋中静寂一瞬。

下人们低着头，无人敢开口。

戚玉台瑟缩一下，放缓了声调："父亲，我真的没病，崔岷不是说了吗？我只是受惊……"

他的声音在戚清的沉默里渐渐低去。

戚玉台攥紧手下被褥。

他不觉得自己有病。

他不记得自己犯病时做过什么，毕竟醒来时除了头昏些，全身并无不适。但他也清楚，父亲一向注重戚家名声，先前丰乐楼流言已让父亲不虞，这次再度犯病，父亲心中一定对他十分失望。

戚清看着他片刻，终是松了口："你病好后，她任你处置。"

戚玉台一怔，陡然欣喜："真的？"

戚清一向管着他，其实先前他就想对陆瞳出手了，也是顾忌着父亲才拖延下来，后来撞上丰乐楼……

"明日去趟司礼府，之后就在府里休养。"戚清又咳嗽几声，"祭典之前，别再乱跑了。"

见父亲竟没责备自己，戚玉台受宠若惊地应了，又与戚清说了几句，管家扶着戚清离开，戚玉台独自一人坐在榻上。

头仍昏沉着，他看向周围，屋中的古董花瓶都收了起来，阁架上空空如也，贴身侍女是个面生的。

戚玉台仔细回想了一会儿，不太确定自己有没有又砸死婢女，索性坐在榻上发呆。

有人走了进来，道："戚公子记得喝药。"说着，一碗药递到戚玉台跟前。

戚玉台掀起眼皮，见陆瞳又走了进来。她双手捧着碗。

褐色汤药就在眼底，戚玉台没接，只看了她一眼，费解地开口："你是怎么说服我爹的？"

"是戚大人亲自找的下官。"

父亲主动找的她？

戚玉台越发不明白戚清此举何意。

女子低眉顺眼地站在自己眼前，戚玉台看了一眼她手中汤药："这里面不会有毒吧？"

"戚公子说笑。"

"谅你也不敢。"戚玉台哂笑，旋即打量她一下，嘴角恶意地一勾，"既然如此，那就劳烦陆医官喂我一下。"

陆瞳看向他。

戚玉台笑得轻蔑。

医官又如何，进了太师府，也就是戚家的一条狗，和崔岷一样。

沉默片刻，陆瞳垂下眼睛，端起药碗，拿起汤勺凑至戚玉台唇边。

戚玉台笑容越发舒心。

她的指尖碰上戚玉台的脸，冰凉不似活人，然而出人意料的，汤药竟不太苦，不知是不是错觉，其中清甜芳香，竟和先前司礼府中点燃的池塘春草梦有几分相似。

不知不觉，他将一碗药喝完。

陆瞳放下空碗，戚玉台眯眼看着她。

她转身收拾桌上残药，依然是一副平平淡淡的神情，好似并未将方才那点折辱放在心上。

戚玉台瞧着她平静的模样，心底忽地又蹿出团火。

"上回在黄茅岗宁死不跪，我还以为陆医官多清高。"戚玉台讽刺，"怎么，你那位好情郎裴云暎呢？让你来伺候我，要是他也看见你低三下四的这一面，不知还会不会要你。"

"医者治病，天经地义，戚公子慎言。"

陆瞳站在窗下阴影里，半垂着眼，动作不疾不徐，并不接他话头，道："戚公子记得每日按时服药，不要过多走动，多在府中休养。戚大人叮嘱过，渐近立秋，被褥不可过薄，屋中熏香时时更换，戌时前务必就寝，饭食清淡……"

她一口一个"戚大人"，令戚玉台越发心烦，冷冷道："每日药不是你来做吗？"又看一眼门口矮榻，神色玩味，"你都与我共处一屋了。"

"先前公子病急，下官留在府上为公子治病，如今公子病情好转，戚大人准允下官归家。日后每隔一日登门为公子号脉施诊。"

戚玉台脸色一沉。

他原本还想好好折磨陆疃的。

陆疃退后一步，抱着药托对他颔首："戚公子大病初愈，切记静心养护，先前病中戚大人对公子事无巨细关心，公子切勿辜负戚大人一片爱子之心。"

言毕，对戚玉台施了一礼，低头退了出去。

戚玉台本就心烦，陆疃不说此话还好，一说，再看屋中新换的床褥和面生的婢女，连同桌上燃烧的灵犀香都不顺眼起来。

父亲本就管束严厉，如今被拘在府里，恐怕更无自由可言。

那一点狂躁如同火星般越燎越大，顷刻间熊熊腾烧，却无处消解，他便将这点恨发泄到方才离开的那个影子身上。

"贱人。"他说。

"祭典之后，看我怎么折磨你。"

陆疃背着医箱离开了太师府。

一迈出太师府大门，天地陡然宽阔许多。清爽长风将几日来的滞闷一扫而光，连胸腔中令人作呕的恶心也散去不少。

她登上马车，径自回了西街。银筝几人见她回来，皆是十分高兴。

"戚家那儿子病好了？"苗良方拉她到一边，偷偷询问。

陆疃点了点头。

苗良方便长松了口气："菩萨保佑，我还担心出什么事了。"

戚玉台犯病，崔岷这个节骨眼下狱，陆疃顶上，可疯病向来难治，这是个烫手山芋，一个不小心，得不偿失。

杜长卿挤过来，端详她片刻："人都憔悴了，瞧瞧这眼睛底下，黑得跟涂了墨般……给了你几个银子啊？得加钱！"

"钱钱钱，东家就知道钱，没见着姑娘累成什么样了。"银筝推着陆疃进小院，"我去给姑娘放沐浴水，这几日正好歇息。"

热水很快烧好，陆疃躺在木桶间，腾腾热气模糊眼前，却让连日来的疲累减轻了一些。

银筝进来，将干净衣裳挂在屏风上。

"姑娘，"她在屏风后的小几前坐下，捡起没做完的针线小声问，"戚公子真的好了吗？"

陆疃嗯了一声。

银筝有些不解。

陆疃进京就是为了向戚家复仇，如今仇人近在眼前，陆疃却把戚玉台治好了。

她不明白。

银筝想问，话到嘴边却又咽了回去，就算问了陆疃也不会说，陆疃一向只默默做自己的事，从不为外人知晓。

想了想，她便说起另一件事："姑娘，再过几日就是七夕了。苗先生新做了药茶，女子是补血养气，男子是壮阳强肾，放同一只草篮里售卖。我看盛京医行里许多医馆都这么做，杜掌柜说咱们也学学。"

"就是草篮看着太过粗糙，我想着做条彩色丝绦挂上去，反正七夕女子也兴做绦子送给心上人嘛。"银筝把手中一串丝绦举得高高的给陆疃看，"姑娘瞧瞧，是不是没那么单调了？"

陆疃望过去，花花绿绿的丝绦在银筝手里仿若花环，便点头道："好看。"

"我也觉得好看，晚些姑娘想学，我教你。"银筝笑道，"一点不难，打一条合适的挂在腰间，配裙子穿正好。"

陆疃刚要点头，忽而想起什么："七夕不是初七吗？"

"是啊，怎么了？"

"那天我有事要出门。"

银筝一愣："姑娘出去做什么？"又试探地看向陆曈，"是和什么人过节吗？"

"不是。"陆曈答，"是给人祝寿。"

七月初七，七夕节是裴云姝生辰，上回裴云暎来时曾说过。

她差点将这件事给忘了。

裴府里，裴云姝正把几件衣裳往裴云暎身上比画。

裴云暎站着，脸上已有些微不耐。宝珠坐在矮榻上，手里抱着个金蛱蝶，看着二人咯咯直笑。

"连宝珠都看不下去了，"裴云暎抬手，旋身在矮榻上坐下，一把抱起宝珠，"姐姐，你做这么多新衣，不如做面新柜子。"

裴云姝松手，斜睨着他："哦？我做这么多新衣，你日日穿公服，我还以为你瞧不上，都给我扔了呢。"

裴云暎笑了一下："宫里当差自然穿公服，平日休沐，我不是也穿过嘛。"

"穿穿穿，反正我是一次也没见过！"裴云姝瞪他，"起来！后日我生辰，你必须挑件称心的穿上。"

裴云暎岿然不动："是你生辰又不是我生辰。"

"后日陆姑娘也要来，你穿件公服，别人还以为在公差呢。"

裴云暎目色微动："陆大夫又不是以貌取人之人。"

他又道："我长得也不难看，何须衣物增辉。"

裴云姝见他如此，叹了口气，放下手中衣衫，在裴云暎对面坐了下来。

"阿暎啊，"裴云姝语重心长地开口，"姐姐不是傻子，你对陆姑娘什么心思，我还瞧不出来？知道你自小被人捧着，凡事若无把握不会开口。可情之一事本就毫无道理，你的心并非由你控制。若你想如处理公务一般解决自己的心，那是绝无可能。"

她道："你若对陆姑娘有意，就要实实在在表现出来，问清楚她喜欢什么，讨厌什么，常带她出去逛逛，逗她开心。皇城里当差多累，你自己比旁人更清楚，她一个年轻姑娘只会更加不易。"

裴云暎漫不经心听着，将被宝珠攥住的发梢夺回来，宝珠乐呵呵地举着金蛱蝶，往他脑袋上放。

裴云姝又道："何况，陆姑娘还有个不知真假的未婚夫……"

说到此处，她蓦然看向裴云暎："阿暎，后日我生辰，不如我帮你问问陆姑娘可有心仪之人？"

裴云暎无言："不要。"

"这也不做那也不做。"裴云姝来了气，"我可听段小宴说了，陆姑娘在你们殿帅府中受欢迎得很。这样伶俐心善的姑娘，若我有儿子，也想为自家儿子相看。哪轮得到你……"

她说了半晌，见这人仍是不甚在意的模样，气得把衣裳往桌上一推："该说的都说了，什么都不听，将来别后悔！"

言罢，一把抱回宝珠，怒道："咱们走，别搭理他。"

裴云暎："……"

屋中恢复安静。

青年低头，捡起宝珠方才留在榻边的金蛱蝶。蝶翼熠熠华丽，在他指尖绽放。

他垂眸看了一会儿，摇头笑起来。

立秋后第三日,七夕到了。

西街街心早早搭起五彩幕帐,帐中卖些七夕时物,黄蜡鸳鸯、以木板做成小房子村落的"谷板""笑靥儿""果食将军"……应有尽有。

仁心医馆也赶了这趟热闹。

把两包养气药茶放进同一只扎着彩色丝绦的草编花篮里,上头放一只绣着永结同心黑字的红布。

这草篮在医馆木柜前搭成小山,极受寻常小夫妻喜爱,不过半日就卖空一座,又赶紧再添了一层。

直到已近黄昏,最后一罐药茶卖空,多出的丝绦被杜长卿偷偷收起,一回头,见银筝坐在里铺对着点燃的铜灯染指甲。

杜长卿走近:"你干什么呢?"

"七夕啊,东家。"银筝道,"我们苏南七夕都要染指甲,以祝永远康健美丽。喏,"她把手伸到杜长卿面前,"好看吗?"

红艳艳的凤仙花点在指甲上,原本洁白圆润的指甲也生出艳彩。

杜长卿晃了下神,移开目光:"马马虎虎吧。"

银筝喊了一声,听见阿城道:"今夜要拜七娘,吃巧巧饭的。苗叔还买了七夕果,不过陆大夫怎么还没回来?"

银筝道:"别等了,姑娘去裴府啦。"

苗良方问:"小陆去裴府干什么?"

杜长卿脸一黑:"她溜去找姓裴的?"

银筝无言:"不是找小裴大人,今日是裴小姐生辰,姑娘去给裴小姐送生辰礼了。"

陆瞳到裴府门口时,芳姿已早早在门口等候了。

瞧见她,芳姿笑着迎上来:"陆姑娘来得巧,方才小姐还说,担心天色晚不便，想差人去接陆姑娘的。"

"不妨事，"陆曈道，"离得不远。"

她刻意避开了杜长卿先出来，否则以杜长卿的习惯，待应付完一番盘问再到裴府，生辰宴恐怕已过完了。

芳姿领着陆曈往院子里走，笑说："小姐生辰恰与七夕同日，院中彩楼也扎好了。"

说话的工夫，二人已走到院中。

重重桂树花木下，以彩绣搭好木棚，其间一张长木桌，上面放了许多巧果酥糖和酒水瓜果，裴云姝穿了身青缎子珍珠扣对襟衫裙，头戴铺翠花冠，正抱着宝珠和身边人说话。

芳姿道："小姐，陆姑娘来了。"

裴云姝一转头，登时露出一抹笑容："可算来了。"

宝珠咿咿呀呀朝陆曈挥手。

陆曈走上前去，道："云姝姐生辰吉乐。"又拿出一只珊瑚釉描金香盒递过去。

"这是我自己做的香盒。"陆曈道，"用来薰衣涂抹，和气血辟外邪，云姝姐勿要嫌弃。"

裴云姝笑着接过来，爱不释手地夸赞："你送的东西，我怎么会嫌弃？倒是你，平日就忙，还操劳你费心，心里过意不去。"

她叫琼影把香盒收回屋里，又看了眼远处："阿暎怎么还没来？"

"本来今日他休沐，也提前说好在府里陪我一日，"裴云姝对陆曈解释，"结果临时有事，又匆匆出去了，估摸着这时候也该回来了。"

正说着，门外传来少年欢快的声音："裴姐姐！"

是段小宴的声音。

裴云姝喜道："回来了。"

陆曈往前看去,果见昏暗院中行来三人。

为首的是段小宴,行走时几近雀跃。萧逐风走在身侧,手里提着两大筐葡萄。最后是裴云暎。

他今日穿了身蓝色织金麒麟方补锦袍,龟纹织金锦带勾勒身形,眼眉含笑,暗色里走来时,矜贵俊美。

他也瞧见了陆曈。

陆曈穿了件山茶花揉蓝衫,下着提花杏黄裙,蓝衫与他身上的蓝袍颜色很是相近。

段小宴悄声道:"真是无心插柳柳成荫,今日默契又回来了。"

裴云暎没理会他。

随他们三人走近,灯色渐亮。段小宴手里捧着一大把彩色丝绦。

裴云姝便打趣:"原来小宴这么受欢迎。"

七夕佳节,常有姑娘送心仪男子亲手编的彩绦以表心意。

"裴姐姐高看我。"段小宴咧嘴一笑,"都是云暎哥的,我帮他拿着,殿帅府门口还有一山。"

裴云姝语塞。

她忘了自家弟弟在皇城里一向很受欢迎。

裴云暎看了一眼陆曈,陆曈站在裴云姝身侧,目光正落在萧逐风腿边两筐紫葡萄上。

葡萄当是新摘不久,颗颗晶莹饱满似串琉璃紫玉。

裴云暎把竹筐搬进屋里,回身道:"给宝珠的葡萄。"

裴云姝疑惑:"京中葡萄不是过季了吗?近来买的都不新鲜。"

"是啊,"裴云暎笑着看一眼萧逐风,"听说宝珠喜欢吃,萧副使路过城外庄子时特意在农家等了两日买来的。"

裴云姝望向萧逐风的目光惊讶。

对弟弟的这位同僚，她并不太熟悉，偶尔去殿帅府找人时见过一两回，只觉得是个寡言的人。

萧逐风轻咳一声："恰好买了，今日路过……"

裴云姝便弯了弯眸："那我替宝珠谢谢萧副使，一起坐下用饭吧。"

萧逐风踟蹰起来："我还有事在身。"

"有什么事？"裴云暎一只手搭在他肩上，懒道，"殿前司今日没活了，你既然'路过'，也'恰好'带了礼物，不如'顺便'把饭吃了？"

萧逐风："我……"

"是啊逐风哥。"段小宴来拉他，"上次赶上饭点你就走了，这回来都来了，就这么走了多失礼。"

萧逐风抬起眼，裴云姝站在彩楼下，笑着望向他。他顿了片刻，低声道了句："好。"

众人便纷纷到彩楼桌前入席，陆曈才一坐下，便觉身边落下一人影，裴云暎在她身边坐了下来。

她又闻到裴云暎身上清冽的香气，如初秋夜里寒雾，泛着层淡薄的凉。

灯火却很温暖。

黄月挂在小楼檐上。院中开了几树花，香气扑鼻。裴云姝叫人把桂酒抬了上来。

"蕙肴蒸兮兰藉，奠桂酒兮椒浆。"裴云姝笑颜如花，拔掉酒塞，"原先每年生辰，阿暎买回桂酒。后来有了宝珠，之后许久未饮。"

"酒楼掌柜说了，桂酒不醉人，所以小宴和陆姑娘也能尝一点。阿暎，"她唤裴云暎，"你来倒酒。"

裴云暎起身，给众人倒酒，轮到陆曈时，动作停了停，探询地看向她。

陆疃把杯子往前一推。

他便唇角一扬，给陆疃也斟满了。待分完酒，复又重新坐下来。

陆疃才端起酒盏，听见裴云暎开口："能喝吗？"

他打量陆疃一眼："你喝醉了不会乱打人吧？"

"不会。"陆疃一本正经，"我会乱杀人。"

裴云暎："……"

她端起酒盏抿了一口。桂酒并不苦涩，清甜得过分，流过唇间时，唇齿也带出一缕桂花香甜。

她连喝了大半盏，裴云暎看她一眼："喝这么多，你酒量很好？"

陆疃放下酒盏："应该比你好一点。"

上回店庆，裴云暎也就喝了点桃子酒，之后就似不太清醒，举止态度十分微妙。

这人酒量很是一般。

烟霄微月，银汉长空，裴云姝尝过桂酒，看着院中一大桌热热闹闹的人，越发高兴起来。

她道："阿暎每日忙公务，府里就这些人，难得今日热闹。"

段小宴立刻顺杆子往上爬，义正词严开口："真的吗？云暎哥太不应该了，怎能为公务冷落家人。姐，你要是不嫌弃，日后我经常上你这儿吃饭，你家厨子饭做得真好吃，比遇仙楼里饭菜还好呢……哎哟，"他跳起来，"逐风哥你踢我干吗？"

萧逐风面无表情："无心的，抱歉。"

裴云姝被他逗乐："行啊，你若得了空，可以多来这里吃饭。"

段小宴便得意起来，不过很快，得意变为沮丧："不过话说起来，也怪不了云暎哥，这些日子还好，估计之后更有得忙。"

"怎么了？"裴云姝问。

"歧水有乱军，苏南有蝗灾，听说蝗灾死了不少人，瘟疫渐起。"

"瘟疫？"裴云姝看向陆曈，"若生瘟疫，医官院会派医官前去随行治理。陆医官……"

"陆医官应当不会去吧，"段小宴挠头，"随行医官都是经验丰富的老医官，没听说新进医官使去的，没什么经验，去了也应付不来。"

"原来如此，"裴云姝点头，忽而又想起陆曈是苏南人，唯恐此事惹她伤怀，忙岔开话头，"朝堂之事，朝堂外的人也左右不来。难得今日热闹，等下用完饭，便出去走走吧。"

"陆医官，"她笑着唤陆曈，"潘楼那边有乞巧市，专卖乞巧之物。初到盛京的姑娘家都爱去逛逛，乞巧市上还有春桥会、织喜蛛、兰夜斗巧。你和云暎都是年轻人，不若去走走，若遇着喜欢的东西也能买下。"

陆曈还未开口，段小宴先嚷起来："好啊好啊好啊，我早就想去，正好今日休沐，一起去吧！"

裴云暎扫他一眼，索性道："宝珠再过不了多久就要睡了，等宝珠睡了，姐姐也同去吧。"

"我？"裴云姝下意识摇头，"我又不是尚未配婚的年轻姑娘，去凑什么热闹。"

"怎么不是？"裴云暎悠悠开口，"年轻，尚未配婚，姑娘，每条都对上了。"

"尽胡说。"

"没有胡说，"段小宴笑嘻嘻开口，"反正今日也是裴姐姐生辰，就跟我们一起去呗。我们人多也热闹，出去也不怕被人找麻烦。"

裴云姝扑哧笑出声来，想拒绝，却又隐隐有些意动。

210

"再说吧,"她敷衍,"说不准宝珠歇得晚。"

待一坛桂酒见了底,澄黄的月亮从屋檐升至长空时,宴席散了。

下人们收拾院中残席,裴云姝先带小宝珠回屋睡觉。段小宴和萧逐风去隔壁裴云暎宅邸喝茶,等裴云姝哄完宝珠后出来。

待到了堂厅,热茶上来,不见裴云暎影子,段小宴疑惑:"云暎哥去哪了?"

萧逐风神色平静:"献殷勤去了。"

另一头,陆瞳正随裴云暎进了书房。

这是陆瞳第二次进他的书房了。书房还是上次来时一般,简逸随性,冷清过头。桌案的盆景倒是开了两朵花,娇娇怯怯,两朵白色将冷冽祛散一点,添几分鲜活。

裴云暎走到桌前倒茶。

陆瞳看见屋子最深处还放着那张圆桌案,上回不慎被她碰倒的由木塔堆成的小山七零八落摊在桌上,如被融得乱七八糟的木山,凌乱而突兀。

裴云暎没再把它搭回来。

正想着,手里被塞了杯热茶,裴云暎道:"醒醒酒吧。"

茶水温热,捧在掌心时,渐有暖意传来。

陆瞳在圆桌案前坐下,问:"你怎么没把它重新搭起来?"

裴云暎扫了一眼:"试过,没搭起来,近来忙,等空了再说。"

言罢,给自己也提壶倒了杯茶,走到陆瞳对面坐下。

陆瞳拿起一块木头。

木头被削得圆融,每一粒都被细细打磨,握在掌心时并不粗糙。

"这是你自己削的?"她问。

裴云暎点头,望着她唇角一弯:"喜欢?送你一块。"

陆疃无言,不过是块普通木头,竟被他说出了一种珍珠宝石的气魄。

她握着那块木头,想了想,道:"我能不能问你一个问题?"

"你说。"

"你搭木头,是有什么特别的意义吗?"

陆疃觉得奇怪。

她把这木头仔仔细细看过,的确就是普通木材,并不稀奇,那座塔里也没什么金山银珠,裴云暎却要在书房里特意搭上这么一座小山,即便后来被她弄塌了,也没有拿出去扔掉。

裴云暎怔了怔,旋即笑了一下:"没什么特别。"

他停顿一下,才继续接着说道:"有时遇到麻烦,觉得棘手,就会削一块木头。算是发泄,用心做一件事时,心里会平静许多。"

他指尖搭着杯沿,语调漫不经心。

"如果解决了麻烦,就放一块木头上去,时间久了,自然就成木塔。"

"所以,"陆疃惊讶,"你已经解决了那么多麻烦?"

如果每一块木头都代表裴云暎曾经的棘手、惶惑、重压,那她第一次来时看到的那座小山,就已是裴云暎处理过的战果。

实在惊人。

"还行吧,"他耸了耸肩,"还是陆大夫更厉害,写在纸上,杀一个划一个,听上去可比削木头刺激多了。"

"……"

陆疃嘴硬:"彼此彼此。"

裴云暎手撑着头,笑着望向她:"既然我回答了你一个问题,按规矩,你也该回答我一个问题。"

陆曈捧起茶盏啜饮一口:"你想问什么?"

他点头,忽然道:"先前你说上京来寻未婚夫,你编纂的那个未婚夫,是以纪珣为本吗?"

陆曈一怔,放下茶盏,"不是。"

他微微扬眉:"哦。"

屋中寂静一刻。

他喝了口茶,忽然又开口:"那你喜欢什么样的男子?"

陆曈手一松,掌心方才捏着的木块应声而掉,被裴云暎眼疾手快一把接住。

她抬眼看向裴云暎。

明明暗暗的灯色中,裴云暎坐在桌前,那身蓝色织金麒麟锦袍被熠熠灯色晃出几分细碎粼光,青年眉鬓如画,一双漂亮漆黑的眼眸望着她,平静的、锋利的、不留余地的。

如四面漫溢的暖色烛火,强势侵略黑夜的暗沉。

"我……"

她张了张嘴,模模糊糊有什么东西在心中浮起,像方才喝完的桂酒在胸腔生出酸甜涩意。奇怪的是,明明再烈的酒也不会令她醉倒,更不会让她头脑昏寐,然而此刻简单的问题,一瞬竟口拙难以回答。

门外有人在敲门:"世子,陆姑娘,小小姐已经睡下,小姐说现在就可以出门了。"

裴云暎仍盯着她,笑着回道:"知道了。"

陆曈回过神。

"这是第二个问题了。"

她兀地站起身,把茶盏往桌上一搁,捉裙匆匆出了屋门。

潘楼街东,乞巧市集热闹。

沿街都是售卖乞巧之物的彩帐,有打扮光鲜的孩童买来新开荷花戴于头上,假装磨孩罗从街上跑过。

陆曈一行人刚下马车,便被眼前热闹晃花眼。

"好热闹,这都赶得上灯夕了!"段小宴叹道。

陆曈望向远处。

夜渐深,满路灯色花光,乞巧楼上乐声鼎沸,夹杂女子们清脆谈笑,一路华灯明月。又有戏棚杂乐百戏,踏索、杂旋、筋斗、蹴毬……看得人眼花缭乱。

裴云姝叮嘱:"人太多,注意别走散了。"

裴云暎走在外侧,低头提醒:"当心脚下。"

去年七夕,陆曈在西街坐馆,那时她忙着制药茶,不曾出来走走,而今才发现,盛京的七夕比灯节也不遑多让。

年轻男女或是小夫妻倾巢而出,街市车马香风不绝,灯火将碧天晴夜映照辉煌。

陆曈走在里侧,挨着裴云姝,就见前方围拢一众人群,裴云姝笑道:"那是香桥会。"

"香桥会?"

人群最中间,搭着一人来高的一座桥,桥栏扎了许多丝线绣制花草,浓丽鲜艳,正对桥头的地方站着个女子,手持一盏烛台,正对人群说话。

"那是用线香扎的桥,代作鹊桥。"耳边传来裴云姝的解释,"人们把编花放置香桥上,待入夜后,祭祀双星,焚化双桥,意为牛郎织女'过鹊桥',有情人将来顺顺利利,白头偕老。"

她问陆曈:"陆姑娘可有心仪之人,想不想也去放上一朵?"

陆曈婉言谢绝。

"我放我放,我感兴趣!"段小宴说完,兴冲冲挤进人群,付过铜板,珍而重之地在桥梁上别了一朵,虔诚拜了三拜。

待回来,撞上众人各异表情,他又补充:"……我给栀子放的。愿她下次不要所托非狗。"

闻言,裴云姝一怔。

走在后头的萧逐风看了她一眼。

芳姿轻咳一声,指着更远处一座挂满彩色灯笼的楼台:"前头乞巧楼有女儿节赛巧,咱们也去看看热闹吧。"

众人便继续往前走。

待到乞巧街市最前方,人群越见拥挤,最前面有一座小楼,修成楼阁形状,每一层都十分热闹,最下头一层摆着张台子,台上以铜碗盛着酥糖、红枣、榛子、花生等瓜果。几个头戴方巾的妇人正张罗游人。

台下还挂着几只木牌,上头写着:喜蛛应巧、穿针乞巧、兰夜斗巧、对月穿针、穿针验巧云云。

段小宴面露不解:"这是什么?"

"这是七夕的'卜'巧。"桌台前的妇人解释,"七夕姑娘们乞巧,要用'卜巧'之法判定姑娘巧拙。要是赢了,织女娘娘就会送一件礼物,保佑姑娘啊,从此心灵手巧,女红娴熟。"

妇人看向最前面的陆曈与裴云姝二人,笑容越发热络:"喔哟,好俊俏的姑娘,一瞧就心灵手巧。不如来'卜巧'一回,穿针乞巧是最简单的,只要五个铜板,赢了第一,送你们一座'谷板'。"

陆曈看向摆在桌台前的谷板。

在小木板上铺了泥土,种上粟米,粟米幼苗长出一些,上头又有木制的屋子村落,木刻的老翁孩童与黄犬站在"田间",十分精巧可爱。

裴云姝也瞧上了谷板。

"这个拿回去,宝珠一定会喜欢。"她笑说,叫芳姿递钱过去,"我来试试。"

妇人收了裴云姝的铜板,立刻从笸箩里拿住一卷五色丝线,连着七孔针一并递给她。

"姑娘,你站到这里。"

妇人拉着裴云姝到楼阁第一层下的空台上,那里还站着七八个年轻姑娘。裴云姝许久没这样同人凑热闹站在一处,面上有些不自在。

"七月七日穿七孔针,等下铜锣一敲,你们就开始穿针引线,谁穿得快,乞到的巧就越多。"

妇人的声音从台上传来。

"最快的,谓得巧之侯!厉害的嘞!"

言罢,铜锣一敲,众人开始穿针。

裴云姝见身边几位姑娘都已坐下对月穿针,便也拿起丝线细穿起来,人一沉浸其中,倒忘了尴尬,四周响起叫好声,格外热闹。

陆曈认真看着。

常武县地方小,重七节不像盛京热闹。在苏南时她就更没见过了,还是第一次见"卜巧"。

耳边传来段小宴聒噪的喝彩,被萧逐风皱眉打断:"安静点。"

台上七八个姑娘皆低着头,专心致志穿线。乞巧楼上彩色灯影落在她们身上,把人衬得格外轻灵。

裴云姝认真穿着线。

她未出阁时,女红做得不多。等到了文郡王府,不曾管家,更勿提拿针线。倒是宝珠出生后,她时不时给女儿做点小衣裳,但究其针线,委实称不上一个好字。

但许是今日热闹,又或许周围都是这样年轻的、满怀热忱的姑娘,让她生出一种久违的欢喜,宛如自己也回到未出阁时,在生辰这一日,忘记身份和烦恼,纵情玩闹。

咚——

铜锣敲响,时辰到。

裴云姝是最后一个穿完七孔针的。

她有些赧然:"我太慢了……"

和这些心灵手巧的姑娘们比起来,她确实称不上灵巧,甚至有些笨拙。

妇人安慰她:"一次输巧算不得什么,还有别的嘛。"说着目光又落在裴云姝身侧的陆曈身上,"身边这位姑娘好俊俏,不如也来一回?"

"我?"陆曈莫名。

裴云姝望向她:"是啊,说是陪你们年轻人,反倒我去玩了一遭,陆姑娘不如也去试试。"

段小宴立刻附和:"好哇!陆医官肯定能得第一。"

陆曈婉拒:"我不通针线。"

"怎么可能?"段小宴道,"裴姐姐针线摸得少,陆医官可是日日摸针,人家是缝布料,陆医官是缝伤口。伤口比布料要求高。"

"陆医官缝伤口一定很漂亮,不像云暎哥背后那道疤,不知哪个庸医缝的,手艺稀烂,连我都不如,是不是,云暎哥?"

陆曈:"……"

她下意识看向裴云暎。

裴云暎似笑非笑地看着她。

想到自己在裴云暎后背留下的"杰作",陆曈不免有些心虚。

裴云姝也笑着劝道:"权当是玩乐,胜负不重要,玩得开心就是。"

芳姿见状，摸出铜板递过去。

妇人面色一喜，忙拉着陆瞳往前头走："姑娘一看蕙心兰质，定能讨个巧侯！"

陆瞳站定，回身望向台前立着的木板。

"这个要怎么比？"她问。

被指着的木牌上写着"喜蛛应巧"四个字。

"那个是喜蛛应巧，"妇人见状解释，"今儿一早，就捉了小蜘蛛放在盒子里，等下姑娘挑一个盒子，同人一齐打开，蛛网结得多的，就是巧侯。蛛网结得少的，就是巧少。"

她压低声音："斗巧这项的人少些，全凭运气。姑娘也想押一押？"

陆瞳沉思，这听着和赌博没什么两样。

她道："我选这个。"

妇人微微意外，旋即笑道："好嘞，姑娘到台前来。"

另一头，段小宴见她竟没选穿七孔针，不由疑惑。

"陆医官竟然选了喜蛛。"少年碰碰萧逐风胳膊，"逐风哥，你猜她能不能赢？"

萧逐风回了他冷漠的三个字。

"不知道。"

陆瞳随妇人走到台前。

台前已坐下五六位年轻姑娘，正凑在一起小声议论。桌前放着一只大木筐，筐里密密麻麻装了几十只巴掌大的漆黑小木盒。

喜蛛就装在这些小木盒里。

姑娘们望着木筐里的盒子，犹豫着不知挑选哪一只。

陆瞳却径自拿起一只起来。

她如此随意，旁边人都愣了一下，下一刻，陆瞳直接将盒子打开了。

"咦?"段小宴惊讶,"她怎么这么直接?"

连思考犹豫都没有,简直似在菜场挑白菜,半丝对卜巧的尊重也无。

陆疃打开盒子,往里看了一眼,随即眉头皱起,发出一声惊呼。

姑娘们更好奇了,探着脖子往这头看来。

"是银梦蛛啊……"她垂眸看着盒子里的东西,语气有些奇怪。

离她最近的那位姑娘便怯怯开口:"那个,银梦蛛是什么……"

陆疃看向对方。

"是一种蜘蛛。"她语气平淡地解释,"此蛛有微毒,虽不至要人性命,但蛛丝拂过人皮肤,易发敏症,尤其容易上脸,一旦蹭于脸上,红疹需七八日后见消。"

此话一出,周围姑娘瞬间摸了摸自己的脸,下意识离木筐远了些。

陆疃合上盖子。

"许是捉蛛人先前并未察觉,将银梦蛛和普通蜘蛛一起放进盒子里了。不过这些盒子混在一处,未打开之前,也不知哪只盒子里装的是银梦蛛。"

姑娘们离木筐更远了。

敏症这东西虽不致命,却会上脸,谁希望好好地突然长一脸红疹?年轻女儿家爱美,可不希望卜巧卜出个毁容来。

"你说的可是真的?"有姑娘不信,"真是毒蜘蛛?"

陆疃颔首,目色认真:"当然,我在翰林医官院当差。"

翰林医官院当差,那就是翰林医官使啰!

联想到方才陆疃身边那个少年一口一个"陆医官"唤她,四周人即刻肃然起敬,再不怀疑,不再流连"喜蛛应巧",纷纷找妇人换成穿针了。

台面上霎时只剩陆疃一人。

她走到妇人面前，将手中木盒往妇人面前一放。

"比完了。"

妇人："……"

比完了，确实比完了。周围人都跑光了，只剩她一人，是疏是密有什么关系？争巧侯的人只有一个，那还有什么争头！

妇人干笑："是、是姑娘赢了。"

陆曈抱起放在台前的谷板。

"这个，我可以拿走吧？"

妇人点头，复又拉着她，迟疑问道："姑娘，那个盒子里真是什么银蛛？"

方才旁人叫她"医官"，妇人听见了。

医官的话可不敢不信，若蜘蛛有毒，得尽快抬走。

陆曈看了台上木筐一眼，微微一笑："灯色昏暗，我也看不太清，像是又不像是，或许是看错了。"

待她回到裴云姝身边，段小宴几人都沉默。

陆曈把谷板递给裴云姝："这个送给宝珠。"

裴云姝神色很是复杂。

一边的段小宴率先开口："陆医官，我第一次知道，博戏还能这么玩。"

他们都以为陆曈点了喜蛛应巧，又那么干脆利落地掀了盒盖，是有什么把握，没想到她压根儿就没想赌，直接把人摊子都给掀了。

"了不起！"段小宴大为感慨，"只要没人和我争，我就是第一！"

身旁一片安静。

裴云暎偏过头，肩头微微耸动。

陆曈只好解释："我针线不佳，穿针未必第一，不如换其他的，这样能赢。"

"不必谦逊。"裴云暎扬眉,"有智赢,无智输。陆大夫,还是这么会智取。"

"君子之争,艺高而服众,小人之争,奇诈而谋利。"陆瞳答得坦然,"毕竟我是'小人'。"

她语气很是认真,裴云暎失笑,低头看她:"陆大夫又在装坏人了?"

陆瞳纠正:"不是坏人,是'小人'。"

他二人唇枪舌剑,裴云姝摇头笑起来。

"多谢你了,陆姑娘,"裴云姝握着陆瞳的手,"你的心意我收到了,宝珠一定很喜欢。回去后我会好好收着。斗巧本就在一个'巧'字,你这法子,倒比穿针引线更现其巧。"说着,又有些忍俊不禁。

陆瞳素日里看着冷淡,今夜这遭却让裴云姝隐约窥见这姑娘淡漠外表下的生动。

一个会捉弄人的、心思狡黠的姑娘。

正说着,段小宴喃喃起来:"真是热闹,看得我都心动。"

少年摩拳擦掌,兴冲冲就要往里冲:"我也去试试——"

"哎哎哎——"

桌前妇人赶紧拦住他,将他上下打量一眼:"小公子,这都是姑娘乞巧,没见过男子来的。"

"男子怎么了?怎么还区别对待了?"段小宴振振有词,"我女儿出行不便,我替她来不行吗?"

妇人挤出个笑:"这上头都是姑娘家,你一个男儿混进去,这不是强人所难吗?"又看一眼段小宴身后几人,沉吟一下,"小公子真喜欢,穿针喜蛛这些是不能够了,拜月投针也都是女子。倒是兰夜斗巧可以一试。"

段小宴虚心请教："兰夜斗巧是什么？"

"看见楼上了吗？"妇人一指乞巧楼阁上。

缀满五彩灯笼的阁楼之上，有箫声渐渐传来。

"年轻男女、有情人呀，可去楼上兰夜斗巧。"妇人细细解释，"楼上用五色彩缕互相绊结，菱藕雕成各种乞巧之物藏在殿中，届时熄灯搜寻，能找到的，就有彩头。"

"不过呀，这兰夜斗巧因是摸黑寻物，难免有浑水摸鱼之人。是以能入楼斗巧的，都是年轻小夫妻，或是情人间。那暗里什么都瞧不见，二人携手互助，既能增进情谊，将来也能同舟共济，共克难关。"

妇人似乎爱好做媒，说至此处，亦是向往，又看向段小宴。

"小公子要是想试一试，只管找你的心上人来就行。你二人一道进去，便不会阻拦。您刚刚说有女儿了，那夫人今日可在场，是哪一位呀？"

段小宴："……"

裴云姝沉默，陆疃面无表情，就连芳姿都嫌弃地后退一步。

见此情景，妇人也明白过来，笑说："小公子不妨先等等，明年乞巧再来也一样，年年重七，年年佳节，总有能让小公子斗巧的那次。"

段小宴心有戚戚，却又无奈无人同往，只能眼巴巴看着妇人离开。

裴云姝看了一眼裴云暎，忽然开口："兰夜斗巧需要多少银子？"

此话一出，萧逐风惊讶地看向裴云姝，眼里都是不可置信。

妇人忙转过身道："兰夜斗巧是两个人，当然不便宜，一次二十个铜板。"

裴云姝让芳姿递铜板过去。

陆疃意外。

这听起来毫无乐趣，不过是黑暗寻物的玩法，裴云姝何以这般感兴趣。

下一刻，裴云姝一伸手，用力把裴云暎与陆曈往前一推。

"你俩去玩吧，"她站在身后，笑盈盈看着二人，"今日本就是年轻人的节日，我想去见识，身份却不合适，还是你二人更方便。阿暎，陆姑娘，你俩出来后，说与我听，就当我也一起进去过了。"

陆曈："等等……"

"我已付过银子了。"人群里，裴云姝对她眨了眨眼，"不便宜，可不能浪费啊。"

彩楼下，妇人收好银子，依次给站在一边的男女发一朵丝线绳花，以此为凭入楼。

见陆曈站着不动，妇人把铜板往身后匣子一收，强调："不退钱。"

陆曈无言。

裴云暎看她一眼，道："如果你不想去也可以不去。"

"去。"陆曈接过妇人手里绳花，径自往里走，"她都说了不退钱。"

裴云暎笑了笑，跟在身后。

二人走到楼阁入口前，乞巧楼下，门前编织无数彩绣喜鹊，谓之"过鹊桥"。双双对对有情人站在入口处，依次往里走，人太多，行走间难免擦撞。

裴云暎让陆曈走在里侧，一面挡着人流，同陆曈一起往楼上去。

到了二楼，原是一处宽敞堂厅，兰夜斗巧一次只进二十对男女，里头灯笼也是做成喜鹊模样，讨喜得很。

堂厅里还以花绣堆着些云雾拱桥，或是莲叶荷花之类花样，一眼看去，如九天仙境。

一位穿彩绣长裙的妇人站在木制的小拱桥头，抬手道："诸位安静，请听我说。看看你们脚下。"

陆瞳低头看去。

灯色昏暗，人多她也没注意，此刻听妇人提醒，方才看清堂厅这些花样之中竟四面绷满五彩丝线，横七竖八拉着如张错综复杂的彩色蛛网，一个不慎就会绊倒。

"这五彩丝线叫'情丝'，堂厅四处暗角，统共放了七只金喜鹊。"

妇人笑呵呵道："诸位要在情丝绊结中，找到七只金喜鹊，谁找得最多呀，就是今夜的巧侯！"

此话一出，周围嗡嗡议论起来。

黑灯瞎火，脚下又全是丝线绊结，同行之人务必携手共行，侬偎相伴，方能走得利落。

陆瞳微微皱眉。

她抬起头，叫裴云暎："殿帅。"

裴云暎正倚着墙打量四周，似不太习惯这种热闹氛围，听见陆瞳叫他，低头问："怎么？"

"你快看清楚，那七只金喜鹊在何处。"

他一怔："什么？"

"你不是殿前司指挥使吗？"陆瞳道，"身手应当很好，黑暗里也能视物，我看不清，你来看，看准了，等下开始直接摸去。"

他匪夷所思："殿前司指挥使就是给你干这个的？"

他又不是落月桥边给人跑腿的闲汉。

陆瞳不悦："你不干我们怎么赢？"

他噎了一下："从前怎么没瞧出来，陆大夫胜负欲这么强。"

陆瞳微笑："那可是二十个铜板。"

他瞥一眼陆曈,叹了口气:"行,今日就给你使唤一回。"

陆曈这才作罢。

她不曾玩过兰夜斗巧,本来对此事也无甚兴趣,但不知为何,阴差阳错来到这里,反倒生出些期待来。

花裙妇人见众人都已商量得差不多了,抿唇一笑,紧接着,铜锣一响,屋中所有的喜鹊灯都熄灭了。

"啊呀——"

有离得近的年轻人惊呼一声。

其实倒也不是都熄灭了,约莫留了三四盏暗灯藏在角落,仅仅只能模糊看清人影,再深一点就看不到了,更勿提脚下绊结的丝线。

黑暗里,裴云暎的声音从耳边传来。

"木桥旁,莲叶下有一只金鹊,离你最近。"

陆曈精神一振:"就去取那只。"言罢就要往木桥走。

然而堂厅里灯色幽暗,脚下那些丝线却如生了眼般,明明她都已越过了,仍缠了上来,绊得她差点摔了一跤。

"小心。"

裴云暎扶住她。

身边传来哎哟一声,似乎是某个青年人摔倒了,与他同行的姑娘吓了一跳,忙关切询问他摔着何处。

裴云暎顿了顿,伸出一只手:"这样走太危险,你抓着我。"

陆曈想了想,便没与他客气,依言去抓他。四周太黑,她一下子摸不到何处,先摸到的是裴云暎的手,指尖肌肤相触间,似脉脉暖流拂过,微妙触感令她陡然生出丝不自在。

陆曈定了定神,顺着往上摸到他的手臂,随即握紧。

暗色里,她看不见裴云暎的表情,只能感到抓着的那只手臂有力。

耳边传来他的轻笑:"抓紧了。"

陆曈嗯了一声。

二人朝着木桥的方向走去。

不知裴云暎是如何走的,或许殿前司选拔人才也并非全看容貌,总之他很有几分本领,虽步伐不快,走得却很稳当。有时身侧有瞧不见路的人撞上来,也会眼疾手快一把将陆曈拉开,使她避免摔跟头。

他把她照顾得很好。

陆曈紧抓着他手臂,放心地任他带领。许是黑暗之中人的触觉会无限放大,他均匀的呼吸和身上冷冽清淡的香气也变得明显,正如脚下五彩丝线,绵密缠绕在四周。

正失神间,忽然听到耳边裴云暎提醒:"到了。"

陆曈抬眸。

那一点点微薄的光下,木桥已近在眼前,桥下堆叠许多金纸彩线编织的荷叶莲花,最中间一朵莲花开得格外灿烂,其中一点细碎金芒闪烁。

金喜鹊找到了。

陆曈道:"我去拿。"转身就往桥下走。

"慢点。"

裴云暎见她急促,跟了上去。

旁边还有一对小夫妻,似也瞧见莲花中的金喜鹊,朝那头走去。

陆曈加快脚步,赶在这对小夫妻前去抓。小夫妻中的丈夫瞧出她心思,亦是加快脚步,二人在小桥朝莲花同时伸手,陆曈一把拽住莲花花茎,谁知花茎竟是绣在桥下,一拽之下连带人也站不稳,晃得陆曈往后趔趄一步。

"小心。"

裴云暎在她身后，一把拉住她。陆曈的背撞进他前胸，而脚下却不知踩着个硬硬的凸起，一瞬凸起下陷。

这是机关？

陆曈心中顿觉不妙，还未出声，骤然听得一声脆响，四面有什么东西一下子从天而降，裴云暎猛地闪身，陆曈被全然笼罩在他怀里，铺天盖地都是对方身上的清冽香气。

"什么东西？"她紧张一瞬。

她被裴云暎护在怀里，脸颊抵着他微凉衣襟，脚下头上像是落下了什么东西，轻飘飘的，拂过人皮肤时微微发痒。

下一刻，堂厅中数十盏喜鹊灯大亮，伴随铜锣脆响，妇人的声音一并响起。

"喜鹊桥成催凤驾。时辰到，喜鹊叫——"

堂厅双双对对男女此刻摔的摔，倒的倒，亦有相依相偎手中拿到喜鹊，笑得一脸甜蜜。

地上散落无数细细红绳，陆曈低头一看，自己与裴云暎身上也落了不少。那些红绳像是从地上弹出，落在他二人身上，远远看去，像将二人绑缚在一处。

刚才，陆曈就是踩中脚下机关，这些红丝线才弹了出来。

"这叫情丝绕。"妇人笑眯眯道，"吐出情丝千缕，写就鸳鸯新谱。各位姑娘公子们，落了情丝的，将来二人结成连理，一辈子恩爱，白头偕老，是好兆头哩。"

陆曈："……"

她正想说话，一抬头，对上的就是裴云暎俯低的目光。

堂厅里光影昏暗，四面红线被清风吹得微晃，四处便莫名多了丝缱绻的旖旎。

她的手还紧紧抓着裴云暎的手臂，整个人前倾，而他一只手垫在陆瞳背后，方才踩中不明机关之物时，全然将她护在怀里。

　　那双黑漆漆的眼眸盯着她，影子在地上纠缠，视线交会处，有什么东西在渐渐滋长。

　　陆瞳僵在原地。

　　背后的手牢牢托着她，骨脊处传来微妙暖意，一刹间，她心跳漏跳一拍，下意识后退一步。

　　裴云暎目光动了动，视线落在她衣摆上缠绕的红绳上。那些红绳缠着裙摆很紧，她不好动弹，他便半跪下身，替她专注拂去。

　　不知为何，陆瞳耳边忽然响起林丹青先前说过的话来。

　　"别看裴云暎表面待人和气，同人说话时腰都不弯一下的，内心傲气得很。"

　　傲气得很……

　　现在想来，他在她面前，好像总是弯腰。

　　俯低身子与她说话，弯腰提起她手中医箱，就连此刻踩中机关，也是先将她护在更安全的位置。

　　他对她总是迁就。迁就又有耐心，所以她才在他面前有恃无恐，笃定他并不会因此斤斤计较。

　　却忘了，他其实并不是一个习惯弯腰之人。

　　"喔哟，公子小姐身上缠这么多情丝，一定很恩爱咯。"花衣妇人飘然走到她二人跟前，陆瞳低着头退开，裴云暎别开目光。

　　妇人瞧他们二人一眼，了然一笑："真是天造地设的一对璧人，二位，可有找到金喜鹊呀？"

　　陆瞳愣了一下，适才回过神。刚刚她拉莲花花茎没拉稳，又不慎踩中机关吓了一跳，手滑之下，错失金喜鹊了。

只差一步，陆曈有些惋惜。

裴云暎看了她一眼，嘴角一勾，一只金灿灿的小喜鹊从他掌心冒了出来。

陆曈凝眸。

仔细一看，金喜鹊是用菱藕雕成，巴掌大的一只，上头涂满颜色和金纸，栩栩如生。

"你什么时候拿到的？"她问。

"毕竟我是殿前司指挥使，"裴云暎悠悠道，"这点彩头都拿不下，有损殿前司脸面。"

陆曈无言。

花衣妇人却笑起来："公子好眼力，得了金喜鹊，得了'巧'。来吧，七娘娘的彩头送你们二位！"

陆曈有些好奇。

"穿针乞巧""喜蛛应巧"的彩头是"谷板"，这二十个铜板的"兰夜斗巧"彩头应该更是不俗。

花衣妇人走到楼门口，从盛着花的匣子里取出一只牡丹纹木梳递给陆曈。

陆曈接过来："梳篦？"

"是的呀，姑娘，这是织女娘娘祈祝过的梳子，所谓'缕缕青丝绵绵意，寸寸相思密密梳'。用此梳梳头，两个人越梳越恩爱！"

陆曈沉默。

只是一把普通木梳，雕工也算不得多精细，竟还需花二十个铜板进楼一番搜寻，盛京人也未免太会做生意。

偏偏看周围人，个个心满意足，毫不在意。

似是看出她失望，花裙妇人又笑着一指楼上："姑娘，公子，咱们乞巧楼三楼风景独好，比清河街的遇仙楼也不差。交了钱兰夜斗巧的，可上三楼观星，这可划算吧！"

"正好斗巧累了，上去吹吹风，歇歇脚。"妇人一面说，一面把二人往上推，俨然要把这生意做到极致。

陆曈看向裴云暎。

他问："你想看吗？"

"看。"

陆曈往前走："给了钱的。"

好在这回倒不算夸张。

进了乞巧楼再上一层，灯色更亮，却不是从堂厅发出。陆曈走到栏杆前往下俯瞰，一片人山火把，花灯歌乐。

远处有一队浩浩荡荡人马走过，且歌且舞，人却藏在一只只巨大偶人之后，偶人做得精巧别致，喜气洋洋，明亮灯彩下，将七夕之夜衬得更热闹了。

裴云暎走了过来。

"那是傀儡杂戏。"他道。

见陆曈不明白，他解释："人藏在其中，傀儡作百戏，用来庆祝祷告。"

裴云暎看一眼楼下行过人群："民间杂戏不够大，再过不了多久，宫中天章台祭典后，傩仪之礼比这更热闹。"

"傩仪之礼？"

"皇上祷祝庆宴，届时百官在场，你也能看见。"

陆曈若有所思。

他侧首："你喜欢看这个？"

陆曈摇头，望着被人抬起来又落下来的巨大傀儡。

"我只是在想,在这里杀个人,短时间里应当不会有人发现。"

裴云暎:"……"

他叹气:"你可真会煞风景。"

陆曈顿了顿,移开目光,抬眼在楼下仔细搜寻,问裴云暎:"云姝姐他们怎么不在?"

"不用看,她一定不会在原地等我们。"

"可是……"

"萧副使会护着她。"他慢条斯理地开口,"虽然陆大夫对我们殿前司颇有偏见,但请相信,殿前司选拔绝非只靠脸。"

陆曈:"……"

见鬼了,他怎么知道她心里在想什么。

裴云暎轻笑一声,双手撑着栏杆看楼下游人。

身后有情人从栏杆前经过,缱绻细语,情意绵绵。

陆曈想了想,开口问他:"萧副使是不是喜欢云姝姐?"

裴云暎转头看她,眼底有些意外之色:"你怎么知道?"

"每次我去殿帅府,他看我的眼神像我欠了你们殿帅府银子。但他看云姝姐的眼神……"陆曈沉吟一下,"像欠了云姝姐银子。"

裴云暎失笑:"怎么欠来欠去?"

陆曈又道:"刚才一路走来,他也护在云姝姐身侧。"

"就这些?"

裴云暎笑了一下,漫不经心开口:"那我也欠了你,一路也护着你,怎么说?"

陆曈一怔,心跳骤然加快。

满城大片大片月色湖水般泼洒下来,落到人间时倏而化作无数热闹星辰。楼下灯火盛张,人群竞笑,而他侧首看她,含笑的眼睛似带隐秘温柔。

嘈杂人群一瞬悠远，夜色也在此刻缄默。

直到一道人影擦着陆曈身后走过，撞过她肩，将她方才一瞬恍惚撞得清醒。

"观星"的男女太多，女子们手中团扇轻舞间，有淡淡茉莉香气吹拂。

却不如他身上兰麝香气清冽。

陆曈定了定神，岔开了话头："萧副使喜欢云姝姐，为何不告诉她？"

陆曈不明白，裴云姝早已和离，如果萧逐风心仪裴云姝，为何不直截了当告诉对方？

裴云暎打量她一眼："你还真是直接。"

"这有什么迂回的必要？"

他叹了口气，索性转过身来，背靠着栏杆，思忖片刻后说："因为他有顾虑。"

"什么顾虑？"

"很多。"裴云暎淡道，"家世、性情、将来，或许他担心，姐姐根本不喜欢他。"

陆曈无法理解，她道："萧副使看起来不是这样瞻前顾后之人。"

他笑笑，语气很淡："不管什么样的人，为情所缚后，都会患得患失。"

这话听着有几分怅然，陆曈看着他，不觉脱口而出："殿帅也会为情所缚？"

他没有说话。

耿耿玉京夜，迢迢银汉流。阁楼檐下喜鹊灯被风吹得飒飒作响。裴云暎背靠着雕花栏杆，流光斜照过青年眉眼，那张俊美的、明锐的脸收起笑意，沉默时无情也动人。

不过是随口而出的问题，回答的人却偏偏沉默，只久久不语地看着她。

溶溶风月，美景良宵。满城桂香风细里，雕栏刻着的文彩鸳鸯成双。

万籁俱静里，他定定盯着陆疃，许久，轻声道："感觉快了。"

第七章 情丝

街上人流如织。

从乞巧楼下来时，陆瞳一路都很是沉默。

心底似乎有什么东西与寻常不同，以至于裴云暎走在她身侧时，她总是不自觉拿余光去瞥这人。

巷陌路口摩肩接踵，二人并肩走着，冷不防一只五彩丝绦从旁飞来，如只展翅喜鹊，准确无误地飞进裴云暎怀里。

二人同时看去。

扔丝绦的是个年轻姑娘，瞧见裴云暎，非但不躲，反而嫣然一笑，一转身，消失在人群中了。

陆瞳了然。

她听银筝说过，盛京七夕，年轻姑娘若有心仪之人，常亲手编织丝绦送与对方。这一日无须含蓄拘束，织女娘娘会护佑每一个大胆示爱的姑娘。

杜长卿就在白日收了四五条。

裴云暎生得出色，皇城里招姑娘喜爱，皇城外亦是如此。果然，接下来短短一条街，他又被扔了七八条彩色丝绦，眼见着还有越来越多的趋势。

陆瞳就想起段小宴怀里抱着的那一大把五颜六色的丝绦来。

"我帮他拿着，殿帅府门口还有一山。"

一山……

她心中轻嗤，这人倒是很受欢迎。

裴云暎平白被扔了一大把丝绦，却并不想接，见一边有香桥会，便将挂着的满身彩绦系在桥栏上，只待焚点香桥，对彩绦主人也算一种祈福祝祷。

陆瞳冷眼看着他动作，突然开口："你怎么不收下？"

裴云暎莫名："我为何要收下？"

陆瞳径自往前走，语调平淡："都是别人心意，何必辜负。"

话里有些莫名讽刺。

他眉梢微微一动，神色反而愉悦起来，勾唇道："可是心意太多，盛情难却，我注定要辜负。"

这话说得陆瞳越发不悦，硬邦邦回道："也是，毕竟殿帅是殿前司指挥使，若不辜负百八十桩心意，殿前司脸面也就不保了。"

他嗤地一笑："你该不会是在嫉妒？"

陆瞳心中一紧："嫉妒什么？"

"嫉妒……"他盯着陆瞳，慢悠悠开口，"我得了这么多条彩绦，你一条也没有。"

悬着的心倏然落下，陆瞳冷冷开口："殿帅多虑，我自己会打。"

"哦？"他追上前，点头道，"这么厉害，那你送我一条。"

送他？想得美。

陆瞳停步："我为何要送你？"又看一眼抛在身后的香桥会，语气越发讽刺，"殿帅不会以为，你这张脸也能迷惑得了我吧？"

她平日很少说这些话，裴云暎别过头忍笑。

他懒懒开口："我没说今日送啊，再过一月就是我生辰，向你讨一个生辰礼物应当不过分吧。"

不等陆瞳说话,他又开口:"你生辰时,我可送了你一对金蛱蝶。"

"金蛱蝶已经还给宝珠了。"

"那我再送你别的。"

陆瞳无言,这人总能寻到理由。

她继续往前走,提醒道:"殿帅是不是忘了一件事,我绣工很差,见不得人。"

"没关系,"裴云暎无所谓地笑笑,"应该不会比当年更糟了。"

陆瞳:"……"

"那我就等着陆大夫生辰礼物了。"这人一锤定音。

陆瞳抿了抿唇,正要说话,就见前头售卖七夕乞巧之物的彩帐下有人声传来。

"你这批切羊头,都不新鲜了!闻着不香。"是个买小食的食客。

被他指责的人弯着腰连连点头:"瞎说,就是天太热,放不住。这羊肉我傍晚才切上,算啦,今儿七夕,不吵架,送你份梅子姜拿好,祝您发财!"

说话声熟悉,陆瞳凝眸看去。

"申大人?"

彩帐中忙碌的男人正将温桶里的羊肉重新摆好,听见动静,抬起头来,也是一愣:"裴大人,陆医官?"

这人竟是申奉应。

陆瞳看向申奉应,他穿了件交领灰褐色短衫,衣摆扎在腰间,白色束口长裤,头裹皂巾,脚蹬布鞋,一副商贩打扮。

"申大人怎么没巡逻?"陆瞳望了望四处,没见着其他巡铺。

申奉应挠了挠头:"我现在不在巡铺屋当差了。"

陆瞳:"为何……"

申奉应搓了搓手，走到摊前彩帐下，请陆曈和裴云暎坐下，给他二人倒了筒绿豆水，抓了把卤花生，自己在小凳上坐下来。

"先前丰乐楼的事你们应该知道了，"申奉应扔了颗花生进嘴里，"丰乐楼起火，太师公子出事，实不相瞒，是我第一个发现的。"

陆曈与裴云暎对视一眼。

申奉应拍拍胸，语气得意："我是第一个发现的，也是第一个倒霉的。军巡铺屋上下得推个人出来负责，我这一没身份二没背景，自然就成了顶锅的。"

陆曈皱眉："你发现戚家公子，救了他一命，应当有功才对。"

"陆医官呀，一瞅你就不懂官场！"申奉应拍桌，"性命事小，太师府丢脸事大，人家有气总得发出来不是。"

言罢，又抽自己一嘴巴子："你说我怎么就那么贱呢？要是不去多管那个闲事……"他噎了一下，"要是不去多管那个闲事，戚公子有个三长两短，那我现在可能羊肉都卖不了了。"

陆曈沉默片刻，道："抱歉。"

申奉应莫名其妙："你和我道什么歉？"

他叹了口气。

"其实吧，我在巡铺屋待了十多年，最后也就混了个小差事。他们要我拍马就拍马，要我逢迎就逢迎，到头来，哈哈哈哈哈哈哈，好啊！"

他大笑几声，道："这些年，孝敬上头的银子花了不少，成日就知画饼，落得这么个地步，真离谱。早年间我娘给我算命，说我这命里就是不带印，我还不信，如今看来，人还得信命。"

"算了，懒得折腾了，"他一挥手，"要一早知道这样，还不如早点回家卖肉。我这脸，说不准卖着卖着，也能卖个羊肉潘安什么的。"

他兀自玩笑，身后有食客喊："老板，切二两羊肉！"

申奉应哎了一声，匆匆起身，去温桶边捞切羊肉。

陆曈坐着，看他笑脸迎人地将切好羊肉递给食客，心中十分不是滋味。

她把绿豆水喝完，在小桌上留下茶钱，没与申奉应打招呼，自己离开了。

街市人流熙攘，裴云暎走在她身侧，瞥她一眼："你在内疚？"

"他丢职因我而起。"陆曈答，"我没想到太师府会迁怒巡铺屋。"

毕竟，从大火中将戚玉台救起来的是申奉应。

可一个小人物，在这荒唐世道里，求一个"公平"，简直是滑稽得可笑。

"戚家不会特意对付一个巡铺，但巡铺屋会揣摩上司心意。官场如此。"裴云暎道。

陆曈脚步一停。

"殿帅能让他再次回到巡铺屋吗？"

裴云暎是殿前司指挥使，如今盛京官场她渐渐已看清，卖官鬻爵，不过扯了张遮羞布而已。

"不难。但最好不要。"

陆曈看着他："为何？"

"你真的觉得，现在让他回到巡铺屋是个好机会？"

裴云暎淡道："他没有背景，也没有身份，仅靠逢迎攀上的交情并不牢固。盛京官场没有他施展抱负的机会，如果下次遇到别的事，他还会被第一个推出来。行至官场高处之人，要么聪明，要么狠心，老实人在这里活不下去。他不适合，至少现在不行。"

陆曈问："你呢？"

他笑了笑："我也是狠心人。"

陆曈不语。

"别太担心，"裴云暎开口，"等过一段日子，我想办法替他另谋其他差事。军巡铺屋未必适合他。"

"真的？"

他看一眼陆曈，唇角一弯："不过，那要看陆大夫送的彩绦合不合心意了。"

陆曈："……"

乞巧市集人流不绝，陆曈与裴云暎逛了许久，直到潘楼下一条街走完，总算在一处摊贩前瞧见了裴云姝几人。

新鲜摘下的芭蕉叶，油绿阔叶上浸泡过药水，匠人在上头题诗作画，十分风雅。裴云姝正低头挑选，萧逐风立在身后。

瞧见陆曈二人，段小宴登时挥手："哥，陆医官——"

裴云姝回头，笑道："阿暎，陆姑娘。"

段小宴兴冲冲上前，向二人展示胳膊上挂着的大包小包。

"本来想在乞巧楼下等你们的，裴姐姐说想去看傀儡戏，我们就跟着走了一截，还担心你们找不到我们。"

芳姿道："乞巧楼下就一条街，等一等还是很容易找到的。"

裴云姝看向陆曈："陆姑娘，你们方才兰夜斗巧如何，可有彩头？"

陆曈把那木纹梳拿出来："赢了只梳子。"

"是梳篦呀。"裴云姝惊讶，"瞧着不错。"

她又问陆曈："方才我们没进去，兰夜斗巧是如何斗的？你们在里面做什么了？"

陆曈抿唇不语。

裴云暎看她一眼，对裴云姝道："攀谈等回府再说，天色不早了，先送她回西街。"

　　裴云姝不好意思地对陆曈笑笑："是我疏忽了，陆姑娘平日还要在医馆瞧病，歇得太晚的确不好。"

　　裴云姝一行人便先送陆曈回了医馆，又与段小宴与萧逐风二人分别。

　　待回到裴府，裴云暎看裴云姝进屋，正要离开，被裴云姝叫住："阿暎。"

　　"怎么？"

　　"你先别走，我有事同你说。"

　　裴云姝叫他进屋去。

　　宝珠已被琼影哄着睡下，裴云姝点上灯，让裴云暎在厅里坐着，不多时，抱着只银匣出来。

　　她在裴云暎身边坐下，打开银匣，银匣里裹着堆红布，最后一层揭开，其中赫然躺着一只青玉雕花扁镯。

　　"这是⋯⋯"

　　"母亲留下的玉镯。"

　　玉镯在灯色下温润似片翡翠湖泊，裴云姝望着，语气有些感叹。

　　"当年外祖母将青玉雕花扁镯送给娘做陪嫁，我及笄时，娘又将这只青玉镯送给了我。原本有一双，我留一只送给宝珠，现在把这只给你。"

　　裴云暎笑问："送我做什么？"

　　"阿暎，"裴云姝低头摩挲着玉镯，"你还记不记得当年娘过世后，我天天躲在屋里哭，又大病一场，饭也不肯吃。是你学了娘做的小馄饨哄我吃下，日日逗我开心，我才渐渐好起来。"

　　她低头："其实现在想想，那时你比我年幼，我这个做姐姐的还要你来照顾。"

裴云暎笑笑:"过去的事还提什么。"

裴云姝摇头。

"后来你就离京了,回来后,也不似从前什么都同我说。阿暎,这些年,我不知道你在做什么,你长大了,我有时会担心,自己这个做姐姐的是否失职。"

"你怎么会这么想?"

裴云姝看着他:"阿暎,陆大夫是个好姑娘。"

裴云暎一顿。

"你是我弟弟,虽然你藏着不说,但我瞧得出来,她对你和旁人不同。"裴云姝温声道,"情之一事,我是外人,不好插手,但有一句话要交代你,若你心仪一人,就不要让自己后悔。"

她拉过裴云暎的手,把那只青玉镯塞到裴云暎掌心。

"这只玉镯你收着,你若有了想要相伴一生之人,就将这只镯子赠与她。这不是裴家的镯子,这是母亲的镯子。"

"盼你有喜欢之人,共度一生,是母亲与我对你的希望。"

裴云暎回到书房时,外面已然全黑了。

裴云姝送过镯子,便回屋中睡下,今日乞巧游街忙了半日,她也乏了。

裴云暎关上屋门,走到小几前坐下,把裹着红布的玉镯放到桌上。铜灯下,曾被陆曈碰倒的木块乱七八糟散成一团,铺满整个桌面。他把散落的木块拂到一边,辟出一块空地。而后,拿起木块,一块块往上搭建起来。

过去多年,每当他有烦心事,遇到棘手麻烦时,总是坐在小几前,慢慢地往上搭排。

人专注某一样事时，内心会变得平静。

一开始总是很难，渐渐木塔越搭越高，他削木头的时候越来越少，世上已没什么事让他觉得烦扰。木塔静静矗立在书房一隅，冰冷坚硬，如一幢被遗留下来的、沉默的影子。

其实在陆曈推倒木塔之前，他已经很久很久没再往上放木块了。是以被推倒之后，也不曾想过重新搭建。

偏偏在今夜，新秋鹊桥，人间乞巧，这样的良辰佳节，他却坐在这里，一块一块静静往上堆叠。

裴云暎堆得很慢。圆融木块一点点被仔细往上放着，一层又一层，整整齐齐，一丝不苟，精心计算过的角度使得木塔看上去坚实而严整。

他搭了很久，只剩最后一块。

木块被擒起，往塔尖处放去，

却又在最后一刻，他余光瞥见桌上红布之上的玉镯。玉镯色若凝碧，似乞巧楼中彩纸扎成的莲叶，翠色盈盈。

耳边忽而响起女子的质问。

"殿帅也会为情所缚？"

指尖一颤，宛如蝴蝶掠过花间，陡然哗啦一声脆响——

青年回神。

整整齐齐的木塔，再次轰然瓦解。

溃不成军。

夜色沉沉，红楼欢宴已远。

西街小院宁谧，陆曈提灯，关上屋门。

银筝等她归来方才放心，梳洗过后已去隔壁睡下。陆曈走到桌前，头上钗环卸下，拿梳子梳理长发。

梳了几下，记起另桩事，起身拿过荷包，从里掏出一把细巧梳篦来。是今日在乞巧楼中，兰夜斗巧的彩头。

梳篦材料寻常，上头雕刻细致牡丹纹，虽比不得首饰华贵，却也算精巧。

陆瞳握着木梳，视线又落在桌上做了一半的彩绦之上。

杜长卿学医行做"鸳鸯茶"，草编的竹篮挂彩绦式样看着更好。她不如银筝手巧，绦子打得慢不说，模样也很粗糙，拿不出手，索性放在屋中藏着。

陆瞳拿起彩绦。

不知为何，耳边突然浮响起乞巧楼中花衣妇人的笑言来。

"吐出情丝千缕，写就鸳鸯新谱。各位姑娘公子们，落了情丝的，将来二人结成连理，一辈子恩爱，白头偕老，是好兆头哩。"

被红线纠缠拉扯的二人，黑暗中放大的呼吸，他眼底的温存和凛冽，笑意总是宽容……

草际有秋蛰低鸣，惊飞栖雀，陆瞳低头，倏然一怔。

手下编织一半的彩绦，不知何时绕成一团，理也理不清楚。

缠成绊结一处。

七夕过后，连着下了几日雨，天气日渐凉爽。

屋子里，戚玉台烦躁地来回踱步。

除了去司礼府露了次面，他已经几日不曾出门了。

再度发病，戚清怕他再生意外，直接同司礼府告假，戚玉台被关在府中，一步也不能出。

整日拘在府中，偏在这时候，药瘾犯了。

屋门发出一声轻响，有人端药走了进来。

戚玉台看向来人。

女医官把汤药放在榻边小几上："戚公子，到时辰服药了。"

戚玉台冷笑："我不吃。"

陆瞳颔首："戚大人交代，一定要公子按时服药。"

父亲，又是父亲！

戚玉台心头火起，却又不敢违抗，兀地端起碗将汤药一饮而尽。

陆瞳见他喝完药，走到桌前打开医箱："该施针了，戚公子。"

每日除了喝药外，还要施针，这令戚玉台感到厌烦。

他曾故意折磨女医官，叫她一遍一遍反复做同一样事，但她总是神色恬然一一照做，仿佛并不为此气怒。

这令戚玉台失望。

戚清承诺宫中大礼后陆瞳随他处置，是以在祭典前，他不能真正对陆瞳动手。

他必须清醒地出现在天章台祭典。

银针一根根刺入肌肤，带起酥麻痒意。戚玉台听见身后人开口。

"戚公子须记得，每日按时服药，贴身衣物隔半日换洗，不可饮酒、不可多思、戌时前入睡，用饭清淡……"

"别说了！"

一根银针因他激动刺歪。

戚玉台嘶了一声，额上青筋跳动，骂道："你再多说一句，我就把你舌头割下来！"

身后陡然无声。

戚玉台头痛欲裂。

屋里每一角每一处都是按戚清喜好布置，他想做的事从来不允，就连点一根香也得按父亲的意思。

如今发病两次,自由遥不可及,他仿佛要被禁锢在这狭窄屋子一辈子,光是想想也觉可怕。

偏偏还有一人随时随地提醒。

"戚大人是关心公子,所以事无巨细。"陆曈慢慢说道,一根针轻轻刺入他后颈。

"下官父母早逝,被人收养,然而幼时顽劣,常惹养父头疼,养父每每严厉责备,过后却会偷偷买来玩具糖馒头安慰。"

她忽然说起陈年旧事,宛如随意家常。

"养父从来不曾夸过我,可后来却从旁人嘴里得知他常常在外炫耀,说女儿聪敏伶俐。"

这话听在戚玉台耳中分外刺耳,他冷笑:"你在炫耀?"

陆曈道:"世上无不是之父母,戚大人对公子严厉,实则一片爱子之心,正因以公子为傲,是以要求比旁人更为严苛。"

以他为傲?戚玉台险些笑起来。

戚清从不曾夸赞他,不管是在家还是在外,永远苛求他不足。

他知道,他不如戚华楹聪慧,无法给太师府带来赞誉,正如太师府一个抹不去的污点。

戚清处处关照他,是担心他又惹事,给太师府招来麻烦。

父亲嫌弃他。

对方语调中的温然越发刺痛戚玉台,戚玉台阴鸷开口:"陆曈,你不会以为,你杀了我的狗,自己变作戚家的狗,就能相安无事吧?"

他讽刺:"想做戚家的狗,也要看你有没有那个资格。"

身后默然一瞬。

她问:"我看戚公子脉象,过去曾有服食寒食散的痕迹?"

戚玉台轻蔑一笑:"怎么,你想举告官府?"

"寒食散有毒,长期服用于身体有损,公子应当早日戒掉。"

不提还好,一提,戚玉台面色越发阴沉。

丰乐楼大火,他服散的事被御史参到皇帝面前,虽最后被太师府压下,但因此事,盛京大肆查搜食馆酒店,恐怕将来很长一段时日,盛京都寻不到寒食散的踪迹。

无人敢顶风作案。

想到寒食散,腹腔那股酥酥麻麻的感觉又上来了,喉间仿佛有只虫子正饥渴张大嘴巴,等待从天而降的美味。

"寒食散是由钟乳、硫黄、白石英、紫石英、赤石所做。药性燥烈,服食后虽暂时神明开朗,但长此以往会丧命。"

陆瞳不疾不徐地为他刺着针。

"下官从前在苏南行医时,曾见过一户富户人家,一门父子三人皆偷偷服食药散。在被官府发现之前,富户家老爷就因服散之后错服冷酒当场丧命。但奇怪的是,他两个儿子却活了下来,且行为举止如常。"

"寒食散一旦上瘾,极难戒除,他二人却并不受影响。下官当时好奇,后来才辗转得知原因。"

戚玉台掀起眼皮:"什么原因?"

"寒食散有毒,有了亡父前车之鉴,兄弟二人不敢继续服食,却偶然得一偏方。"说到此处,陆瞳顿了一顿,"以石黄、灵芝、茯苓、黄精、龙鳞草……"她一连说了许多,"捣碎成泥炮制晒干磨成粉末,亦能达到寒食散五六成的效用。"

戚玉台一愣:"真的?"

"只是五六成罢了,但这五六成已足够缓解其二人药瘾,且材料简单,买用不难,他兄弟二人自己叫下人买来材料做,正因如此,在其父病亡,兄弟也并无财源下,二人仍能坚持多年。可见医经药理一道,变幻无穷。"

"不可能。"戚玉台眼露怀疑,"如果你说的是真的,这么多年怎么没听过?"

"就连医官院的书库也不能记下所有的医案。况且这些年,下官也只见过这一对兄弟用过药方而已。盖因此物虽不如寒食散毒性强烈,但长此以往亦容易上瘾。一次服食一小包,使人心神愉悦,神明舒畅,用上两包,燥热难当,气血上浮,用上三包……神志紊乱,犹如同时服食大量寒食散,那就会变成毒药了。"

戚玉台听得入神。

"医药一道,万象不同。下官如今也只是刚刚摸到门槛,将来待学之处还有很多。"

她收回最后一根银针,退后两步。

"戚公子,针刺结束了。"

戚玉台这才回过神。

他难得没如往日一般故意折辱,只是坐在榻边一言不发。

陆瞳看向门口。

戚玉台的侍卫和婢女立在窗下,不时抬眸朝这头看一眼。

她背起医箱,低头退了出去。

待到门口时,又停下脚步,对站在院中守着院门的戚清特意安排的护卫开口。

"戚公子神思尚未全然恢复,近几日未免生意外,最好不要出门,烦请看顾紧些。"

护卫点头应下,陆瞳这才离去。

晌午过后,演武场。

靶场上，骏马奔驰扬尘，羽箭如电，射向远处插入平沙地的草靶之中。

再过不了多久就是宫中祭典，祭典之前，仪卫驰驾，诸军百戏，殿前司也赫然在列。

是以近来殿前司诸班卫，去演武场总是很勤。

栀子和四只黑咕隆咚的小犬绕着空场扑球，另一头高台上，裴云暎站着，场上群马奔驰，嗖嗖嗖的破空声接连响起，草场边数个箭靶应声而落，周围顿时阵阵叫好。

萧逐风在一众禁卫中优秀得毫无疑问，马匹掠过之处，草靶全军覆没，场上判员赶紧低头记录，年轻禁卫则上前换上新的草靶，等着第二圈跑马竞驰。

直到最后一圈跑完，众人纷纷翻身下马，走到帐下桌前拿皮袋喝水。

禁卫们拥着萧逐风，笑谈："副使竞驰之术又精进不少，看来长乐池百戏，又没有我等出风头机会了。"

他身侧禁卫回道："你要出风头机会干什么？想力争上游？升迁也没听说靠仪卫百戏升迁的。"

"肤浅！我是那种人吗？我苦练竞驰之术，当然是想在祭典上演给心上人看，好教她看见我的英武风姿。"

"心上人，谁，陆医官吗？"

闻言，帐篷下分发水袋的年轻人动作一顿。

裴云暎抬眸，淡淡看他一眼："你喜欢陆曈？"

说话的禁卫不好意思挠头："大人，不是我喜欢，咱们殿前司，不敢说十之八九，但绝大部分都、都喜欢陆医官吧。"

这话不假，殿帅府的五百只鸭子可以做证。

又有一年长些的已婚禁卫凑近，幸灾乐祸道："甭想了，你没机会,陆医官有心上人了!"

裴云暎道:"心上人?"

已婚禁卫大刺刺道:"前几日重七,我陪夫人去潘楼逛乞巧市,我瞧见陆医官了。"

他神神秘秘开口:"陆医官和一个男人走在一起,举止亲密,进了乞巧楼上兰夜斗巧!就是当日我隔得太远,只看见一个背影,那男人先进了楼我瞧不见,本想跟上去探个清楚,怕夫人以为我有了二心,这才作罢。"

他拍胸:"但我可以做证,陆医官绝对是和一个男人一起逛了乞巧市,名花有主了!"

一个年轻姑娘,只会和心上人去兰夜斗巧,陆瞳此举无疑证明这一点。

闻言,一众禁卫全都捶胸顿足,大骂哪个杀千刀的诱走佳人,一会儿又发誓要拿出大理寺查案的劲头,查出是哪位人才在殿前司五百只鸭子眼皮底下先发制人。

萧逐风欲言又止。

这群人似乎忘记了自家殿帅和那位女医官曾有过一段风月流言。

或许是选择性忘记。

最先说话的禁卫挤到裴云暎身边,讨好道:"大人,你同医官院比较熟,陆医官隔三岔五也要为小小姐施诊,您发发慈悲,帮兄弟们一个忙,问问——那个和陆医官一同逛街,兰夜斗巧的王八蛋到底是谁?"

裴云暎看向他,扯了下唇角:"王八蛋?"

"是是是,王八蛋。"

裴云暎点头,卸下护腕,把水袋往桌上一扔,不紧不慢往前走去,直走到木竿前的黑色骏马前翻身上马,才抛下一句。

"是我。"

黄昏夕阳染红长街。

仁心医馆里,陆曈翻开手中杂书,苗良方和银筝坐在药柜前,一个盘点今日医案,一个描新手帕的花样子。

日头斜斜穿过门前,残阳照亮书页,恰好映亮一段字。

"银渚盈盈渡,金风缓缓吹。晚香浮动五云飞。月姊妒人、颦尽一弯眉。"

"短夜难留处,斜河欲淡时。半愁半喜是佳期。一度相逢,添得两相思。"

是《南柯子·七夕》。

银筝看了一半的话本就放在桌上,陆曈看方子看累了,随手拿起来翻了几页,瞧见此处,不免有些出神。

距离七夕已过了好几日了。

门前忽而传来银筝的招呼声:"小裴大人。"

陆曈抬头,就见李子树下,年轻人踩着满地金色碎影走了进来。

苗良方揉了揉眼睛。

银筝先起身,笑道:"小裴大人先坐,我去泡茶。"

他便也不客气,笑着一点头,走近陆曈身侧。

陆曈陡然反应过来,下意识想拿医书遮面前话本,奈何晚了一步,话本已被这人拿了起来。

裴云暎扫一眼书册封皮的字,神色顿时古怪。

"风流世子俏神医……"他沉吟着看向陆曈,"你喜欢看这个?"

陆曈冷着脸一把夺回:"不是我的。"

他扬眉:"哦。"

陆疃强调:"银筝的。"

他又嗯了一声,语气仍是意味深长。

陆疃:"……"

这根本说不清。

苗良方从药柜后绕了出来,看着裴云暎问:"裴大人怎么突然来了?"

"来拿宝珠的药。"

苗良方噢了一声,站着没动。

裴云暎淡淡一笑,苗良方终于后知后觉明白过来,试探地望向陆疃。

"小陆,我是不是该回去了?"

陆疃:"……"

银筝掀开毡帘从里头走出来,把泡好的热茶放到桌上,笑着对苗良方道:"天晚了,铺子里也没什么事,苗先生回去歇着吧。"

苗良方见陆疃没出声,像是默认,遂又叮嘱几句,拄着拐杖一瘸一拐地走了。

待他走后,银筝也进了小院。

裴云暎在陆疃对面坐了下来。

"还不到取用宝珠新药的时候。"陆疃道,"殿帅这是记性不好?"

"是你记性不好吧。"他提醒,"是不是忘了我东西?"

陆疃莫名:"忘了什么?"

"姐姐生辰时,你承诺给我打的绦子呢?"

陆疃愣了一下,回道:"我什么时候承诺给你打了?"

他打量她一眼:"看来,根本还没开始啊。"

这人莫名其妙。

陆疃提醒:"殿帅,我好像从未答应过。"

"你不是说，陆家家训，一饭之恩必偿吗？"

他笑："好歹兰夜斗巧那次，我替你赢了梳篦，要你一只彩绦不过分吧。"

不说还好，一提兰夜斗巧，似乎有模糊画面逐渐清晰，陆瞳心尖微动，一时垂眸无言。

屋中安静一瞬。

裴云暎啧了一声，笑着问道："你这是问心有愧，不打算抬头看我了？"

陆瞳立刻抬头，怒视着他。

他忍笑，道："不逗你了，说正事。我已安排人进了太师府，如今戚玉台院中护卫中，有一人眼角带有红色胎记，那是我的人。"

他道："你若平日有麻烦，可向此人求助。若你遇到危险，他会想办法护你周全。"

陆瞳听得怔住。

要在太师府中安插一枚暗线有多难，她比任何人都清楚。毕竟当初光是接近戚玉台，她也费了极大功夫。

沉默良久，陆瞳开口："安排人进太师府并不容易。若我出事，你的眼线也就废了。"

她看向裴云暎："值得吗？"

裴云暎轻笑一声。

"太师府的人全是疯子。"他望着她，气定神闲开口，"我怎么敢把债主一个人留在那种地方呢。"

陆瞳不语。

"况且，"裴云暎话锋一转，"也不算白帮忙。"

"下月我生辰，我要看见绦子。"他语调轻松，"陆三姑娘可不要又出尔反尔。生辰那日,我会让青枫来接你的。"

陆瞳:"你……"

他抬手,把桌上茶水一饮而尽,提刀站起身来:"我还有公务,要先走一步。"

走了两步,忽又转过头来,轻咳一声。

"话本……"

他视线扫过被医书挡上的籍册。

"……还挺有意思的。"

言罢,笑着出了门。

陆瞳:"……"

银筝掀开毡帘出来,见裴云暎已离开,看向陆瞳:"小裴大人这么快就走了?不多坐坐?"

这话说的,裴云暎和医馆很熟似的。

陆瞳蹙眉。

"他又不是医馆的人,不必对他客气,"陆瞳收起话本,"下次茶也别泡了,让他渴着。"

银筝扑哧一下笑出声来,又感叹:"姑娘和裴大人之间是发生了什么事吗,总觉得……"

"觉得什么?"

银筝想了一会儿,才回道:"觉得,姑娘待他有些不一样了。"

翌日天明。

陆瞳清晨起来梳洗,换了件藕荷色窄袖棉裙,坐在桌前梳理头发。

桌角木匣里放着各式各样的绢花,最上头多了一只牡丹纹木刻梳篦。

兰夜斗巧赢来的彩头梳篦,比她平日所用要小巧许多,插在发间做插梳正合适。

　　陆曈视线落在木匣里的梳篦之上,许久,伸手拿了起来。

　　镜中女子粉黛未施,犹豫不决地看着她。

　　她迟疑片刻,终是把梳篦插在发髻之中。

　　啪——

　　屋中瓷壶被砸得粉碎。

　　戚玉台才走到门口,就被护卫们拦了下来。

　　"少爷,老爷吩咐,这几日不可出门。"

　　戚玉台一巴掌摔过去:"你算个什么东西,也敢拦本少爷!"

　　护卫不敢搭话,挡在门前的动作却没有让开。

　　戚玉台面露焦躁。

　　整整几日了,他都被关在屋中出不得门。这对他来说比入牢还要煎熬。

　　在家的日子越长,他的药瘾越重,心中好似堵着团火无法纾解,恨不得立刻奔出屋去,狠狠服食一包药散方可罢休。

　　如今京中寒食散难寻,前几日,他却从陆曈嘴里得知另一种寒食散的替代之物。他将信将疑,原想差人按陆曈所说的方子配制找人尝试,奈何如今院里院外都是父亲的眼线,他根本使不动父亲的人。

　　想要自己亲自出门,却不知为何,这几日府中对他的看管变本加厉,如今连院子也出不得了。

　　戚玉台心如猫抓。

　　桌案一角,灵犀香静静燃烧,原本馥郁沉香却无法使他平静,反而令他更加暴躁了。戚玉台抓起香炉,猛地向门口一砸,咚的一声,满炉香灰撒了一地。

一只脚在香炉前停了下来。

戚清站在门口,视线掠过一地狼藉。

"你在做什么?"

戚玉台一愣:"父亲?"

老太师绕过屋中碎了一地的瓷片和香灰,进了屋:"你又在闹什么?"

父亲的语调平淡,戚玉台打了个哆嗦。

但很快,焦躁战胜了惧怕,他道:"爹,我要出去。"

"不行。"

"为何不行?"戚玉台竭力解释,"爹,你看,这些日子我都好好的……我已经很久没出门了,我就是出门逛逛,不做别的。"

"宫中祭典将近,你病未痊愈,在府中静养为上……"

"我根本没病!"戚玉台打断他的话。

戚清一顿。

戚玉台抓了抓头,神情满是焦躁。

"我根本没病。"他重复道,"姓陆的和崔崏都说过,我只是风邪侵体,暂时受惊,你为什么总是不信?"

陆瞳和崔崏都是如此告诉他的,他只是暂时受惊,并非真的癫疾。

戚清看着他,语气依旧毋庸置疑:"不行。"

不行不行不行,父亲对他说得最多的话就是不行。

灵犀香被拂落在地,香气越发浓烈,戚玉台感到一股怒气充斥在胸膛。

"你伤还未好全,不可随意走动,以免再度受惊。"

"别找借口了!"

戚玉台忍无可忍,大吼道:"口口声声为我着想,你不让我出去,不是担心我的身体,是担心我中途发病,丢了太师府脸面。你怕我成为太师府污点,巴不得把我藏起来吧!"

屋中死一般的寂静。

护卫婢女们低头站在门口,不敢看向这头。

戚清仍静静看着他,灰白生翳的双眼里没有一丝情绪,冷漠的、失望的、毫不在意的。

戚玉台心中忽然生出一股怨恨。

总是这样。

父亲总是这样,无论他说什么,做什么,闯了再大的祸,父亲从不会愤怒激动,呼喝责骂,只会冷静地指责,然后用那种失望的眼神平静地看着他。好像他的所有行为举止,都激不起对方任何心绪的波动,只是个可有可无的摆设。

明明他对戚华楹从不如此。

他后退两步,突然惨笑起来。

陆瞳说,她自小顽劣,但父亲对她严厉,对外却会逢人夸奖赞赏。

莽明乡姓杨的老汉,儿子是个傻子,他父亲与别人谈及时,尚能自豪引以为傲。

他们随口的言谈,在他耳中听起来却尤为刺耳。

他求之不得,他因此嫉妒。

"你是不是从小就觉得我是个疯子?"戚玉台突然开口。

不等戚清说话,他又道:"从我五岁起时,你就这么觉得了吧。"

他其实不是五年前开始发病的。

而是更早。

戚玉台依稀记得,父亲从前是对自己很好的,在那之后就变了。戚清待他不冷不热,像是一个制作失败的物品,无法销毁,却又不想承认，只能放在府邸中，做一个可有可无的装饰。

府邸中下人对多年前的事讳莫如深，但他毕竟是太师府唯一的嫡子，若想知晓，终究能打听得到一些。

"我说画眉会杀人，你不信。我说丰乐楼中有人要害我，你不管。"

"爹，你是不是打心眼里觉得我是个疯子，我说的都是疯话！"

戚清垂眸："你太激动了，需要静心。"

"我说了我没病！"戚玉台高喝，"你要是嫌弃我你就杀了我，就像我娘那样，死了就不会给太师府丢脸了——"

啪——

屋中一声脆响。

戚玉台捂着脸，不可置信地看向眼前人。

老者灰白的眼睛死死盯着他，怒意令那双眼显得森冷而阴鸷，让戚玉台方才暴怒之心惊惧一瞬，渐渐平静下来。

戚清脸色阴沉，戚玉台一时不敢说话。

片刻后，戚清转身，冷冷道："在府上养伤，一步也不准离开院子。"

他转身出了屋门。

待出了院子，一直站在门口的管家跟了上来，低声道："少爷今日着急之下口不择言，老爷千万莫往心里去。"

"他提到淑惠……"

戚清闭眼。

"孽障。"

屋中婢女们弯腰拾起一地瓷片，又将毯子上的香灰清理干净了。

戚玉台坐在桌前，眉眼沉沉。被打过的脸上泛起火辣辣的疼，戚清那一巴掌用了十足力气。

他摸了摸脸，有模糊痕迹渐渐肿起。

门外有人进来，戚玉台掀起眼皮，陆曈进了屋，把医箱放到桌上，目光落在他脸上时一顿。

面上肿痕未消，任谁都能看出来他被扇了一巴掌，整个太师府中，敢对他动手的人可想而知。

陆曈低头打开医箱，她什么也不问，反而让戚玉台越发感到羞辱，笃定这故作平静的医女此刻正在心底讥笑他。

"戚公子可服过药了？"她问。

"摔了。"

他总是如此，陆曈熬好的药被他摔掉，她便需重去熬上一碗，夏日天热，在药炉前等待是件苦差事。

戚玉台喜欢用这种琐事磋磨她。

陆曈点头，没有半丝不耐："我再去煎一碗。"

折磨人的乐趣就在对方的平静中烟消云散。

戚玉台暗骂一声。

不管如何，陆曈至少每日能出入太师府，而他却要禁锢在这里，连一个低贱平民都比他自由。

戚玉台看着陆曈弯腰抱出医箱里的银罐子，心中突然一动。

他一把握住陆曈手臂。

"你上次和我说，能找到寒食散的替代之物？"

"是。"

"你去做，做了拿给我。"

陆曈讶然望着他："戚公子，你如今大病初愈，不宜服食别的药。"

"少废话！"

戚玉台狠狠抓着她的手,他动作太野蛮,陆瞳微微蹙眉。

这副难受模样反而让他舒心一瞬。

"陆医官,我也不怕告诉你,"他冷冷道,"进了太师府,没那么好出去,就算你治好了我,只要我不高兴,你一样要死。别以为讨好了我爹,你就能平安无事。崔岷当初也是我爹手下一条狗,如今还不是下场凄惨。"

他凑近陆瞳,语调轻慢:"与其讨好我爹,不如讨好我,你若将我伺候高兴,或许我一心软,之后不再为难与你。否则……"

"我有的是办法,让你一辈子留在戚家,求生不得求死不能!"

陆瞳沉默不语。

戚玉台死死盯着她。

片刻后,陆瞳开口。

"太师大人若知道此事,我会没命。"

戚玉台神色一松:"我不会让他知道。"

"此物虽不及寒食散毒性剧烈,但只能少量服食,若过量,仍后患无穷。"

"我心里有数。"

屋中安静下来。

护卫和婢女往这头看了一眼,见戚玉台攥着陆瞳手臂,便不约而同转过脸,佯作未看见。

戚玉台松开手:"你想好了吗?"

桌上,重新点燃的灵犀香芬芳扑鼻,就在这细细青烟里,陆瞳垂下眼帘。

"我试试。"她道。

白日演武场忙了一上午，裴云暎回到殿帅府时，萧逐风刚将两大筐羽箭搬到院子里。

"你不是进宫去了？"裴云暎问，"怎么回来了？"

萧逐风拍拍手上尘土，一言不发地进了屋。

裴云暎见他如此，跟着他回到屋里，问："出什么事了？"

萧逐风道："太子被软禁了。"

裴云暎一顿。

"有人在陈贵妃宫中饮食动手脚，下药宫婢指认是皇后宫里的人。软禁，是皇上的意思。"

裴云暎在椅子上坐下来，想了一会儿，低笑一声。

"黄茅岗一行，太子和三皇子同时受袭，眼下唯独太子受罚，同样是儿子，皇上这心，生得可真够偏的。"

萧逐风开口："那也是之前太师府出事，让皇上顺水推舟的动作更快些。"话至此处，看向裴云暎，"如今种种，还要多谢你那位陆医官。"

这嘲笑如今已不能再激起对方波澜，裴云暎耸了耸肩，不甚在意道："时候刚好，歧水那边也快启程了。"

歧水兵乱，梁明帝点振威将军这样残暴之人去平乱。或许是真想平乱，又或许，盛京即将山雨欲来，要将这可能生出的变数全都驱赶干净，为那位天子心中真正宠爱的儿子扫清障碍，保驾护航。

真是一片拳拳慈父之心。

"我看，最迟祭典后，宫中就会有动作。"萧逐风点头，"届时戚家无用，你可以把戚家人作为顺水人情，送给你那位救命恩人了。"

"那可不行，"裴云暎道，"报仇这回事，还是自己来比较痛快。"

萧逐风嗤笑："矫揉造作。"

正说着，段小宴从门外走进来，怀里抱着一只瓷瓶，里头插了一大把粉月季。

他把花瓶放在屋中一角的柜子上，后退两步端详，片刻后满意道："很好！"

裴云暎和萧逐风看向他，二人同时蹙眉："你在干什么？"

"招桃花！"

段小宴兴高采烈地解释："我之前去西街拿药，遇着算命的何瞎子，说咱们殿前司男人太多，阳气过重，于姻缘一事上风水不大好。"

"他教我一个法子，在屋子东南角摆一瓶花，日日勤换，不出三月，必然桃花将至，红鸾心动。"

裴云暎无言，问他："你花了多少钱？"

"一两银子。"段小宴道，"很划算的，他还送了我一只开光手串。哎，云暎哥，我觉得你也该去看看，听说他那里还有红符，戴在身上，情路顺畅，你所爱之人必定爱上你，你不是觊觎陆医官未婚夫之位吗？要不也去弄一只？"

"我刚才替兄弟们都问过了，何瞎子说过，买得多算便宜些。你要喜欢，我替你也买一只？"

裴云暎面无表情："别做那种事。"

"可……"

"你应该买一只。"萧逐风一本正经，"目前看来，你情路是挺坎坷。"

"这话应该对你自己说吧。"裴云暎含笑看着他，"毕竟，你连路在何处都没找到。"

"……"

傍晚时候,陆曈从太师府出来,回了西街。

银筝正扫门口落叶,见她回来,笑着冲里面喊了声:"姑娘回来了。"

苗良方趴在药柜前清点药材,嘱咐陆曈:"小陆回来啦?厨房里留了饭菜,有你爱吃的红枣糕。"

陆曈应了,才进屋,银筝视线落在她发间,惊讶开口:"姑娘今日怎么换了首饰?"

苗良方和阿城也抬头看过来。

陆曈统共就一支发簪,平日都用银筝做的绢花,如今发髻中插着只刻纹梳篦,虽不华丽,但和从前相比,已很是让人眼前一亮了。

众人都啧啧称赞。

陆曈摸了摸梳篦,心中闪过一丝不自在。

苗良方笑眯眯开口:"不错,小姑娘家,就该多打扮,这么一打扮多精神,跟庙里画里的仙女似的。"

"咦,"银筝凑近端详一下,"姑娘是何时买的这只梳篦,从前怎么没见过?"

陆曈顿了顿:"林丹青送的。"又岔开话头,"怎么不见杜掌柜?"

"他身子不舒服,下午就先回去了。"阿城道。

陆曈点了点头:"这几日杜掌柜走得很早。"

杜长卿从前总要等太阳落山后才离开,近几日却不知在忙什么,每次陆曈从太师府回来时,医馆里就已没了杜长卿的影子。

实在反常。

陆曈问:"是不是病了?"

"杜掌柜那么大个人,又不是小孩子,哪会那么容易生病?姑娘还是先照顾好自己。"银筝笑着挑开毡帘,"我先去厨房把饭菜热一热。"

陆瞳嗯了一声，又觉银筝今日态度有些奇怪，遂看向里铺二人。

"出什么事了？"

苗良方叹了口气，阿城把陆瞳拉到角落，神神秘秘开口："陆大夫，你不知道吗？东家是受了情伤，近来都在府里养伤，不想出门见人。"

"情伤？"陆瞳愕然，"谁伤他了？"

小伙计看了一眼毡帘后。

陆瞳惊讶："银筝？"

银筝何时与杜长卿又有了牵扯？

"就七夕过后几天，小杜就和银筝表明心迹了。"

苗良方眼露同情，说着说着，又发出感慨："多好的两个孩子，怎么银筝就没看上小杜呢？"

夜里，仁心医馆大门紧闭。

阿城和苗良方都归家去了，陆瞳收拾好药材，一回屋，见银筝坐在灯下，整理新做的针线。

陆瞳把灯放下，银筝抬头看她，笑道："葛裁缝铺子里新收了几匹布，立了秋，再过不久就要转凉了，姑娘得了空做两身新衣。"

陆瞳点头，在她身边坐下来，想了想，终是问出了口。

"先前杜掌柜对你……"

银筝一怔，随即无奈道："阿城怎么什么都和你说。"

"你拒绝他了？"陆瞳问，"你不喜欢杜掌柜吗？"

去年初春来到盛京，一晃眼，已是第二年七夕。于情，她自己尚且懵懂，杜长卿何时喜欢上银筝，二人之间何时起的暗流，她如今才后知后觉。

"喜不喜欢又如何，"银筝低头收着丝线，"我俩不合适。"

"为何不合适？"

收丝线的手一停，银筝抿了抿唇，望着笸箩里的碎布头叹了一声。

"杜掌柜不知我的身份，姑娘难道也不清楚吗？"她声音很轻，"我过去什么样子，寻常男子见了避之不及。杜掌柜虽说是有些小缺点，人是好人，有的是好姑娘与他相配，怎么能同我在一起？"

陆曈道："我不觉得你身份配不上他。"

银筝愣了一会儿，感激地冲她笑笑。

"我知道姑娘从没嫌弃过我，刚才说的话也是真心。可是不一样。"

"哪里不一样？"

银筝不说话。

陆曈又道："就算你现在告诉杜长卿你的过去，他也未必会嫌弃，是你先入为主判定他死刑。"

桌上碎布头搅成一团，银筝苦笑一声。

"姑娘，我不是怕他嫌弃我。你说得对，就算现在杜掌柜知晓我曾沦落花楼，也未必心生轻视。但我怕的，是如今不在乎是真，日后心里有根刺也是真。"

她摇头："我在花楼待了这么多年，看多了人心易变。万一日后受不了人后指点呢？万一后悔了呢？"

"我不想在将来漫长日子里消磨情意，变成一双怨偶。也不想赌。就现在这样，平平静静过日子就很好。"

"可是，"陆曈道，"你若真喜欢他，就此错过，岂不可惜。"

银筝又笑了。

随手拿起桌上翻了一半的话本，她道："姑娘，你看这些风流戏文，个个故事真情，好头好尾。可世上哪有那么多圆满。既然如此，没结局的事，不如就不要开始。"

"我怕他后悔,所以宁愿不开始,姑娘懂吗?"

陆曈摇头:"不懂。"

她只为银筝遗憾。

"不懂就不懂吧。"银筝笑笑,低头抱着笸箩站起身,"我倒宁愿姑娘一辈子不懂,若有倾心之人,不必顾及所有,圆圆满满地在一起。"

她看一眼渐短灯油:"时候不早啦,明日一早要帮苗先生装药,姑娘也早些歇息,夜里书看久了对眼睛不好。"又低声嘱咐几句,才端着笸箩离开。

银筝走后,陆曈仍坐在桌前。

夜里静静的,她已简单梳洗过,打算拆下发髻,换下中衣。

方抬手,指尖抚过发间时不由一顿。

梳篦精巧,摩挲而过时,有微微凸起的刻纹。

银筝的话在她耳边回响。

没结局的事,不如就不要开始。

又过了几日,阴气渐重,凌而为霜,盛京迎来白露。

《本草纲目》上记载:百草头上秋露,未晞时收取,愈百病,止消渴,令人身轻不饥,肌肉悦泽。

太师府的婢女们一大早等在园中,以盘收取秋露煎水泡茶,宣肺化痰,预防秋燥。

戚清端起桌上茶盏,呷一口新煮的白露茶,茶水甘醇,冲淡近日燥意。

太子被禁足了。

在这个节骨眼,三皇子元尧势力渐增,戚家连连出事之时,梁明帝此举无疑未曾顾及太师府脸面。

老管家捧着件轻纱衣进屋，将纱袍披在戚清身上，近来早晚凉得很，上了年纪之人更应保暖添衣。

戚清拢了一下身上纱袍，老管家立在一边，躬身道："老爷，苏南那边来消息了。"

"如何？"

"苏南医行人称，过去确有一位姓陆的医女曾在城中行诊，只是行踪不定，偶尔出现。"

戚清一顿。

他道："常武县可有消息？"

"回老爷，去常武县的人也再度回说，陆家一门尽绝，并无其他在世亲眷。"

这已是第二次打听常武县陆家消息了。

戚清盯着手中茶盏，没作声。

"老爷，可是仍怀疑陆瞳是陆家后人？"管家迟疑，"可这两处皆无错漏，时辰年纪也对得上。"

"没有错漏，就是最大的疑点。"戚清眯眼。

"老爷是想……"

"盯着她，若她真有问题，有此蚍蜉撼树之心，也算不凡。"

管家不再作声了。

戚清喝了口茶，问："少爷近来可有烦闹？"

"不曾，自上回后，少爷也知错，这些日子不再吵着出府，只在府中看书习字，很是明理。"

话至此处，管家看向戚清："老爷，少爷年少，难免孩子气，当日言不由衷，您不必和孩子计较。"

自打上次戚清在屋中扇了戚玉台后，一连七八日，戚清没再去过戚玉台院子。

"他病得厉害，"戚清阁眼，揉了揉额心，"当年我答应淑惠留下他，如今看来，不知是错是对。"

四周无声。

戚清睁开眼，叹息一声。

"罢了，把新煮的白露茶，送一盏去他屋里吧。"

"是，老爷。"

婢女新煮了一壶白露茶，送到戚玉台屋里，又低头退了出去。

茶室里，戚玉台外衣除去一半，陆瞳站在身后，为他施针。

戚玉台低着头，以袖遮鼻，远远看去似打盹，然而长袖掩过鼻尖时，一小包粉末飞快舔舐进嘴。他蓦地伸手灌下一大壶白露茶，温热茶水把原本粉末冲得越发饱胀，一股暖意顷刻流过他四肢百骸，戚玉台蓦地发出一声喟叹，竟舒服地哆嗦了一下！

身后，银针的刺入仿佛使这快活越发敏锐。

他闭着眼，细细品尝每一刻身躯的变化，不舍得放过每一丝细小的快感。

房中一片寂静。

不知过了多久，身后有人声音传来："戚公子，针刺结束了。"

戚玉台这才依依不舍地睁开眼睛。

陆瞳直起身，抱着医箱往前走，经过他身侧时，捡起地上包过药散的白纸，宛如不经意般扔进了医箱。

戚玉台看着看着，眼中闪过一丝兴味。

自打戚清打了他一巴掌后，他出不得门，药瘾又犯得厉害，先前曾听陆瞳说过一味替代寒食散的药散，便干脆要挟陆瞳为自己制散。

反正她只是戚家的狗,为父亲做事和为自己做事并无区别。

戚玉台原本也不抱太大希望,直到陆曈将一封药散送到他面前。

他起先并不信任此女,便将其中药散分了一半给陆曈,让陆曈当着他的面服下。

陆曈服下药散半日后,除了脸色略红些,并无反应。

戚玉台便心中讽刺,果然只是对方夸大其词,这根本毫无效果——服食寒食散的人,根本不会如此冷静。

于是他便放心将药散服下。

谁知这药散效用竟出乎他意料!甫一服下,滋味竟与真正的寒食散有六七分相似,即便只是这点相似,也足以让戚玉台一解馋瘾。

更妙的是,此药散服用后虽兴奋快意,却并不会如寒食散一般丧失理智,因此,也不会在府里惹人怀疑。

就连父亲在陆曈走后为他请来的医官号脉,也瞧不出半点不对。

这让戚玉台狂喜。

他每日只需等着陆曈上门施诊,隔两日将此散交与他,让他暂时解馋,虽没有真正寒食散来的那般激烈,但对于现在的戚玉台来说已是雪中送炭。

他甚至不再吵着出门。

小厮告诉他,如今盛京各处严令禁止酒楼食店提供寒食散,纵然现在放他出去,他也买不着。

不如此刻快活。

戚玉台眯了眯眼,捞起茶壶对嘴灌了一口,抹了把嘴,看向桌前人。

女医官正将银针、银药罐子一并收拾进医箱中,只穿件藕荷色衫裙,身姿窈窕,乌发如云。

戚玉台心中一动。

不知是方才药散余韵未过，抑或是他许久没去楼中"快活"，戚玉台心中忽而浮起一丝激荡。他下榻，走到陆瞳身后，突然开口："你还真是个宝贝，难怪裴云暎和纪珣都对你另眼相待。"

他伸手，一只手抚过陆瞳脸颊，被陆瞳侧首避开。

戚玉台并不恼，他刚服散过，心情很好，只眯着眼笑。

"纪家和昭宁公府都不会容你，就算你跟了他们，至多也是个侍妾。"

"何必舍近求远呢？"

"其实你我二人也无深仇大恨，不过误会一场，我愿意与你放下过去仇怨，重修于好。"

他伸手，指尖抚过陆瞳手背，语气暧昧而低沉："你这么会做药，跟了我，我也不会亏待你，就算补偿你杀了擒虎之过……"

陆瞳还未说话，正在这时，门外突然传来一声"少爷"。

戚玉台不耐："干什么？"

来人是院子里的护卫，低头道："刚才小姐身边的蔷薇说，小姐身有不适，请陆医官过去瞧瞧。"

"华榀？"

戚玉台脸色一变，立刻催促："那还等什么，赶紧去！"又问，"妹妹怎么了？"

护卫只说不知。

陆瞳便颔首，收拾医箱离开了。

戚玉台看着陆瞳出了院门，想到方才好事被人打断，恶狠狠瞪了一眼刚才说话的护卫。

护卫脸生，应当是新来不久，眼角一块红色胎记，看着就让人心烦。

戚玉台骂了一句："滚！"

护卫低头退下。

陆曈背着医箱，随婢女去了太师府一处院落。

这院落修缮得很精巧，

处处栽花，窗下种着许多茉莉、秋兰、夜来香。又以武康石铺成庭院，华丽整齐。

婢女走到一处门前停下，掀开湘竹帘，陆曈随她走进，一进屋，就见屋中长几前背对她坐着个人。

陆曈才一迈步，面前侍女忙道："等等！"

侍女一指屋中织毯："你从府外进屋，鞋下有泥，这是松江新买的织毯，一匹百金，弄脏了不好清理。除去鞋袜再走吧。"

陆曈没说什么，低头就要除去鞋袜。

才弯腰，就听见屋中有人说道："算了，蔷薇，让她直接进来。"

婢女闻言，打量了陆曈一眼，道："那你进来吧。"

陆曈便直起身子，随着婢女往里走。

待走近，见小几前坐着个貌美的年轻女子，一身淡粉彩绣牡丹纹长裙，云鬓珠钗，娇艳欲滴，怀里抱着只雪白猫儿，见她进屋，焦急开口："我的猫儿今日一早不肯吃东西，陆医官，你快瞧瞧，可是病了？"

陆曈低头，看向女子怀中白猫，白猫恹恹的。她朝戚华楹伸手："给我吧，戚小姐。"

戚华楹小心翼翼将白猫递与她手中。

从前在落梅峰时，陆曈也看过山上各种动物，瞧个猫儿病尚不在话下。

看过白猫身体，又询问了一下这几日白猫行为，陆曈道："可能吃错了东西，有毒的虫子之类，好好休养几日就好了。"

戚华榹问:"不用吃药吗?"

"吃药见效快些,不用药也会自行好转。"

戚华榹点了点头,稍稍放心了些。

她叫蔷薇将白猫抱走,适才看向陆瞳:"陆医官。"

陆瞳敛衽行礼。

"之前听说崔院使出事,给哥哥行诊的医官换成了你,本想寻空与你说说话。但听人说你很忙,便罢了念头,今日若不是猫儿不适,我也不会来找你。"

"哥哥犯起病来折磨人,这些日子,辛苦你了。"

陆瞳道:"下官职责所在,小姐无须客气。"

戚华榹歪在矮榻上,掩唇笑了笑,不露声色间打量她一下。

陆瞳穿了件简单藕荷色布裙,通身上下并无首饰,只在发间插了一只木刻梳篦。

戚华榹顿了顿,抬手取下额间金帘梳来。

帘梳精致,联结成金色花网,随人拿下时一片金光摇晃,富贵逼人。

戚华榹道:"蔷薇。"

叫蔷薇的婢女便伸手接过,走到陆瞳身边,将金帘梳呈至陆瞳跟前,笑道:"小姐赏你的,陆医官收着吧。"

戚华榹瞪她一眼,温声对陆瞳开口:"父亲说你为哥哥病症竭力,我知先前黄茅岗一行,哥哥与陆医官之间多有误会。哥哥不懂事,这只金帘梳算作赔礼,还望陆医官不嫌弃。"

陆瞳并不伸手接帘梳,只垂首:"小姐多虑。"

蔷薇笑起来:"小姐赏你的,忸怩做什么,我替你戴上——"言罢就要伸手来取陆瞳发间梳篦。

陆瞳侧身一躲。

273

蔷薇落了个空。

陆瞳伸手，下意识护住发间那只梳篦，神色冷凝。

戚华楹怔了一下，看向陆瞳，视线落在她发间那只普通木梳之上，狐疑地开口："这不会是……裴殿帅送你的吧？"

陆瞳拔下木梳："不是。"

矮榻上的女子望着她，笑容淡了些。

沉默片刻，她道："陆医官可知，昭宁公夫人之事？"

见陆瞳不语，她便自顾说道："当初盛京叛军作乱，昭宁公夫人为叛军挟持，昭宁公为保大局，宁可牺牲昭宁公夫人。"

她望着陆瞳，眼中似带怜悯。

"陆医官与裴殿帅的流言，我也曾听过。如今你为哥哥施诊，与戚家有交情，为这点交情，我也需提醒你。昭宁公当年愿为大局放弃妻子性命，昭宁公世子也一样。以昭宁公世子身份，裴殿帅将来必定迎娶高门贵女，门当户对，白首一生。"

"贪图眼前一时欢娱，最终受伤的，还是陆医官自己。"

陆瞳久久沉默。

屋中寂静得令人尴尬。

戚华楹低下头，揉了揉额心："其实说这些话也是我逾越了，还盼陆医官别怪我没分寸。"

"不会。"陆瞳低头，"下官多谢小姐提点。"

戚华楹莞尔："蔷薇，把帘梳给陆医官戴上吧。"

蔷薇应了一声，将那金帘梳仔仔细细地戴在陆瞳额间。

陆瞳若具偶人，冷漠、木讷地任她装扮。

帘梳精致名贵，戴在额间，棉裙却简单粗糙，两相对比，反有种滑稽的可笑。

"多谢小姐赏赐。"陆曈垂首,"若无别的事,下官先行一步。"

戚华楹点了点头,陆曈低头,就要退出屋门,忽又被叫住。

"陆医官,你的梳篦。"

蔷薇手里拿着那把木梳,调皮地扬了扬,玩笑道:"这梳篦好粗糙,不值钱的东西,不如扔了?"

矮榻上,戚华楹正低头抚着白猫的皮毛,仿佛没听到二人的话。

陆曈看了一眼蔷薇手中梳篦。

良久,她开口:"是不值钱。扔了吧。"

第八章 生辰

陆曈离开太师府，并未直接回西街，转头去了官巷。

医馆里缺一味黄蜀葵的药材，苗良方急着用。待到了医行，拿到一小袋黄蜀葵粉，付过银钱，陆曈抱着布袋往回走。

时候还早，四面人流熙攘，她心不在焉地顺着人流走，走着走着，人群匆匆奔逃，陆曈感到自己身上滴上几滴微凉，抬头，就见浓云堆叠处，绵长雨脚倏然而至。

不知什么时候，天下起雨来。

她出门时未带伞，此处离西街又远，沥沥阴雨顷刻将全身打湿。

飞雨无边，行人匆忙躲避，她怔怔望着被细雨笼罩的皇城方向，忽然间，身后有人拉了她一把，一把纸伞倏然罩上头顶，有熟悉声音自耳边响起："傻站着干什么？"

陆曈抬头。

裴云暎站在她眼前。

他出现得太突然，陆曈不由恍惚一瞬。

裴云暎当是刚下差不久，身上公服未脱，见她默然不语，伸手探向她前额。

微凉的手落在前额，似片即将消融的雪花，却让陆曈渐渐清醒过来。

"你怎么在这里？"她问。

"找你，听说你去官巷了，就来碰碰运气。"他收回手，蹙眉盯着陆瞳，"没烧坏啊。"

陆瞳沉默，他又看了一眼陆瞳身上湿透的长裙，脱下外袍披在她肩上。

"这里离殿帅府近，先过去避避雨吧。"

言罢，不由分说拉她上了马车。

陆瞳随裴云暎去了殿帅府。

殿帅府无人，只有两个轮值禁卫在门口守着。

裴云暎带陆瞳去了小室，道："桌上有新的戍卫服，你先凑合一下。"

陆瞳应了，把门关上。

小室靠墙放着一张木榻，隔着扇芙蓉屏风有只半人高的木桶。屏风上搭着件黑色蹙银披风，看起来有些眼熟。

先前在遇仙楼偶遇裴云暎那次，她曾见过这件披风。

这里似乎是裴云暎歇憩之地。

她没再迟疑，将身上湿透衣裙脱下，换上干净衣裳。

待换好，陆瞳打开门，裴云暎转过身来，打量她一眼，皱眉道："医官院虐待你了？"

禁卫们的甲衣她不必穿，便只穿了最里面一层布衣，公服罩在她身上，越发空荡。

陆瞳："是衣服太大了。"

他便笑了笑，没说什么，拿起屏风上那件黑色披风罩在她身上，带她进了书房。

今日萧逐风不在，裴云暎给她倒了杯茶。

陆瞳接过来啜饮一口："这是……"

"姜蜜水。"裴云暎道，"你淋了雨，姜水驱寒。"

陆曈没再说什么。

窗外雨声淅淅,打在门前梧桐树上,沙沙作响。

二人都很安静。

她今日比从前更沉默,裴云暎看了她一眼,突然道:"我听说,今日戚玉台对你动手动脚。"

陆曈饮茶的动作一滞。

太师府中,那个打断戚玉台、以戚华楹寻她为由将她引开的护卫眼角有红色胎记。

陆曈道:"大人有心,多谢。"

裴云暎听出她话里疏离,神情有些奇怪,想了想,又道:"你一直留在太师府,还是太过危险。如今戚家麻烦缠身,不如等祭典后,我帮你……"

"裴大人,"陆曈打断他的话,"为人复仇,阖棺乃止,我要是怕死,当初也不会来盛京了。"

他蹙眉:"如果今日护卫没有出现怎么办,如果他对你……"

"不论以何种方式,我都要复仇。"她语气很强硬。

窗外风雨潇潇,雨水打在窗檐,把外头模糊成一片蒙蒙白雾。

裴云暎盯着她,片刻后开口:"如果你家人在这里……"

"别提他们。"似是被戳中某个禁忌,她陡然激动起来,漆黑眼睛亮得灼人。

"这算得了什么?裴大人,难道你的护卫没有告诉过你,我在太师府的日子吗?"

"每日要对他们弯十几次腰,伺候杀害我全家的仇人,我要对他们毕恭毕敬,要叫他们大人。无论心里有多恶心也要低头,因为这样能让对方卸下防备,更容易动手。"

她望着裴云暎："为了复仇我什么都能做，没有自尊，没有未来，没有人情，裴大人，这就是我，这就是我最重要的事。"

裴云暎眉心紧蹙。

她定了定神："裴大人，黄茅岗的时候多谢你，但那时是我太天真，把一切想得太过简单。现在的我，不认为跪着就低人一等，别说他对我动手动脚，就算成了他的禁脔我也知道自己在做什么，只要我没有自己看轻自己，别人就永远别想看轻我。"

"别说了。"他骤然开口，语气隐有怒意。

不知是为她这深切的自贬，还是为这泾渭分明的刻意划开的距离。

陆曈看着他，那双平静的、没有波澜的眸子不似往日冷清，混混沌沌，像愠怒，又似更深的悲哀。

他便倏而心软，语气也放缓了下来。

"我说过我会帮你。"

藏在袖中的指尖深深攥进掌心，疼痛令她陡然清醒。

"殿帅到底在做什么。"陆曈冷冷开口，"苏南旧恩早已还清，难道你看不出来，我一直在利用你。"

"我没说不让你利用。"他突然打断陆曈的话。

"陆曈，你可以利用我。"

窗外的雨更急促了，瑟瑟寒意隔着窗也钻进屋里，年轻人坐在她对面，眸色隐晦不明。

她倏然打了个冷战，下意识想要拉紧身上外袍，却又在触手可及时陡然停住。

这件衣裳，这件裴云暎的衣裳料子上乘，绸缎华贵而有分量，落在人身上时，似片温暖云雾，云雾包裹着她，连骤雨后马车驰骋过迎面吹来的冷风也不见寒凉。

但清凉的夏夜会过去，风吹过留不下痕迹，漂亮温暖的外裳，终有一日也会披在他人肩上。

没有结局的故事，不如不要开始。

陆曈把热茶放回桌上，站起身来。

"我要回去了。"

裴云暎顿了顿，想说什么，终是什么都没说，只道："我送你。"

"不用。"

他紧盯着她片刻，终是妥协："我让青枫送你。"

这回陆曈没再拒绝。

青枫带着陆曈出去了，偌大书房又只剩一人。

桌上还留着她喝剩的半杯姜蜜水，裴云暎揉了揉额心。

今日的陆曈很不寻常，自黄茅岗相认之后，还是第一次这般冷冰冰地与他说话。

到底发生了何事？

正思索间，赤箭从外头走了进来。

"大人，昭宁公府来人了。说祠堂失火，夫人的牌位有损，请大人立刻回府一趟。"

裴云暎抬头："什么？"

昭宁公府祠堂里，森森牌位阴冷。

有锦衣男子站在牌位前，手持长香，一一点拜。

身后传来砰的一声，门被推开，有人从外面走了进来。

裴云暎一进祠堂，立刻朝祠堂某个方向看去，待见一众整整齐齐牌位和完好无损的木梁时，脸色顿时一沉。

"你骗我？"

"不这么说，你怎么会回来。"

说话人插上最后一炷香，转过身，露出一张和年轻人六七分相似的脸。

是昭宁公裴棣。

"自新年后，你已经大半年不曾归家了。"裴棣望着眼前人。

裴云暎哂笑："大人似乎忘了，此地并非我家。"

裴棣垂下眼帘。

这个儿子一贯如此，裴家没有任何值得留恋之处，除了他母亲。

哪怕他母亲已经不在。

裴云暎看他一眼，讽刺地勾起嘴角："没别的事，我就先走了。"

言罢，转身离开。

"等等。"

年轻人嘴角笑容愈浓，转身看着他："大人有话直说，不必耽误你我二人的时间了。"

裴棣望着他。

年轻人眉眼含笑，却遮不住眼底的乖戾与冷漠。他与他母亲截然不同，与昭宁公府的任何一个人都不同。

时而有情，时而无情。

许久，裴棣开口："太子被禁足了。"

"与我何干？"

"你要替三皇子做事？"

"与你何干？"

他如此不驯，裴棣也微微动怒，语气沉了下来。

"陛下意欲改立储君，可你该知道，裴家一派早已与太子连成一片。"

闻言，裴云暎笑了起来。像是听到什么极为可笑之言，他笑得浑身发抖，笑得有些止不住，末了，冷冷开口："陛下怕太子对三皇子不利，所以先下手为强，软禁太子是第一步。但他为何要软禁太子，是因为怕当年之事重演吗？"

"因为他杀了自己兄弟上位，所以担心太子杀了自己更心爱的三子，重蹈覆辙吗？"

裴棣瞳孔一缩："你怎么……"

裴云暎冷笑，语气越发咄咄逼人："先太子究竟为何丧生在那场秋狩之中，先帝为何不久重病不治，昭宁公不是比谁都清楚？"

"他弑父弑兄，罔顾人伦。而你，为了向他卖好，为了保全你的荣华富贵，将自己妻子当作投诚礼物，见死不救，眼睁睁看她死在乱军之中！"

祠堂中死一般的寂静。

裴云暎看着眼前人，眼里满是憎恶与痛恨。

当年他只知冰山一角，并不清楚为何父亲当时不救下被胁迫的母亲，在祠堂中与父亲大吵一架后愤然离家，发誓要为母亲寻一个公平。

直到后来知晓一切。

原来真相比世人眼中更恶心。而他的父亲，不过是个踩着枕边人血泪上位的无耻小人。

"云暎。"

裴棣看着他，不过短暂的震惊，昭宁公就已恢复平静，他语气仍旧温和，仿佛父亲同不懂事的孩子悉心解释。

"大势所趋，先太子已故，朝中唯有陛下能堪大任。陛下多疑，你外祖一家同先太子交往甚密，若不如此，如何保全裴家，如何保全你。"

"就算你母亲活着，也会希望我这么做的。"

"住口!"

裴云暵怒道:"别提我母亲。"

他后退两步,视线掠过满屋整整齐齐的牌位,讽刺地开口:"裴大人,你把我母亲牌位置于祠堂,时时敬拜,难道从未有一刻感到亏心?"

"我忘了,"他笑起来,"你根本就没有心。"

裴棣顿了顿:"不管你怎么想,我都是为了裴家。"

"这些年,我知道你怨我,恨我,但你始终流着裴家血。若将来三皇子登上大位,他容不得裴家,也未必容得下你。皇家之中,卸磨杀驴之事你难道不曾听过?"

他提醒:"你始终姓裴,裴家倒了,你也躲不过。"

裴云暵轻笑一声:"我不在乎。"

裴棣一愣。

"我不在乎别人能容不容得下我,就算死了那也是将来之事。我从进入殿前司第一日起就已立誓,我和裴家,再无瓜葛。"

他定定盯着裴棣,唇角笑容轻蔑:"裴大人,既然做了选择,就要输得起。"

"当年你做了选择,如今发现选错了,也不要狗急跳墙,那只会让人看不起。"

"愿赌服输,你教我的。"

裴棣怔怔望着他。似乎在这一刻,他才清楚地意识到,这个儿子已彻底脱离他控制,随着他母亲的死,裴云姝的和离,这世上再也没有一个能牵绊他之人。

他根本无所顾忌。

许久,裴棣开口。

"你知不知道,当年陛下登基,曾有人示意,不可留下你性命。"

"陛下终究对你有所猜忌，是我一力担保，留下你一命。"

裴云暎佯作惊讶："是吗？"

"那我如今深得陛下信任，不是更难得。"他满不在乎一笑，"况且，裴大人怎么知道当年没人想要我性命呢？"

"你的庶子、你的妾室、你的继室、你的仇家……"

"我活着，是因为我努力，而不是因为裴大人你无能的庇佑。"

裴棣皱眉："你说什么？"

裴云暎淡道："我与裴家血缘亲情，自我母亲死后已消失殆尽，裴大人不必以此捆绑我什么。至于将来如何，裴大人尽可自救。"

"毕竟，"他唇角一扯，"当年的我，就是那么做的。"

话毕，他转身离开祠堂，刚出祠堂门，迎面撞上一人，是庶弟裴云霄。

裴云霄不知发生何事，只看到裴棣脸色难看，又曾隐隐听说前缘，遂温言劝道。

"大哥，你和爹是亲父子，如今裴家遇到麻烦，理应携手……"

"裴二少爷，"裴云暎打断他，"与其在这里教训我，不如多读点书。"

裴云暎嘲弄地看他一眼："毕竟，没有了裴家，你裴二少爷什么都不是。但没有了裴家，裴云暎还是裴云暎。"

裴云霄僵在原地，裴云暎已转身离开。

他走得毫无留恋，院子里，檐下宫灯被风雨吹动，其下缀着的彩穗被雨水淋湿，不再飘扬，黏答答地贴在一处。

年轻人看了一眼，神色恍然一怔。

他还记得自己幼时，极得父亲喜爱。他是长子，又是嫡出，裴云霄寡言懦弱，他爱笑开朗，父亲最喜欢他。

景德门的灯夕总是热闹。母亲怕外头人多危险，不肯让他同去，梅姨娘却答应裴云霄前往。待晚间时，他看着归家的裴云霄手里提着灯笼，负气不肯吃饭，一个人在夜里委屈得掉眼泪。

裴棣从门外进来，递给他一盏兔子花灯，把他抱在膝盖上，对他道："嘘，下次爹带你去，别告诉你娘。"

年幼的裴云暎抱着兔子花灯，破涕而笑。

雨水朦胧，宫灯被打得湿润，其上图案渐渐氤氲模糊。

裴云暎没再看那宫灯一眼，从旁漠然走过。

毕竟，那已经是很久很久以前的事了。

时日过得很快。

进了八月，雨水连绵，转眼又过了中秋。

祭典近在眼前，殿前诸班诸值及步骑诸指挥每日忙着训练，以待十日后的祭典亲阅。就连八月十五中秋当日，殿前班也增拨一倍人手把守内诸门。

宫中御卫森严更甚往日，有朝臣猜测，此事与陈贵妃宫中内奸作乱有关。

加之太子元贞称病，数日不现朝堂，隐有流言渐起。

殿帅府中，因下雨，演武场地湿，禁卫们今日休训。

梧桐被雨水打落一地，段小宴背着一只竹筐匆匆进门，一进屋，抖净身上雨水，把罩在竹筐上的油布一掀——

呼啦一下，休憩的禁卫们全都围了上来。

一竹筐全是三角红符，其间还夹杂着些布头扎成的桃花树枝、珠串什么的。段小宴抹把汗，叉腰道："排队排队，一个个来。"又抬手打掉一个禁卫伸来的爪子，"都一样，挑什么挑！"

西街何瞎子请狐仙娘娘亲自开光的招桃花符咒珠串，买得越多越便宜，段小宴自告奋勇替殿前司诸人代买，总算讲了个双方满意的价钱。

裴云暎看了一眼门外，眉头微拧，冷道："你也不管管。"

萧逐风坐在桌前喝茶，闻言道："管什么，你自己都买了一只。"

桌案厚厚军文堆叠的下面，隐约露出一角红色。

裴云暎一哂："你不也买了一只？"

萧逐风："……"

他默默把木屉往里推了推。

二人都沉默一下。

"她已经半月没来殿帅府了。"萧逐风低头喝了一口茶，"你俩吵架了？"

"不是。"

"那就是你没机会了。"

裴云暎不悦："你有病啊。"

自上次后，他与陆曈已有半月没见过面了。

梁明帝这回铁了心责罚太子，改立储君之意朝臣心知肚明，太子一党和陈国公一党势同水火，数日前皇上已派兵离京去往歧水，不知有意还是无意，梁明帝常召他夜谈。

他出宫时已很晚，有时想去西街，又怕夜深耽误对方休憩。听探子回报这些日陆曈一切都好，戚玉台还算规矩，便暂且没去与她相见。

连着赶了好几日大夜，手头之事总算告一段落，挤出两日旬休出来。

"我是在替你担心，"萧逐风起身走到窗前，看着檐下落雨，"毕竟，还有个前未婚夫纪珣。"

"那只是你臆测。"

"人家是君子，品行高朗。"

裴云暎嗤笑:"在她眼中,与埋在树下的死猪肉也没什么区别。"

萧逐风:"你很自信?"

"当然。我和你不一样,对我来说,喜欢就是占有。"他唇角笑意淡去,"别说她和纪珣没什么,就算她真喜欢纪珣,我就……"

"你就什么?"

"……我就拆散他们。"

萧逐风无言,道:"所以今日你特意岔开生辰不回家,就是要与她见面?"

裴云暎瞥他一眼:"想见我姐就自己去,拿我做借口,行不行啊?"

萧逐风不理他:"你要跟她表白心意?"

"现在不是时机。"

萧逐风看了他半晌,搁下手中茶盏,轻蔑开口。

"行不行啊?"

……

门外雨下大了。

陆曈从屋里出来,拿起墙角雨伞。

杜长卿对她挥了挥手:"早去早回。"又瞥见陆曈身后的银筝,赶紧低头拨算盘。

郁郁十几日后,伤情的杜长卿重新回到医馆,每日依旧照常骂人,但总会在某个时候不由自主流露出一丝哀怨。

相比之下,银筝倒是大方得多。

银筝送陆曈出了门,随口问道:"这几日怎么不见姑娘戴那只梳篦了?"

木插梳虽不够华丽,但戴在陆曈发间也添清丽,不过似乎有些日子不见了。

陆瞳道:"坏了,已经丢了。"

"啊?真可惜,还怪好看的。"

陆瞳似乎没听见她的话,上了门口等着的马车:"我走了。"

陆瞳到太师府的时候,戚玉台正与人说起天章台祭典一事。

祭典百官仪卫在场,前些日子戚玉台癫疾流言又闹得沸沸扬扬,此次祭典,他需出现人前,力破谣言。

太师府对此很看重。

管家正对戚玉台说明祭典当日的仪服和流程,戚玉台不耐烦将对方手中文帖拍开:"又不是第一次去,有什么好准备的。"

管家还想再劝几句,一抬眼,见陆瞳随婢女走到门口,于是退后一步:"陆医官。"

陆瞳将医箱放到桌上,示意戚玉台坐下为他行脉。

待行脉结束,老管家问:"陆医官,少爷近来如何?"

"脉象稳定,无不适迹象。"

老管家这才放下心来。

"行了行了,你快出去吧。"戚玉台急躁道,"文帖我会看。"

老管家又看了一眼陆瞳,温言退下了。

待管家一走,戚玉台便迫不及待朝陆瞳伸手。

陆瞳顿了顿:"先施针吧,戚公子。"

金针扎进皮肉,痒痒的疼,心底的酥痒却得到纾解。戚玉台以袖掩鼻,藏在阔袖中的鼻翼翕动,将一壶热茶灌入喉间,发出舒服的一声喟叹。

痛快。

实在太痛快了。

每日施针,是他最为盼望的时刻。

陆曈制作的药散,极大满足了他的药瘾,使他不至于憋得发狂。他对这东西如痴如醉,难以自拔,成为如今太师府里唯一的慰藉。

何况这药散并不似寒食散药力强劲,不至于服食后冲动失态,因此半月以后,并未被任何人察觉。

这也是唯一缺点。

药力微弱,意味着隔靴搔痒,每到关键就戛然而止,令人意犹未尽。

戚玉台舔了舔油纸,将最后一星粉末舔舐干净,不满地开口:"陆曈,你不能多给我加点药散,每次这么一丁点,当我叫花子打发?"

陆曈收起金针:"戚公子,此药散过量则有毒。"

戚玉台冷笑:"你是不是故意的?"

陆曈每日都来给他施针,但并非每日都会给他带药散。

有时她觉得屋中护卫婢女盯得紧,抑或是觉得他脉象出现变化,那一日便没有药散。

她很谨慎,是以这么长日子无人察觉。

但戚玉台却被吊起胃口,时时抓心挠肺。

"过不了多久就是祭典大礼。"陆曈道,"太师大人说过,祭典之前不可出任何意外。"

"所以你想用这个拿捏我?"

戚玉台将她从上到下打量一番,勾起一个轻佻笑容。

"放心,只要你药散做得好,祭典过后,我可以保证让你成为我的侍妾。你只要讨好我就行。"

陆曈仿佛没听见他轻辱语气,平静收拾好医箱,道:"下官先行告退。"

戚玉台无趣地撇了撇嘴,瞧见对方纤弱背影撑伞消失在雨中。

她很冷淡。

却无端让人很有征服欲。

从前戚玉台只想杀了她，为擒虎、为妹妹报仇，如今却有了更好的主意。

他想摧折对方傲骨，看对方冷淡的眼神于自己身下臣服，医官院中医术高明的女医官，最终却在自己后院摇尾乞怜，比降服擒虎那样的恶犬更让人兴奋。

他摸摸心口，药散余韵令他心中激荡。

谁叫她是个平民？

幸好，她是个平民。

陆瞳离开太师府，转身进了巷口，雇好的马车就在这里等她。

雨水绵延不绝，马车静静在檐下等候。

陆瞳撑伞走近，待看清前头马上之人时，不由一顿。

青枫戴着一顶斗笠坐在车夫的位置，见她来了，把斗笠往上扶一扶，道："陆医官。"

陆瞳看向马车后。

似是知晓她心中所想，青枫忙道："大人没在车上，晌午进宫去了，让我先来接你。"

见陆瞳无动于衷，他又提醒："今日是大人生辰。"

八月十九，裴云暎生辰。

上回他来医馆时曾说过，后来明里暗里又曾许多次向她讨生辰礼物。

陆瞳问："所以，找我做什么？"

她眸色太过平淡，青枫愣了一下，才答："大人请陆医官一聚，在丹枫台等陆医官。"又补充，"先前应当与陆医官提过此事。"

陆瞳紧握雨伞，雨水顺着伞面滴落成线。

她开口，语气平静："我今日很忙，要做药。"

"这……"

青枫想了想："属下先送陆医官回医馆，待陆医官忙完，再送陆医官去丹枫台。"

陆瞳想拒绝，话到嘴边却又改变主意，没说什么，弯腰上了马车。

马车一路疾驰回西街，在西街门口停下，陆瞳下了马车，回了医馆。

杜长卿和阿城先回府去了，下了大半雨，医馆一个病人也没有，苗良方到黄昏时也回去了。

银筝关上门，掀开毡帘，小院窗户隐隐露出橙色光晕，她进屋，见陆瞳坐在桌前认真捣药。

"姑娘。"银筝问，"我刚才在门口瞧见一辆马车，像是青枫侍卫……是不是找你有事？"

"没什么要紧事。"陆瞳认真捣药，"不用管他。"

银筝噢了一声，觑她一眼，又轻言细语地开口："上回小裴大人来医馆，说他生辰是八月十九，今日就是八月十九，他是不是来寻你过生辰的？"

"不是。"

银筝站着不动，自顾道："其实小裴大人挺好的，虽是贵族子弟，也没有看不起平民。"她望望窗外，"天都黑了，又下这么大雨，一个人过生辰，怪孤单的。"

陆瞳垂眸："我不想去。"

银筝便叹息一声。

"姑娘别为难自己。"她没再劝说什么，只道，"天冷，早点歇息吧。"

银筝退出屋门，陆曈仍低着头，仿佛没瞧见般，认真捣着罐中药草，宛若天地之间，唯有眼前之事最为重要。

时日慢慢流逝过去，夜渐渐深了，西街一众街邻各自归家，长街再寻不至半丝人语，唯有窗外疾风骤雨，寒气袭人。

不知过了多久，陆曈放下药锤，抬眼看向桌上漏刻。

快近子时了。

"快子时了。"

殿帅府里，萧逐风立在窗前，盯着窗外一片夜雨。

夜雨澜澜，滴滴打在梧桐叶下，秋日一片寒意。

段小宴打了个寒战，从方才美梦中清醒过来，看一眼桌上漏刻，又看看窗外。

"云暎哥还没回来？"

萧逐风摇头。

说好的过完生辰就回来清理新增军册，马上要近子时，他生辰都快过完了，也没见着半个人影。

段小宴托腮："是不是相处得太好，舍不得回来了？"

"醒醒。"萧逐风道。

段小宴无言。

其实晌午的时候，裴云暎就已在等待，谁知陆曈去太师府的工夫，宫里临时有事，他又回宫了一趟。

待陆曈回西街时已是傍晚，青枫托人传信，陆曈似乎很忙，先回去制药了。

"哎，"段小宴叹气，"陆医官也真是的。什么时候做药不可，非要在云暎哥生辰时候做药。这么大雨，等着挺难挨。我哥不会到现在还在等吧？"

"不会。"

"真的？"

萧逐风看向窗外秋雨，许久，才开口。

"裴云暎这个人，很骄傲。"

"表面看着怜香惜玉，其实对人并无耐心。不会主动，更不会等人。"

"若与人约在辰时，巳时未到就会走人。"

段小宴愣了愣。

萧逐风关上窗，寒气尽数挡于屋外。

"他不是一个耐心等待之人。"

雨下大了。

天地间一片沙沙声。

车轮碾过湿地时，带出飞溅水花。

马车在一处茶斋前停下，陆曈撑着一把油纸伞走了下来。

丹枫台毗靠群山，一至秋日，漫山遍野殷红似火，如今未至枫叶红时，又逢下雨，远远望去，似片泼墨沉默。

茶斋的灯已熄灭。

陆曈垂下眼帘。

青枫在医馆门前等了许久，陆曈让银筝告诉他，她今夜很忙，不会去丹枫台了。

银筝出去好几次，最后一次大约在亥时，告诉她："姑娘，马车走了。"

青枫走了，且后来没再出现。

这很好。

裴云暎应当也从丹枫台回去了。

他应当去过自己的生辰，和裴云姝、宝珠、萧逐风和段小宴，和所有他的亲人朋友，将来或有爱人，唯独不该是她。

他不应该等她。

丹枫台前，漆黑一片，只有檐下挂着的几盏昏暗灯笼。

她听杜长卿说，此地每至晴夜，满树悬挂花灯，明亮璀璨，今日天公不作美，又已夜深，花灯全部熄灭，茶斋主人也已关门。

陆瞳心里一片平静。

她走到茶斋门口，忽然一怔。

淅淅沥沥的雨不停，茶斋几乎已全部熄灯，却有一间窗微微亮着灯火。那扇木窗打开着，靠窗地方站着个人，正静静听着雨声。

听见动静，他抬眼。

陆瞳猛地僵住。

凉冷秋夜，残灯雨声。陆瞳站在窗外，伞上细雨如注，他站在窗里，眉目如画，如烟似梦，令人倏然想起一句旧词。

窗外芭蕉窗里人，分明叶上心头滴。

她怔忪着，对方却轻轻笑了起来。

裴云暎望着她，绯色衣袍鲜亮耀眼。雨夜里，微暖灯色落在他身上，艳质更胜琼英。

那双漆黑眼眸凝着她，唇间笑意明亮。

"我还以为你不会来了。"他说。

陆瞳望着他，许久，涩然开口："你怎么没走？"

"你不想见我，我也不好直接去见你。但我又想，万一你中途改变主意，就在这里多等一刻。"

他勾唇:"幸好我有先见之明。"

陆曈不语。

这岂止是"多等一刻",时日已过去得够久,再晚一刻,他生辰也该过去了。

"愣着做什么。"裴云暎把她拉进了屋里。

茶斋没有别的人,唯有这一处灯火仍亮,一大桌菜肴摆在桌上。

饭菜已经凉了。

"这里并非食馆酒楼,是我娘从前爱来的茶室。"

他走到桌前:"茶室主人做生意只到酉时,我费了好大力气,他才答应今夜为我多留一刻。"

"饭菜凉了不能吃,"他指尖拂过桌上一只小小酒壶,"酒还温,能喝。"

酒壶被裴云暎提起,倒进白瓷酒盅里,清亮如镜。

"酒为欢伯,除忧来乐。"他递一盅给陆曈,"欢伯酒除忧。"

陆曈接过酒盅。

裴云暎望着她,淡淡笑了一笑:"我娘生前喜欢此处,说这里的枫叶很好看,不过我一次也没来过。"

窗外远山细雨沥沥,还不到枫叶红的时节。

他看了一会儿,问她:"你怎么不坐?"

陆曈站着没动,握着酒盅的手渐渐收紧,须臾,开口道:"今日是你生辰。"

"是啊。"裴云暎扬眉,"送我的彩绦呢?"

陆曈不语。

去年他生辰时,裴云姝生产,她为裴云姝解毒,虽未相庆,但阴差阳错也算一起度过。

今年又在一起了。

不知不觉，已过了一年。

她伸手，把酒盅搁在桌上。

"我今日很忙，"陆曈慢慢地说道，"之后也会很忙。殿帅邀我深夜至此，只是为了这些不重要之事，未免太过无聊。"

裴云暎一顿。

陆曈看着他："这种无聊的事，殿帅日后还是找别人为好。"

她低头，就要出去，身后突然传来裴云暎的声音。

"陆曈。"

陆曈脚步一顿。

"你曾问过我，当日殿帅府门口，你借我拒绝董麟，抱我演戏之时，我为何不推开你。"

陆曈背对着他，听见自己的艰涩的声音："为何？"

他淡道："就是不想推开而已。"

雨声潺潺，屋中灯火忽明忽暗。

陆曈心尖颤抖一下。

"你为何不问问我，生辰愿望是什么？"

陆曈没说话。

裴云暎走到她面前。

烟雨穿过珠帘，吹动桌上昏蒙烛火，他英气眉宇间浸过暖色，定定地、平静地望着她。

"我的生辰愿望是……"

"……愿我钟情之人，也钟情于我。"

像有人在平静湖面上扔下一块巨石，激起汹涌水花，然而只在片刻，水花渐渐转为苦涩，浓重的悲哀席卷在她心头。

她抬眸，牢牢将心底涟漪封存在角落，神色一片冷漠。

"殿帅不会告诉我，钟情之人是我？"

他浓眉微拧："为何不能？"顿了顿，又道，"七夕乞巧楼上，我以为我说得很清楚。"

陆瞳轻笑起来。

她笑得讽刺："一个男人，帮过别人几次就是钟情了吗？殿帅，我没那么自作多情。我不会将此事当真，你也不必当真，今日之事，你我就当没有发生过。"

言罢，起身要走。

裴云暎一把按住门，挡在她面前。

他高大身影笼着她的影子，眸色锐利咄咄逼人，不甘罢休地盯着她。

他道："你杀人时胆大包天。怎么我向你表明心迹，反倒胆小起来。是不是因为……"

"……你问心有愧，心中也有一点喜欢我？"

陆瞳抬眼。

裴云暎紧紧盯着她，那双漆黑的、明亮的眸子在灯火下灿烂耀眼，不肯放过她任何一个眼神。

像在一个很冷的漆黑雨夜，有人点着一盏灯出现，他拉住你的手，替你披上干燥温暖的外袍，然后塞给你一杯温热蜜水。

看似冷漠的人，却总能温暖更孤独的人。

她喜欢这温暖，贪恋这温暖，却不能放纵自己靠近这温暖，要克制，要远离。

指尖越嵌越深，她看着对方漠然开口："我不喜欢你。"

裴云暎一怔。

他神色沉寂下来："我不信。"

陆瞳默然。

"你用这种理由敷衍我,太蹩脚。"他低头盯着她的眼睛,"有时候,你看我的眼神分明很动心。"

他是天之骄子,家世相貌都好,在人群簇拥中长大,她从第一次见到裴云暎就已明白,礼貌与温和是对方礼仪与教养,他骨子里骄傲不肯低头,已屡屡为她破例。

自己那些佯作的平静,骗不过这人。

人总是无法违背自己的心。

但她却无法容忍自己在这些诱人的"破例"中沉沦。

就算她明明很清楚,自己是一个最怕亏欠人情的人,对所有人人情计较得清晰分明,但偏偏对他什么也没付出过。

欺骗、针锋、心安理得享受对方某个瞬间的温暖,又把他毫不留情地推开。

她本就是这样自私的人。

自私且冷漠。

"裴大人未免太自以为是了吧。"陆瞳冷冷开口。

"就因为裴大人年少有为、风姿夺人,全天下人就该喜欢你?"

"就因为你高贵英俊,家世不凡,所以人人都会爱你?"

陆瞳哂笑:"我不是太师府千金,裴大人别太高看了自己,也别太低看了别人。"

灯火静静燃烧,一阵冷风从窗外吹来,一丝拂到人脸上,带出一丝寒凉。

年轻人面上笑意渐渐淡去,定定盯着她。

"既然如此,当初金显荣背后议论我娘时,你为何替我出气?"

"只是寻常施针,殿帅不必想得太多。"

"枢密院严胥语出威胁时,你又为何搬出律法出头?"

"我怕殿帅连累于我。"

"乞巧楼上兰夜斗巧,你我曾一同赢过一把梳篦。"

陆瞳:"那梳篦我已经扔了。"

"陆瞳,"裴云暎逼近一步,不肯放过她般,慢慢地开口,"从头至尾,你真的坦坦荡荡,对我没有半点私心吗?"

陆瞳握紧拳。

青年站在灯下,昏黄照亮他年轻而干净的脸,那双漆黑灿然的眼睛微光潋滟,幽如深潭。

恍然间,她瞧见落梅峰梅花开得粲然嫣红,乌云在草地痛苦打滚,芸娘捧着药碗从草屋出来,对她嘘了一声。

"小十七。"

妇人弯了弯眸,认真对她叮嘱:"一定要藏好自己喜欢的东西哦。否则,就会和它一样。"

就会和它一样。

眼眶有点热,但陆瞳只是抬起头,平静看着眼前人,道:"没有。"

没有。

灯色似乎凝固一刻,雨夜的寒气终于在这一刻扑面而来。

陆瞳拿起伞,推开他出门。

错身而过的瞬间,裴云暎试图拉住她,女子冰凉袖角从他手中滑过,如一缕难以抓住的清风,悄无声息溜过去了。

他怔然一瞬,片刻后回过神来,几步追上:"我送你。"

陆瞳撑伞往前走:"不必。"

"陆瞳。"他道。

陆瞳止步,他没再上前。

雨水从苍穹中不绝落下,那道绯色身影在黑夜里不复往日鲜亮。

漫天细雨里,一人在前,一人在后,咫尺之距,不可近前。

须臾,他垂下眼帘:"我让人送你。"

陆曈没再说什么。

青枫很快驾马车过来,意识到二人气氛不同寻常,不敢说话,陆曈径自上了马车,落下车帘,没再回头看一眼。

马车渐渐驶远了。

四周全然暗下来。

裴云暎回到了茶斋。

饭菜已经凉了,空了的酒盅倾倒于桌上,提示着这个生辰过得实在糟糕。

他在桌前坐了下来,默了一会儿,从怀中掏出一只青碧如翠的手镯。

那只没来得及送出去的礼物。

他低头看了很久。

许久,裴云暎伸手,提过桌上酒壶。

银酒壶入手冰凉,欢伯酒浆清亮如眼泪,入口瞬间,他微微一怔。

是凉的。

那温热的、柔和的,能在雨夜里暖人胸腹的清酒,不知何时,已经冰凉。

马车在医馆前停了下来。

医馆门开了条缝,银筝提着灯在门口等她。

陆曈进了里铺,马车又消失在雨幕里,银筝关上大门,接过陆曈手中纸伞放在墙角,问:"姑娘怎么这么快就回来了?"

白日里,青枫的马车在门外等候时,陆曈没有要出去的意思。

后来夜深了，银筝问过几次，陆曈让她告诉青枫今夜不会去丹枫台了。

就在银筝也认为陆曈不会再离开医馆，今日就这么悄无声息地过去时，陆曈忽又走出屋门。

深夜里，她不顾麻烦，雇了辆马车去往丹枫台。

银筝想要跟着一道，被陆曈断然拒绝。

拗不过她，银筝只好在医馆等。但未料到不到一个时辰，陆曈就会归来。

"姑娘脸色怎么这么难看？"银筝觑着陆曈的脸，"手也好凉，发生什么事了？"

陆曈掀开毡帘走进院子。

"没什么，我只是累了。"

"可是……"

陆曈进了屋："你回屋吧，我想先歇下了。"

银筝在门口站了一会儿，直到屋中灯火熄灭，里头人像是已上榻休息后才叹息一声，端着灯离开了。

屋里一片漆黑，陆曈木然坐着，如同一尊人偶，明明今日出门她带了伞，坐于马车中也不曾受到半丝风雨侵寒，但在这一刻，竟觉出刺骨冷意。

窗外雨声不绝，谁的声音似沾雨夜寒气，在她耳边一遍遍回响。

"从头至尾，你真的坦坦荡荡，对我没有半点私心吗？"

坦荡吗？没有半点私心吗？

心底渐有一点钻心的痛楚传来，沉钝而缓慢。

她明白那是什么。是有什么珍贵的、喜欢的东西将要被剥离的眷恋不舍。

曾真心地喜欢过一个人，也被人真挚地喜欢过。有点遗憾，有点不舍，舍不得放弃这点温暖，这平淡生活里，曾真实过一瞬的悸动。

一阵难忍的疼痛从胸腔处传来，陆曈分不清这是来自于心脏还是别处，忍不住伸手按住心口，在痉挛中弯下腰去，衣袖摩挲间，桌上卷册被拂落在地，滚落的汗珠一滴一滴打湿书页。

她想起白日里银筝瞧见话本时的惊讶。

"咦，"银筝惊讶，"这是我先前在书斋买来的话本，怎么在姑娘这里？"

陆曈答："随意看看。"

"噢，"银筝点头，"这册我还没来得及看，写的是什么？"

"写着，一个身患绝症的女子与人相恋的故事。"

银筝一怔："啊？最后那女子治好了绝症？"

"没有。"陆曈淡漠，"她死了，恋人痛不欲生，不久就跟着殉情，合葬一处。"

银筝不由唏嘘："这话本听着真叫人伤心，写话本的人也是，既要写一桩美满姻缘，何必写些生离死别？以一个将死之人做主角，未免让看客心痛。"

"不是好结局。"

陆曈垂下眸，直到银筝离开后，才轻轻嗯了一声。

的确不是好结局。

就如她自己。

注定不好的结局，何必开始，不如成全自己，也成全他人。

女子蜷缩成一团，仿佛胎儿蜷缩于母体，拼命在寒雨夜汲取一点温暖。

地上，那册被汗珠洇湿的话本旁，一只红色彩绦鲜亮耀眼、形状

304

精致。

早已编织完整。

接连几场秋雨,一至九月,盛京过了寒露。

太师府的菊花一夜间全开了,下人挑选新鲜菊花用来酿酒制茶,做菊花糕,清香扑鼻。

陆曈去戚玉台屋里时,戚玉台刚砸掉一壶菊花香茶。

金黄菊瓣如团碾碎肮脏秽物,黏黏答答趴在织毯上。陆曈抬脚,从一地残藉中迈过。

戚玉台满面怒容,一见她,登时浮现一抹狂喜。"你来了!东西呢?"

陆曈放下医箱,拿出装着金针的绒布,不疾不徐开口:"戚公子,你再沉不住气,当心被觉出端倪,那时,可就真一点余地也没有了。"

言罢,看了一眼站在门口的婢女和护卫。

戚玉台语塞。

自打他病好后,屋中这几双眼睛一刻不曾离开过,纵然戚玉台抗议多次,仍然无果。

他心知肚明,父亲不信陆曈,所以派人监视。但这两双眼睛不仅盯着陆曈,也盯着他自己。

戚玉台忍耐片刻,直等陆曈随他进了屋施行针刺,才低声询问:"东西呢?"

"没有。"

"没有?"戚玉台脸色大变,一把揪住她衣领,"怎么没有?"

整整五日了,陆曈没再给他带药散。

戚玉台快疯了。

药散虽不像寒食散那般猛烈,他一开始也觉寡淡许多,直到五日不曾服食,虫子啃噬的滋味愈来愈烈,他才惊觉,药散毕竟是药散,纵然瞧上去劲头不大,但也会上瘾。

"别以为我不敢杀你。"戚玉台咬牙,"你想用这东西吊着我,也要看有没有这个命!"

陆曈并不在意他威胁:"戚公子,明日就是祭典大礼,戚大人对此次祭典十分看重。不可出错。我每日进府前,皆要由贵府婢女搜身,若被察觉,对你我二人都没好处。"

戚玉台脸色阴鸷。

陆曈说得没错。

不仅是被搜身,这几日,父亲从府外请来的其他医官也会上门为他行脉,怕的就是他在祭典中途出什么意外。

毕竟整个祭典期间,百官尽至,与胭脂胡同不同,若在祭典上发病,流言再无可能平息。

对戚清来说,太师府的脸面更重要——

"少拿这些借口诓我!"心中躁狂无处发泄,戚玉台一扬手,陆曈被他推得往后,脊骨碰上墙壁,顿时蹙眉。

这难受劲反而取悦戚玉台。他冷笑:"你不是挺聪明吗?想办法骗过搜身对你有何难,你根本就是不想!"

屋中静默一刻。

陆曈道:"府上搜查严苛,门口又有人盯得紧,下官不敢冒险。"

"不过,"女子话锋一转,"下官有一个办法。"

"什么办法?"

"戚大人爱子之心正浓,只让公子在府中调养,公子不得离府。但天章台祭典,公子可寻到空隙。"

戚玉台匪夷所思："你让我在祭典上服食？"

"祭典是皇家大事，一旦被发现是重罪。你想害死我？其心可诛！"他看向陆曈，眼神霎时充满怀疑。

"非也。"

"那你说这话什么意思？"

陆曈道："宫中祭典大礼，祭典之前，白日有水殿争标，诸君百戏。祭典过后，傩仪完毕，听说陛下登楼台，百官共阅烟火，大傩仪前，可得空隙时机。"

大傩仪原本是春日吉庆，每至年末，皇城亲事班诸班直戴假面、绣画色衣，执金枪龙旗。后梁明帝登基，原本已将傩仪取消，但今年苏南蝗灾，为驱瘟避疫，索性将大傩仪与天章台祭典并在一处。

戚玉台打量一眼陆曈："你还知道大傩仪？"

"祭典那日，下官要随医官院一同前往。"

崔岷出事，医官院群龙无首，如今由常进代为处理一些事宜，自然而然地，陆曈当初停职三月的罪名也顺势解除。

"你真没动歪心思？"戚玉台仍有些怀疑。

"戚公子若能忍到祭典后几日，那是再好不过。下官也不必冒此风险。"

"为何还要等祭典后？"

"戚大人当初告知下官，务必在祭典前维持戚公子康健。戚公子如今病已痊愈，待祭典一过，下官回到医官院，也不便日日登门为戚公子行诊，太过反常会使戚大人起疑。"

戚玉台脸色一沉。

他病好了，陆曈的确不必日日登门。但他的药瘾却离不得陆曈一日。父亲监视他越发过分，他出不去，药散也进不来。仅仅五日便已难以忍受,更何况祭典之后往来不定。

"罢了,就信你一回。"

对药散的渴望终究还是战胜心中仅存的理智,他逼近陆瞳,威胁开口:"你要是敢耍花样……"

"下官不敢。"

戚玉台盯着她半晌,见她神色坦荡,遂才坐了下来。

陆瞳取针为他针刺。

"其实,还有一个办法。"戚玉台闭着眼睛,突然哼笑一声。

"只要我纳你进门,你我自然能日日相见。"

他恶意调笑:"比起给金显荣做妾,能做太师府的侍妾要好得多。是不是?"

陆瞳不语。

戚玉台有些无趣,不过一想到明日傍晚,傩仪前,或能服食一点药散一解狂瘾,不由心中期待起来。

唯愿,快些到明日。

白日过得很快,夜里天色暗下来。

明日一早宫中祭典,诸班今日回去得早。裴云暎进屋时,段小宴正出门,刚想叫他,瞥见萧逐风对自己使眼色,于是到嘴的话咽了回去,安安静静溜了。

院子里只有远处街边一点零星灯色余晖,栀子已经睡下。萧逐风收拾好桌案杂物,打算离开。

裴云暎叫住他:"萧二。"

萧逐风停步。

"陪我喝一杯。"他道。

铜灯里加了灯油,方才微弱灯火又重新明亮起来。

栀子被院中动静吵醒,探首朝外嗅嗅,又缩了回去。

正是秋日,凌霄花被连日秋雨打落一空,花架下青灯如斗,桌前坐着两人。

两个大男人相对而坐未免沉默,萧逐风拿起酒盅喝了一口,随即皱眉:"茶?"

"不然?"裴云暎给自己倒了一杯,"明日祭典,你还敢喝酒?"

萧逐风一噎,复又盯着酒盅里的茶:"怎么又苦了?"

先前裴云暎脑子发病,把殿帅府的茶水全换成各种饮子熟水,甜得人发齁。眼前这壶茶水竟是苦的。

"不好吗?"裴云暎端起酒盅,"人生本来就是苦的。"

萧逐风:"……"

他悠悠开口:"不就是被拒绝,何必苦大仇深?大丈夫何患无妻,天涯何处无芳草。"

裴云暎看他一眼:"说得很好,如果你能不这么幸灾乐祸就更好了。"

院中风声飒飒。

过了一会儿,萧逐风问:"你之前不是说,要徐徐图之,怎么突然诉情?"

"没忍住。"

萧逐风又问:"她为何拒绝你?"

"不知道。"

"是不是因为纪珣?"

"也许。"

裴云暎自嘲一笑:"毕竟纪珣是君子,而我是个浑蛋。"

"醒醒，"萧逐风漠然道，"你何时变得这么怂了？"

裴云暎不说话。

萧逐风看着他："你之前不是说，就算她真喜欢纪珣，你也会拆散他们。这就让给那家伙了？"

裴云暎嗤道："什么叫让？她又不是物件。"

萧逐风看不惯他这模样，讽刺："那你要怎么办？在这里喝闷酒，等他们二人喜结连理后你再乘虚而入？连名分也不要了？"

夜风吹过，高梧策策。

过了一会儿，裴云暎开口："萧二，你还记不记得我那匹马？"

裴云暎曾有过一匹红马驹，由他外祖父亲自挑选给他的生辰礼物，活泼俊美，后来却因误食毒草死去了。

"我很喜欢那匹马。"

"因为太喜欢，难免炫耀，引得家中兄弟为马驹大打出手。它死的时候我很伤心。"

他平静道："后来我发现，马驹不是因为误食毒草而死的，是我父亲亲自下令毒杀。"

萧逐风一顿。

他是第一次听到裴云暎说起此事真相，问："为何？"

裴云暎笑了一笑，笑容比秋夜更冷："因为他认为，此物有损兄弟情义，不如从源头断绝。"

裴云暎开口："我不想她变成那匹马。"

萧逐风沉默。

"陆医官这个人看起来像是断情绝爱随时会出家，很难想象她爱上你。"萧逐风宽慰好友，"其实你未必爱她至深，是因为你在她身上花了太多心思，所以放不下。毕竟一开始，你是去抓她归案的。"

裴云暎苦笑一声。

一开始他是想抓她马脚,到最后,反而是他被套得牢牢实实。

他一向潇洒,偏偏对陆瞳总是放不下。

萧逐风仰头饮尽杯中茶水,叹息一声。

"也许殿帅府风水不好,抑或是你我八字有问题,"他沉吟,"加上老师,你我三人,情缘都是坎坷。"

裴云暎无言。

"实在放不下,你就和她做朋友,"萧逐风举杯,"说不定有朝一日,她又变心了。"

"我喜欢她,怎么做朋友?"裴云暎嗤道,"以为谁都像你,忍到天荒地老。"

萧逐风哦了一声:"那你就别忍,明日祭典,一把火毁了纪珣的脸,没了脸,看他拿什么蛊惑你的陆医官。"

裴云暎惊讶:"你好恶毒。"

"你敢说没有一丝丝心动?"

裴云暎:"……"

萧逐风鄙夷:"虚伪。"

桌上一壶苦茶见了底,远处灯火又熄了几盏。

"算了。"裴云暎搁下酒盅,起身,"时候不早,你也回去吧。"

萧逐风不满:"我安慰你半夜,你不知道说个'谢'字?"

青年后退几步,看着眼前人,皮笑肉不笑地开口:"安慰得很好,下次别安慰了,谢谢。"

夜里起了雾。

白浊雾气似张大网,慢慢从地底升起来,悄无声息漫入屋中,把秋夜渗出一种湿冷的幽昧。

太师府里忽有女子哭声传来。

戚清自睡梦中惊醒，披衣从榻上坐起身来。

他年纪大了，一向浅眠，一至夜里，府中需绝对安静。

声音是从里屋传来的。

越近，越显得歇斯底里。戚清推门走了进去，见床榻之上躺着个人，四面都是接生婆子，一股浓重血气伴随药香扑面而来，一片忙乱。

床上人听见动静，倏然转头，见了他，红眼眶里陡然发出些生机，喊他："老爷——"

叫声令戚清猛地回神。

淑惠！

他快步上前，握住女子的手，那张令人爱怜的脸不复往日美貌，显得面黄肌瘦。

"老爷——"她又凄厉叫了一声。

这叫声令戚清心中发紧。

"我在。"他闻声道。

淑惠——他的第二任妻子，气喘吁吁地看着他："我、我怕是不行了，若我活不过今夜，你要将、要将玉台好好养大。"

"不会的。"他温声安慰，替妻子拭去额上汗珠，"孩子很快就会生下来，你母女二人都会平安。"

话一出口，戚清自己也愣了一下。

孩子还未出生，他怎么知道这是个女儿？

"我不信，你发誓。"她紧紧抓着他的手，像个鬼影不肯罢休，"你发誓，你会照顾好玉台，他是你儿子，你要对他好！"

心中莫名有些烦乱，戚清耐着性子道："我发誓。"

妇人多虑，戚清不耐，玉台是他唯一儿子，太师府荣光将来系于玉台一人，他会如耐心浇灌幼苗般将他好好抚养，要他戚家的儿子，成为盛京人人羡慕的儿郎。

她又在操心什么？

正想着，耳边传来女子幽幽的声音。

"真的吗？你真的会照顾好他，哪怕他只是一个疯子？"

疯子？

戚清蓦地低头，不由毛骨悚然。

那张美丽的脸不知何时已贴至他跟前，原本清亮柔美的双眸布满血丝，神经兮兮的模样，分明是发病时的样子。

发病？她怎么会发病？

耳边传来人声轻唤，戚清猝然睁眼，从梦中惊醒。

管家站在眼前，忧心忡忡唤他。

戚清按住胸腔，一颗心跳得飞快，整个人宛如从水里捞出来一般。

"老爷可是身子不适？"管家问，"老奴即刻请医官过来。"

"不必。"

戚清抬手制止，心中惊悸仍挥之不去，片刻后道："我梦见淑惠了。"

"夫人？"

戚清没说话。

他第一任夫人是家中为自己所选，多年未出。夫人故去后，很快就娶了续弦。

他是真心爱怜这位年轻的妻子。

淑惠活泼貌美，善解人意，偶尔有些无伤大雅的娇嗔，他也一并包容。戚清曾感谢过上苍，让他遇到这么一桩好姻缘，直到后来知道真相。

原来她是个疯子。

原来，这根本不是什么天定的姻缘。

仲家知晓一切却将女儿嫁给他，甚至后来生下带病的玉台。他忍耐一切，直到权倾朝野，终使仲家得到惩罚。

报应。

淑惠死了，临死前央他照顾好玉台。因她这句话，他一时心软，不知是福是祸。

偏偏今夜入梦。

"老爷？"

戚清回神："你去看一眼少爷。"

"是。"

夜色苍凉，戚清抬眸，仿佛又看见淑惠死前那一刻，披头散发地望着他，笑容凄艳。

戚清骤然合眼，握紧手中佛珠。

传言大傩仪前，鬼神四蹿，需做法驱邪。

淑惠已经死了。

是梦。

只是梦而已。

第九章 飞鸟

一夜无眠。

第二日一早，雄鸡刚叫时，医官院就热闹起来。

常进早早地去厨房熬了大锅草药水，都是些扶正祛邪的桃叶、大风根一类，熬煮得泛出苦香时，才叫起床的医官们自己端银盆来盛——祭典当日清晨，以草汤浴手一向是习俗。

陆曈去取药汤时，替林丹青也打了一盆。

林丹青一身淡蓝袍裙，长发以同色发带高束，袍角散下来，行走间露出黑靴，医官袍儒雅内秀，被她一穿倒如丹青写意风流。

她伸手，在陆曈面前转了个圈儿，问："怎么样？"

陆曈："很漂亮。"

她便得意起来："你也不赖。"

今日是天章台祭典，昨夜陆曈就回了医官院，好清晨与众人一道出发。

天章台祭典隆重，白日长乐池边红舟争标，陛下登楼观水戏，赐宴群臣，祭典过后，夜里还有傩仪。医官院中除入内御医，大部分医官，尤其是新进医官难得瞻仰圣颜，早早就开始激动起来。

到了门口，常进带着一群医官在外等着，催促二人："就等你俩了。"

一行人上了马车，清晨起来迟了些，林丹青就在马车上剥了几个青壳鸡蛋,好先垫些肚子。

陆曈把自己的鸡蛋也给她。

林丹青反塞给她一个:"陆妹妹,你也吃点,祭典要忙整整一日,席上人多,有时为做样子,反吃得不尽兴。我从前和我爹来过一次,真是饿得前胸贴后背。"

相邻医官笑说:"林医官又吓唬陆医官,宫里还能亏你点吃食?"

"亏是不亏,但总不如自家屋里自在。"

见陆曈不语,她又宽慰:"不过,吃的是少些,但玩乐不错。长乐池水殿里,能看各种水戏,水傀儡、水秋千……还有傩仪,那可不是外头能瞧见的!"

这样闲话说着,路也不觉远,摇摇晃晃的,不多时目的地就到了。

马车停了下来,长门游廊外,陆陆续续已停着不少马车。

常进清点过一行人名目后,就带着众人往里走。

待入了武场,陆曈抬眼一看,就见辽阔广场之前,长池漫无边际,上头搭建起水棚。有数十上百只装饰华丽的红舟停靠在池水边缘。

水殿四周岸上,又有骑射仪卫一类,这就是后头各司竞驰的地方。

演武场上设有长桌,上头摆满美酒菜肴,各司有各司的位置。医官院的位置算偏僻,常进带着众人走到长桌坐下,方一落座,邻座就传来招呼声。

隔壁坐的是御药院的人。

陆曈扫了一眼周围,没见着纪珣的影子。料想以他之官职,或许更靠前些。

瓷壶里放了些菊花酒,菊花糕,重阳饼,都是重阳节食一类——重阳刚过。每坛菊花酒前的花瓶里还插着小簇菊花,飞黄流丹,格外娇艳。

四周落座的群臣越来越多,红舟上也渐渐有仪卫开始走动。不知过了多久，热热闹闹里，有仪官高声致语，圣上驾到——

人群顿时安静，诸臣俯身跪拜。

陆疃也跟着跪拜，抬眸时，远远瞧见了被围在大殿高处的梁明帝。

这是陆疃第一次看清传说中天子的圣颜。

梁明帝看起来很年轻，四十出头，一袭明黄绣彩云金龙纹长袍，头戴黄金冕冠，冕冠垂下的珠子遮住帝王神情，却依旧不减帝王气势，只是脸色略显苍白，整个人瞧上去有几分阴郁。

梁明帝抬手令众人免礼，落座高台。在他左右身侧依次是太后、皇后，再往后是三皇子、二皇子、四皇子以及公主。

陆疃心念微动。

太子元贞未在其列。

她又看向梁明帝身后。

皇室们高坐水殿之上的小楼上，此处可尽览长乐池风光，亦是观看水戏的绝佳位置。

在梁明帝身后，还站着个年轻人。

裴云暎一身墨绿色暗花玄鹰纹案织锦公服，头戴官帽，英气勃勃，身姿锋利得如他腰间那柄银焙刀，一眼望过去，实为出挑。

他是殿前司指挥使，凡有宴仪，自然该伴驾于梁明帝身侧，随护梁明帝安危。

正想着，胳膊被轻轻捅了一下。

陆疃回过头，林丹青朝远处长席努努嘴："你看。"

陆疃顺着她目光看去，就见离高楼不远，长殿靠里处，端坐着一位年轻小姐，虽覆着面纱，仍不减雍容华贵，一瞧就身世不凡。

戚华楹也来了。

水殿长席上，戚华楹端坐在戚玉台身侧，衣裙上大朵牡丹繁丽耀眼,将她衬得也如这席上最亮眼的一点姝色,惹得远处男宾偷偷往这头看来。

戚华榴不自在地蹙了蹙眉。即便有面纱遮面,她仍觉不适,那些倾慕的眼神并不会令她得意,只让人徒增厌烦。

女子抬眸,高楼之上的人却自始至终未曾往这头看上一眼。

戚华榴眼里划过一丝失落。

她已看到了裴云暎。这位裴殿帅伴驾今上左右,从他那个角度,应当很容易看到自己。

她今日特意盛装打扮,挑选的裙子华丽又典雅,入席落座时,精心算好每一寸,好叫坐下来时,楼上那人恰好可以瞧见她最美的侧影。

或许并非因情所至,只是一点不甘心。从来只有她瞧不上别人的份,何来别人先瞧不上自己。

可惜的是,纵然席上男宾无不为她身姿所惊,裴云暎却仍漠然站着,并不曾看过来。

一腔自尊如被冷水兜头浇下,面上从容也勉强三分。倒是戚玉台不知她此刻沮丧,与旁人说话,今日似乎心情不错。

另一头,林丹青正与陆曈咬耳朵。

"你要当心点。那位戚大小姐从前都不来祭典,偏偏今日盛装,方才我留意,她往那楼上偷摸看了五六七眼。总不能是看皇上吧!"

林丹青感叹:"情字害人。"

不多时,长乐池上那群红舟开始喧闹起来,有医官兴奋开口:"快看,水戏要开始了!"

陆曈收回思绪,抬头望向远处。

长乐池广无边际,最前方一张大船上,教坊乐官上前致语。紧接着池中水棚处的鼓手开始击鼓,激烈鼓声中,数十只小红舟各自散开,整整齐齐列在长乐池畔。

这些红舟之上，每船上都站着十多二十位红衣军士，船头插着一面大红旗帜，身侧又有数十虎头船，船上人穿青色短衣，戴青色长巾，齐齐挥舞船桨。

又有两艘飞鱼船，上头以金漆描出彩画，细致精巧，船上一群穿戏装的仪士，手中挥舞锣鼓一类乐器。

林丹青坐在身侧为她解释："飞鱼船上的是乐官，等会儿会做水傀儡之类的戏。虎头船牵着红舟，即刻开始'争标'了。"

"争标"是水戏的重头戏。

那些青衣船手用力划桨，拖着载着红衣军士的红舟往前。水池上锣鼓齐鸣，数艘红舟一齐往前，如数箭一齐奔向目的地。红舟们互相交错牵绊，犹如两军交战。

长乐池最中央，则有一名军校手持长竿，上头挂着支金色长箭，哪只红舟先划至目的地，得到那支金色长箭，以箭射中池畔那只彩毬，则为"夺标"。

那岸边军士一声号令，顿时"数箭齐发"，水面上锣鼓声、叫好声、百戏传唱声一时不绝于耳。长乐池上一片绚丽，鼓乐如金石，池水翻涌，似潜鳞跃海，鱼龙相激。

气氛陡然热烈。

林丹青看得激动，恨不得挽袖子亲身上阵，尖叫声震得陆瞳也有些受不了。再看一边的常进，亦是激动，举着酒盏高呼称好，再不见平日斯文古板模样。

长乐池红舟竞驰激烈，从楼上全然看下去，情势越发鲜明。

小楼上，梁明帝负手而立，似被激烈鼓声感染，苍白的脸上多了丝血色。

太后笑道:"今年是比往年热闹些。"

水殿争标是先皇立下节目,年年神宝殿观百戏皆要来这一遭。先皇豪迈爽朗,梁明帝却是截然不同的温吞沉寂,先皇过世后,年年祭典,没了水殿上与臣同乐的帝王,总觉少了几分意思。至于今年,祭典傩仪并在一处,是以准备得更隆重了一些。

长乐池中,台下红舟争相竞驰中,渐有两只红舟渐渐超过一众红舟超然领先,二船互相胶着,眼见离标船越来越近,其中一船上领头军士豁然起身,朝着标船旗杆上的金箭飞身掠去。

另一船上领头军士见状,不甘示弱,亦是飞身而起,落于标船之上,一把抓住前人大腿,将他从旗杆上生扯下来。

二人顿时交上手。

"好!好!"

围观的众人看得更激动了。

两位军士身手不分上下,一人刚要去拔箭,另一人便紧随其上,红舟摇摇晃晃,水花被晃动激得翻飞,舟上两边军士或摇旗呐喊,另有其他船只近前阻拦,金箭岿然不动。

三皇子元尧便笑说:"都两炷香过去,两位军士还未分出胜负,未免拖延。"

皇后闻言,皮笑肉不笑地开口:"尧儿何必心急,两军交战,未到最后胜负尚未可知,早早落定有什么意思。笑到最后才是赢家。"

如今朝中分两派,太子与三皇子各有一批拥趸,太子被软禁,陛下又将兵权分给三皇子母族陈家人,皇后心中很是着急。

明争暗斗抬到明面上来,梁明帝面色就不虞。

太后见状,出声打圆场:"虽说红舟精彩,不过今年争标军士的确不如以往。"她看一眼站在梁明帝身侧的青年,微笑着开口:"哀家瞧着，若换作裴殿帅，一炷香以内，早已拿下金毬，结束争标了。"

楼中诸人闻说，便都朝梁明帝身后的青年望去。

裴云暎站着，含笑颔首："谢太后娘娘美誉。"

他锦衣官帽，身姿英朗，人又生得丰神俊美，不动声色间，却将几位皇子都给比了下去。

皇后抚着指尖护甲，也跟着笑起来，道："母后说得是。本宫还记得当年三月三点兵，折柳环插毬场，军士驰马射之，裴殿帅可是箭箭中毬，风头无两。"

她这么一提醒，众人适才想起当年裴云暎于毬场纵马驰射的飞扬模样。那时他还更年少些，如出鞘之宝刀，难掩光华。

梁明帝看了裴云暎许久，忽而嘴角一扯，语气有些古怪："如此，裴爱卿也下场，教教那些军士，究竟什么是'争标'吧。"

楼上诸人皆是一顿。

裴云暎抬眸，梁明帝却已收回目光，恹恹看向楼下水池上。

他便拱手："是。"

陆曈正坐在长席间，面无表情地听着身侧震耳欲聋的叫好声，忽听得前方传来一阵惊呼，常进更是发出一声高亢尖叫，不由皱了皱眉，抬头望去，陡然怔住。

长乐池水面上，忽然掠过一人，这人一身墨绿暗花锦服，动作轻盈漂亮，如只舒展羽翅掠过水面的青鸟，风过水摇间，只在水面留下一点荡漾涟漪。

欢呼声陡然激动起来。

"裴殿帅，裴殿帅也下场了！"

陆曈凝眸看去。

裴云暎已摘下官帽，取了只墨绣抹额覆在额上。他动作极快，满池红舟于他脚下若平地，众人只觉眼睛一花，那年轻人已至争标舟船之上。

他再上前，正在竹竿下打得不可开交的二人似也察觉危机靠近，立刻冰释前嫌同仇敌忾，一左一右抄起岸上百戏长枪朝他冲来。

"好！好！"

周围又是一阵拍掌叫好声。

这可比方才龙船上的水傀儡精彩多了。

两杆长枪一左一右自身侧刺来，裴云暎并不在意，他没用刀，顺手捡起百戏架上一杆红缨长枪抵住，枪头若流星，红绡灿若云锦，飞驰间看得人眼花缭乱。

席上众人看得目不转睛，一些儒雅大臣吼得脸红脖子粗，戚华榴坐在满殿喝彩中，忽觉自己的心也像那杆长枪上的红缨，随着持枪之人一上一下，俏丽飞红。

亦有人端着酒盏望着远处青年，对着身侧恭维："世子风姿绝世，有凌霄之姿，裴大人真是教子有方啊。"

昭宁公裴棣低头饮酒，神色平淡，并不回答。

倏尔人群又是一阵惊呼，众人抬头望去，就见那两位红衣军士已有些不敌，裴云暎一枪过去，二人躲闪不及，扑通、扑通两声接连落水，旗杆下的年轻人见状一笑，长枪轻松一挑，挂在旗杆最上方的金箭应声而落，连同一旁一把小巧金弓一同落入他怀中。

此时四周红舟团团将他围拢，船上锣鼓声声激烈，岸上众人欢呼叫好，远处岸边一望青青，榴花争艳，秀眉俊面的青年持箭弯弓，对准岸畔悬挂着的金毬遥遥而射——

砰——

金毬落彩，一击正中。

席上安静一瞬，紧接着爆发出巨大喝彩声。

"好！漂亮！太精彩了！"

常进激动得嗓子都变了调，长乐池岸上岸下，一片锣鼓喧天。

青年笑笑，抬手摘下额上墨黑绣金抹额，日光下熠熠生光的神气模样，只让人想起一句诗来——

长安年少羽林郎，骑射翩翩侍贤皇。

十分的光映照人。

俄顷，被裴云暎长枪挑落的两位军士游到红舟前，湿漉漉地爬上船，皆是有些赧然。被寄予厚望争标的军士居然被指挥使三两招就丢进了水里，实在丢人。

不过……

殿帅的身手太好，也怪不得他们嘛！

挂着标竿的红舟渐渐回至水棚前，从水棚中走出个穿红衣的乐官，手持一只金盘，恭敬行至裴云暎身前，笑道："此乃簪花，请裴大人挑选。"

梁朝祝寿、喜宴以及祭祀筵席上，常赐御花簪于罗帛帽上或胸前。今日这些御花是宫中赐下给水戏诸军士以示荣赏。

争标得胜者，应当第一个挑选簪花。

裴云暎垂眸看去。

金盘上盛着各色纤妍花朵，按品级各色都有，什么银红大罗花、杂色栾枝、银红大绢花……那上头还有一朵紫红丝罗做的牡丹，牡丹花瓣葳葳蕤蕤，若美人醉颜，国色天香。

军士笑说："大人不妨挑选这朵牡丹？富贵雍容，奇艳倾城，是这盘簪花里最漂亮的了！"

水棚隔着长席有些距离，众人听不大清他二人说的是什么，但能瞧见他二人动作。

戚华榲挨着水棚近些,因此,也瞧见了裴云暎面前金盘上,盛着的那朵牡丹。

她下意识低头看了看自己衣裙。

艳朵烟重欲开难,红蕊当心一抹檀。公子醉归灯下见,美人朝插镜中看……她特意穿了这条绣着华丽牡丹的长裙,只因唯有这样端庄浓艳之色,方能衬得起自己。

若裴云暎拿走了那朵牡丹……

水棚中,青年低头看着一众簪花,思忖片刻,向着金盘伸出手。

那只手骨节分明,修长如玉,在紫红牡丹罗花之上停留一瞬,然后收了回去。

"大人?"

裴云暎退后一步,笑说:"今日不该我争标,只是陛下兴之所至,簪花还是留给军士为好。"

乐官愣住,一时不知如何是好,想了想才道:"可是大人射中金毬,理应挑朵簪花。"

青年扬眉,正要说什么,目光忽然一顿。

水棚挨着岸边,其上有长棚,其下却是茸茸草地。乐官身后,一片烟绿中,有未被剪除干净的灌木,木丛中点缀了纯白淡色小花,顺着风苦苦摇曳。

这些野花看上去极不起眼,又因风吹雨打,仪官刻意剪除,一些花枝被剪掉,碎落花朵落在地上,如层细碎的雪。

裴云暎越过乐官,俯身从地上拾起一朵落下的白色小花。

乐官一愣。

水殿席中的戚华榲也瞪大眼睛。

陆曈目光微微一动。

"这朵怎么样?"他笑着问乐官。

乐官茫然提醒:"大人,这是朵槿花……"

木槿低贱,朝开暮落,零落瞬息。富贵人家的花园中是瞧不上这种野花的,正因如此,长乐池边的野木槿才会全部被剪除。

未料到裴云暎拾起一朵。

青年指尖擒着那朵槿花,微微一转,雪白花朵柔若婵娟,在他手中袅娜绽放着。

"野花艳目,不必牡丹。"

他笑着抬眸,目光若有若无掠过水殿席上众人,最后重新落在指尖那朵槿花之上。

"我就喜欢木槿。"他说。

红舟争标,射中金毯,裴云暎没选金盘上一众嫣然罗花,反从水棚草地里随手捡了朵野花,这举动令人意外。

得了野花,裴云暎退回小楼之上,这场赛中的小风波很快就过去,金毯重新被挂上,其余红舟再度争标。

只是有了刚才珠玉在前,再看这争标,便觉少了几分乐趣,不如先前令人沸腾。

花船上乐官们水戏歌舞,热热闹闹的唱腔里,陆曈低眉坐着,微微出了一会儿神。

裴云暎选了一朵木槿。

那天夜里,她以为自己和裴云暎已经说得很明白了。

陆曈抬手,指尖拂过发间,发髻之中,斜插的木槿花簪冰凉。

她收回手,神色重新变得冷静。

待水殿诸戏俱毕，方才长安池上的数十只虎头船、飞鱼船尽数划开，只留下几艘最为华丽精致的龙舟供诸臣闲乐。

接着是诸军献呈百戏。

数十人摇鼓，《蓦山溪》琴曲里，舞狮豹者入场，扑旗子、打筋斗、列偃月阵，忽而一声霹雳爆响，对阵军士分开。

林丹青不住拍手："太好看了！"

长乐池边众人看得激动，陆曈坐于席间，隐隐中，感到有一道视线落于自己身上，于是抬头，正对上神宝楼上，青年看过来的目光。

二人视线相撞，他微微一顿，移开目光。

对阵戏后，诸班直常入祗候子弟献呈马骑、开道骑、仰手射、合手射、飞仙缚马……令人眼花缭乱。

再然后是妙法院女童献艺、花装男子献毬打……

众人边看边喝彩，直到百戏呈讫，已是下午了。

吉时到，祭典大礼快开始了。

高楼之上，帝王早已微有疲色，见鼓乐军士击鼓，在仪卫伴驾下，来到天章台。

陆曈随百官立于祭坛下首。

《礼记·乐记》云："大乐与天地同和，大礼与天地同节。"

先皇在世时，每隔三年一次亲祀十分隆重，梁明帝继位后，亲祀改为五年一次。

本来今年不到大礼年节，然而歧水兵乱，苏南蝗灾，百姓苦不堪言，御史纷纷上奏，梁明帝便特开祭坛，为天下祈福。

法驾仪仗都已备好，太史局验漏刻。百官皆着礼服，随官品执笏，禁卫全装，围绕周围。

天子身穿冕服，头戴冕冠，登上三层高祭台。

仪官奏乐,又有舞者击铜铙、响环,天子登坛,向四面揖拜、跪伏、献酒。

降神、皇帝升降、奠玉币、奉俎、酌献、饮福、亚献、终献、送神……

坛上供品、币帛自酉阶洒下。

所有祭祀之物送入燎炉,入炉焚之。乐罢,赞一拜,礼毕。

从大礼开始到结束,整整三个时辰,结束时,天已全黑了。

陆曈是第一次参加宫中大礼,尚未觉出什么,年长些的医官却已忍不住面露难色,常进趁人不注意,偷偷揉了揉膝盖。

再看百官,除了站在最前方的亲王公侯一列,躲在后头的群臣脸色都有些勉强。

梁明帝亦是。

天子本就身体欠佳,撑着整三个时辰完成大礼已是不易,礼毕后,先去长乐池上龙船歇憩片刻,等大傩仪开始,届时皇城之中会燃放烟火。

大礼结束后到傩仪开始的这段时日,百官也可去长席暂时小憩。众人便纷纷先回长乐池边席宴。

裴云暎跟着梁明帝登上龙船,皇后、太后正于船中休憩,见他上船,交代下接下来傩仪之事,裴云暎才退下。

他先去禁卫那头转了一圈,回到长乐池畔,林丹青正与常进说话,身边没有陆曈的影子。

他扫视周围,并未看见陆曈在何处。

倒是林丹青见他过来,同他打招呼:"裴殿帅怎么来了?"

裴云暎问:"陆曈不在?"

林丹青怔了一下:"咦,刚才还在这里?"

"可能被旁人叫走了。我同她说过的，一个时辰后傩仪开始，估摸很快就回来。"

裴云暎眉头一皱。

"殿帅有事找她？"

他摇头，正要说话，那头几位皇子叫他，他便没说什么，又转身离去了。

人群喧嚣渐渐远去，长乐池更远处，几位宫人从院子里出来。

库房里大大小小堆满了假面披发、狼牙烟火、骷髅人偶，最中间一只金眼白面的巨大木偶，系锦绣围肚，足有一人来高，格外沉重，盛在一块装了轮子的木板上，十分神气。

这是接下来傩仪要用的工具。

因工具繁琐，大大小小堆于一处，显出几分杂乱，一眼看去，并不容易发现人影。

宫中数年不曾呈大傩仪，工具都是由礼部临时准备，其中负责傩仪的匠人并非入内乐工，此地守卫更松。

却在阴沉的安静里，陡然响起人声。

"东西呢？"库房里，戚玉台朝陆曈伸出一只手。

他自昨夜就在期待今日，可惜今日先是诸军百戏，后是天章坛祭典，众目睽睽，他根本无法寻得机会来找陆曈。父亲虽然离他得远，可却暗中叫戚华榷盯着他，以免他突生意外。就连此刻出来找陆曈，都是假借如厕。

陆曈不语，从袖中摸出一只纸包。

戚玉台迫不及待接过来，正要打开，突然想起什么，赶紧看了一眼四周，库房里并无人声，刚刚的宫人出去搬东西了。

他这才放下心来，夸赞地看一眼陆瞳："你倒会选地方。"

长乐池边处处是人，四处都有宫人行过，他还在想到底如何避人耳目，没想到这地方正好。

外头突然有人声响动，戚玉台一惊，面前正是那只金眼白面的"瘟神恶鬼"，陆瞳眼疾手快，一把拉住他埋下身，高大木偶的身影遮蔽二人。门外两个小太监谈论什么，不多时，声音又渐渐微弱。

戚玉台松了口气。

紧接着，心中又焦躁起来。

不时有人经过，实在令人难安，可长乐池到这里，已再难寻到另一个更适合服散的场所，再往前，就会撞见皇家禁卫了。

正想着，陆瞳摸索起面前木偶的肚腹处，用力一扳，紧接着，一扇小门弹开。

木偶中间竟是空心的。

陆瞳道："你进去。"

戚玉台蹙眉："什么意思？"

"门外随时有人进来，躲在此处也不安全。不如藏在木偶腹中。"她道，"傩仪亥时开始，约莫一个时辰后会有仪官来此。公子若在一盏茶间服尽药散，药效消失后，就算被人发现，也可假称走错路行至此处，不会被人发现端倪。"

这只是存放傩仪工具之地，当今陛下讨厌傩仪，若非苏南蝗灾，根本不会特设大礼，忽视之物，自然不放在心上，因此并未有重兵把守，就算被人察觉，走岔路也不是什么大错。

戚玉台心知此举多少危险，但不知为何，竟又有一丝紧张激动。

他盯着陆瞳，女子身上芬芳馨香令人一瞬心猿意马，还未服散，他竟已隐隐觉出热来。

戚玉台伸手捏住陆曈下巴:"你胆子果然很大,在其他地方,也一样胆大?"

陆曈神色未变,只提醒:"戚公子最好抓紧时间。"

门外渐又有隐隐人声,戚玉台不甘心地缩回手,拉开木偶门,钻入肚腹中。

甫一钻入,竟觉这偶人肚腹还算宽敞,恰好能容一人坐在其中。戚玉台摸出怀中一盏银壶,这是他方才从席上拿走的,以酒服散,快活更甚百倍。

他蜷缩着坐在里头,四面逼仄,视线稍低处,有一点微微裂缝,恰可将外头光照进一丝,他不知这裂缝有何用,看了一会儿,仍觉不安,转头问陆曈:"这里真的安全?"

陆曈颔首:"只要公子在药效过前待在这里,一个时辰里,应当都是安全的。"

戚玉台想了想,终抗拒不了引诱,他已数日不服散,此刻纵知前头是火坑,也愿先享受再说。

"谅你也不敢。"

"愿公子尽兴。"

陆曈说完,站起身来。

门被虚虚掩上,四周一片安静,事不宜迟,戚玉台迫不及待打开纸包,深深嗅了一口,神情间顿时陶醉。

他兀自沉浸在久违的快活中,不曾察觉身后视线。

咔嗒——

有极轻微的一声,在库房中细响。

戚玉台没有察觉。

陆曈回到长乐池席上时，林丹青正四处寻她。

"你去哪了？"她问，"我找了一圈都没见着你影子。"

"去净房回来后迷路，问了宫女才走回。"

林丹青恍然："你不常进宫，不知道路也是寻常。"又道，"刚刚裴殿帅来找过你。"

陆曈一怔："找我做什么？"

"不知道。"林丹青摇头，"见你不在，他就走了。"

陆曈沉默。

正说着，长乐池更远处，渐有乐声传来。

"快快快！"林丹青撇头看过去，"傩仪要开始了，刚才我还真怕你耽误时候，赶不上傩仪开始，常医正回头又要罚你。"

"不会。"陆曈笑了一下，"你不是告诉过我，今年傩仪提前一个时辰，戌时就要开始吗？"

她微微一笑："我算好时辰的。"

盛京皇城里，许多年未有傩祭仪礼了。

今年因蝗灾再度国傩，皇城亲事官和教坊主持都觉匆匆。林丹青人脉广泛，医官院奉值时恰听教坊人说过，今年傩仪要提前一个时辰开始。

天章台祭典，最重要的是祭典，不可行错一步。诸君百戏是热闹同乐，至于傩仪，百官反而不太重视。

总归是今日最后一环，倒也不会特意去记这个时辰。

林丹青得了提前的消息，转头将此事告诉陆曈，还与陆曈议论："既要提前，是不是傩祭有了新花样？"

陆曈摇头不语。

她便叹气："有新花样也没意思，有心思做这些，倒不如早点拨医官去苏南赈灾来得实际。"

外头礼炮声打乱陆曈思绪，另一头，长席不远处，戚华榆看着身边空位，眉眼闪过一丝焦灼。

"还未找到哥哥？"她压低声音，问身侧下人。

下人摇了摇头。

"糟了。"

戚华榆暗自揪心。

一炷香前，戚玉台称自己要如厕，起身离席，之后不见踪影，到现在也不曾回来。

长乐池边四处都有禁卫，倒是不可能出什么危险。但戚华榆心中总觉不安。

临出发前父亲再三叮嘱，戚玉台的癫疾随时可能再犯，不可离人。

若是在什么地方突犯癫疾……

"可有将此事告知父亲？"戚华榆问。

下人为难："傩祭将要开始，太师大人已去亲事官那处……"

戚华榆心中一沉。

若真犯疾，只盼是个无人察觉之地。

库房里，油灯影影绰绰。

满地披发假面、香烛锦绣中，木偶静静矗立。

戚玉台躲在木偶之中，似只藏在暗处的鼠，啮咬黑暗中残肴。

不对，不是鼠。

应该是鸟。一只对着青云之上，飘飘欲飞的鸟。

不知是不是数日未曾服散，抑或是筵席上银壶的酒水太过香甜，药散和酒水一入口，他感到一种久违的痛快。和先前陆曈登门时带给他的

333

药散不同,这简直如真正的寒食散一般,热烫、灼刺、销魂,却又没有那种不顾一切的滞胀。

只有欢愉。

四周的黑暗与狭窄并不令他感到逼仄,这里仿佛变成了一个安全的鸟笼,金银打制的、装满美食和清水的鸟笼。

虽然这鸟笼使鸟儿失去自由,但华美的笼子,也是林中野鸟一辈子无法品尝的舒适。

他感到安全。

这里也的确安全。

傩仪亥时才开始,他从前对傩仪不感兴趣,父亲也只耳提面命祭典不可出差错,他今日才知道,傩祭原来是这样好的东西。

他在狂欢与失色中快活地想,大梁要是多来几次这样的蝗灾、洪灾、旱灾或是什么灾祸就好了。

这样陛下就能年年祛傩,他便能次次销魂。

戚玉台面上露出满足的微笑,只觉浑身变得轻飘飘的,飞鸟扇动翅膀,摇摇晃晃飞向云层之中。他舒服地闭上眼,手中银壶滑落,碰在木偶中,发出极轻微的一声细响,很快被外头说话声淹没。

"这东西倒是挺沉的。"拖着木偶的仪官如是说道。

白面金眼的木偶头上长角,嘴吐獠牙,形容可怖。木板下的轮子滚动,纵使如此,拉着也并不轻松。

"你要不钻进去看看?"另一人问道。

"我可不想倒霉。"

说话的仪官嫌恶地别开眼,生怕偶人沾到半丝衣袍,道了一声:"晦气!"

三三两两的匠人鱼贯而入,将库房中一干面具油纸抬走。

为首的仪官催促拖着木偶的几人："傩礼快开始了，赶紧把东西送上去吧。"

　　长乐池边，火焰骤起。
　　团团青烟里，渐渐显出一群戴假面之人。
　　这群人着绣画色衣，执金枪龙旗，又有鼓乐奏声，百名幼童头裹红巾，手持摇鼓唱和：
　　"甲作食凶。胇胃食虎。
　　雄伯食魅。腾简食不祥。
　　揽诸食咎。伯奇食梦。
　　强梁、祖明共食磔死、寄生。
　　委随食观。错断食巨。
　　穷奇、腾根共食蛊。
　　凡使十二神追恶凶。
　　赫汝躯，拉女干，节解汝肉，抽汝肺肠。
　　汝不急去，后者为粮。"
　　此乃傩歌。
　　十二名鬼面仪士跳着驱傩舞，围着最中间一只一人来高的木偶人。
　　偶人做得极其丑陋，白面金眼，獠牙森森。
　　林丹青凝眸："这是……"
　　"瘟神。"陆瞳道。
　　林丹青惊讶："从前傩礼不曾见到此物，我还是第一次见。"她好奇，"不过陆妹妹，你不是第一次参加大礼吗？怎会认得此物？"
　　"书上看来的。"
　　林丹青不疑有他，点了下头就继续看远处傩舞了。

陆曈漠然垂眼。

她见过瘟神的。

常武县大疫那年，左邻右舍接连病倒，整座常武县死气森森。知县大人病急乱投医，请了山上姑婆祛瘟。那时爹娘兄姊都已病得下不了床，她走了很远的路，看到了姑婆祛瘟的仪式。

贫穷小县的姑婆，不懂什么"大傩之礼"，亦没有乐队巫师。草草搭个台子，一人戴张白脸金眼的面具。一人拿只执棒，就可以祛瘟了。

年幼的她看着姑婆嘴里悠长古怪的唱腔，问隔壁婶子："戴面具的那是什么？"

婶子告诉她："那是瘟神。姑婆把它驱走，疫病就没啦。"

瘟神。

陆曈似懂非懂点头，心中默念。

要赶走啊。一定要赶走。赶走了，爹娘，哥哥姐姐就好了起来。

人群发出一声惊呼，陆曈抬眼，围绕着最中间的傩舞，舞者嘴里吐出烟火。

陆曈神色平静。

林丹青奉值处，有皇城教坊的人。

前些日子，她回医官院整理东西，曾替林丹青送过一回药，恰好看见教坊门口，乐官们正将这只"瘟神"送入。

"当心点，别碰坏了！这可是今年驱傩的主角儿！"

领头乐官责骂完下人，转头接过陆曈手里药单。

陆曈微笑起来。

一定是家人天上保佑，才会让一切顺利得不可思议。

渐渐地，吟唱中，又有一人从后至前慢慢行来。

玄衣朱裳，身披熊皮，执戈扬盾。厚重熊皮压在此人身上，对方瘦弱干枯的躯体显得越发伶仃，漫漫香雾里，诡谲森然。

傩舞乐声陡然尖刻。

驱鬼的"主角"方相子原本由教坊主事扮演，如今却换成了太师戚清。

太师年事已高，德仁之名广布，今年苏南蝗灾，主动捐出家资赈济灾民，引得民间一片赞扬。

多年以来，他又修桥修路，受他恩惠的穷人对此感恩戴德，由他扮作祛瘟"方相子"，是陛下对他的看重。

陆曈登门为戚玉台施诊时，戚玉台便常说起此事，只说今年驱傩由他父亲扮作方相，言辞间十分自得。

长乐池边，烟火烧灯亮如白昼，袅袅青烟中，太师温和笑着，不似驱鬼将军，更像青冥之上仙人，慈眉善目，高高在上。

他举起手中长剑。

林丹青惊呼一声："这是要做什么？"

陆曈微微一笑。

"杀瘟神。"

人人避之不及的、会带来灾祸和瘟疫的瘟神当然要一击必中，杀气腾腾的剑会驱走疫鬼。那只高大的、坚实的偶人，中间空心并不是为了藏匿什么，而是为了方相子的"剑"刺进时，那一瞬的血花。

人群的欢呼与鬼魅傩歌混在一处，颠簸终于将藏在偶人肚腹中的人唤醒。

戚玉台做了一个美梦。

他梦见自己还是幼年时候，适逢父亲生辰。父亲历来爱鸟，他捉到一只漂亮的鸟儿，剪断鸟儿翅羽，将它关进鸟笼，送到父亲手上。父亲很高兴，慈爱地将他抱起来，认真夸奖他。

戚玉台雀跃不已,还想再捉一只鸟儿送给父亲,却被人从身后晃醒。

戚玉台猛地睁开眼睛。

四周一片漆黑,一丝明光顺着缝隙漏入眼中,耳边传来嘈杂鼓乐声,伴随眸中奇诡乐调,他茫然一瞬。

这是哪里?

但很快,他又回想起来,他在教坊今夜傩礼存放面具的库房里,偷偷服食药散。

头疼欲裂,他已想不起自己睡了多久,只下意识将眼睛贴上偶人那丝狭窄的缝隙,朝着外头的亮光看去。

他看到了父亲。

父亲披着熊皮,玄衣朱裳,青烟中,似他幼时梦里般高大,神情陌生又熟悉。

这是……傩礼?

可傩礼不是亥时才开始,他服散到药效尽失,至多也不过一炷香工夫,为何傩礼已经开始?

四周戴着傩面的人围绕在父亲身边祝祷,戚玉台看着看着,视线掠过父亲手中那把银光闪闪的长剑,眼睛陡然睁大!

他想起来父亲要做什么。

傩礼的最后一环叫杀瘟神。方相士会用剑杀死瘟神,彻底驱逐鬼祟。

如今,他成为"瘟神",父亲成为"方相士"。

父亲会杀了他。

他不能待在这里,他会死的!

这一刻,顾不得会造成何种影响,戚玉台下意识想大喊出声,然而一开口,却觉嗓音变得极细,隔着偶人,难以令人察觉。

戚玉台又回头摸索,偶人狭窄肚腹却倏然变得很大,他摸不出门缝何处,似被人从外头关上。

冥冥之中,他变成了一只逃不出去、飞不起来的笼中鸟。

戚玉台无路可逃,浑身发起抖来,惊惧之下,拼命从里捶打四周,然而偶人坚实的肚腹似无边笼罩黑夜,无论如何看不到头。急促的鼓点淹没一切,淹没他绝望的叫声。

"救命——"

"救命——"

"救命——"

无人回答。

戚玉台把眼睛贴近那道缝隙,父亲的脸近在咫尺,他努力叫着父亲的名字,发了疯般拍打,父亲漠然微笑着看着他,如看一尊恶心的、令人厌恶的疫鬼,朝他走近。

扑哧——

戴傩面的舞者高呼着,纷纷紧随将手中长剑刺入——

轰隆——

一簇烟火冲上夜空,红红白白,礼炮应声而响。

头顶之上,五彩烟焰蓦地炸开,无数璀璨光点拖着长尾划过夜空,若无数发光飞鸟,展翅从空中坠落。

人群爆发出一阵欢呼。

"除疫鬼啦!"

"瘟神走啦!"

皇城之中,夜空陡然被烟焰遮蔽,璀璨飞鸟划过一切,这欢乐的乐声如除夕新年,惹得盛京人人探看。

莽明乡茶园老农歇下农活,远眺望向皇城方向。西街小贩坐在布棚下,听着隐隐传来的礼炮声响。南药房里,整理药草的医工们走出药园,抬头看向头顶坠落的彩焰。

乞巧楼下推着摊车被驱赶的小贩,青楼中刚刚挨过打的年轻姑娘,名落孙山埋头书海的穷困秀才。何秀、梅二娘、申奉应、吴有才……

所有人都在看这皇城里绚烂烟火。

爆竹声、欢呼声、鼓乐声混在一处,肆意乱舞的火苗里,却有股红血迹顺着偶人肚腹,渐渐流淌下来。

第一个发现的乐工首先嚷叫起来:"妖祟!有妖祟作乱——"

人群顿时喧闹。

后边的人不知前头发生何事,仍在看烟火。喧闹声夹杂尖叫声,长乐池边渐渐乱成一团。

禁卫们得讯,第一时间赶至龙船周围,护送帝王下船回宫,裴云暎拔刀护住梁明帝,厉声喝道:"保护陛下,犯上者诛!"

欢乐祭典里,血流如河,红衣禁卫们飞快掩护皇家人撤退,长乐池边一片混乱。裴云暎在人群中奔走,目光掠过无数或茫然或惊慌的人,肆意搜寻。

一簇又一簇烟火潮水似的涌上夜空,他看到了陆曈。

陆曈站在人群里。

四周都是匆忙奔逃的人影,而她站在池水边,正仰头看头顶烟火。

烟火闪烁变换,流动光影落在她脸上,鲜艳绯色好似溅了一脸血痕,女子站在温暖喧嚣下,看得认真而入迷,唇角带了一丝柔和微笑。

她笑得很开心。

笑着笑着,就笑出了眼泪。

夜色浓重,长乐池畔烟火燃尽,余烟被风吹散,消失在潮水般的黑暗中。

太师嫡子戚玉台死了。

他出现在傩仪之礼的瘟神偶人中，被人发现时，如婴儿藏匿母体般蜷缩在偶人肚腹，浑身上下被长剑捅得乱七八糟，血几乎将全身染红。

一同被发现的，还有偶人肚腹中空了的酒壶以及戚玉台尸体衣裳上残留的粉末。

宫中仵作看过，戚玉台刚刚服食过寒食散。

丰乐楼大火之后，盛京严令禁止任何人服食药散，不知戚玉台从何得之，一时胆大包天，竟敢携带至祭典之上，又恐被人发现，躲在偶人肚腹中吞食，却因神志不清未被人察觉，偶人肚腹机关一关，生生被驱傩的长剑捅死在瘟神中。

傩仪之礼，众目睽睽，太师府的嫡子、户部官员，就这样在百官眼皮子底下死了。

太师老泪纵横。

偶人肚腹机关可从外头拴扣，戚玉台为避人耳目，藏于其中。可究竟是谁将拴扣关上，以至于他无法抽身呢？

所有人，教坊乐工、傩仪舞者、侍卫宫人无一人承认。

那是"瘟神"。旁人避之不及，无人愿意靠近。戚玉台愿钻入其中，已是十分出格。

或许是哪位乐工经过，顺手将拴扣扣上，但事已至此，无人承认。

戚华楹长跪殿中，哭求央告："哥哥一定是被人害了，有人要害他，将他关在偶人其中，请陛下彻查！"

三皇子元尧看着阶下哭得梨花带雨的美人，怜惜开口："可是戚大小姐，寒食散可不是别人逼着戚公子服下的。"

他提醒道："距丰乐楼那场大火不过数月，令兄真是胆大包天。"

太子大势已去，从前元尧尚收敛几分，如今已毫无顾忌，只看向殿中头发苍白的老者,装模作样地叹息一声。

"阴差阳错,戚公子竟死在自己父亲手中。"

戚华楹浑身一颤。

戚玉台是死在戚清手中的。

傩礼之上,祛瘟的第一剑,是由"方相氏"刺出。

"方相氏"杀"瘟神"。

父杀子。

接下来舞者跟着刺入的数十剑,加剧了戚玉台的死亡。

且不提寒食散,若要责怨他人,第一个责怨的应该是戚玉台自己的父亲,当朝太师。

而剩余的傩舞剑客,也并不知瘟神之中还藏着一个活人。

法不责众。

何况天章台祭礼当日,不可杀生。

太师将老迈的身子弯得更低,灰败地跪在地上。白发人送黑发人,世上最苦,不过如是。

帝王不说话,淡淡看向阶下人。

良久,道:"太师,节哀。"

皇城之中,众医官正往医官院走。

宫中死了人,在场众人都要经历盘问。不过傩礼之时,医官院在长乐池靠外边席位,高台尚有很长一段距离,整整一夜,禁卫们盘问过后,让医官院众人先回去了。

已是清晨,天色微亮,天边渐渐亮起一线白光。深秋的清晨已有凉意,欢宴过后更显冷清。

回到医官院后,众人都有些疲惫。

常进让医官们先回宿院休息，陆曈正欲同林丹青一起回屋，被纪珣从身后叫住。

"陆医官，"纪珣道，"我有话和你说。"

陆曈随纪珣去了他的药室。

药室安静，二人相对而坐，纪珣看着陆曈，片刻后道："戚玉台死了。"

陆曈望着他。

"先前院使出事，你为戚玉台施诊，如今戚少爷虽死于傩礼剑下，但傩礼偶人中发现他曾服用寒食散痕迹，入内御医一定会查看他过往医案。"

他见陆曈不说话，又道："虽然此事与你无关，但太师府或许会迁怒于你。"

陆曈垂首："我知道。"

戚家一定会彻查戚玉台身边之人，而数月以来，除戚玉台屋中下人，与戚玉台最亲近的只有一个陆曈。

更何况，陆曈还是一个"外人"。

"别担心，"纪珣宽慰，"医官院可为你做证，你是清白的。"

陆曈笑了笑，再抬起头时，神色已变得平静。

她道："其实，今日纪医官不找我，我也要来找纪医官的。"

纪珣不解。

"有件事，我想请纪医官帮忙。"

"何事？"

陆曈默然片刻，开口说道："正如纪医官所言，太师府或许迁怒于我。我出身平凡，亦无父母兄长在世，孑然一身死不足惜。然而我入医官院前，曾坐馆于西街一处小医馆。

"其中东家、婢女、伙计、坐馆大夫与我并不相熟,不过偶然相处一段时间,他们对我亦一无所知。"

陆瞳看向纪珣:"我知纪医官心底仁善,若我之后不幸出事,请纪医官看在你我二人苏南相处数日分上,护住仁心医馆。此等大恩大德,陆瞳没齿难忘。"

言罢,起身长拜。

纪珣愣了一会儿,忙伸手将她扶起,蹙眉道:"何以突然这样说?就算太师府心有迁怒,但并无证据,不可随意定罪于人,更勿提迁怒西街医馆。"

陆瞳却很坚持:"若纪医官不答应,我便不起来。"

僵持了一会儿,纪珣无奈道:"好,我答应你。"

西街医馆都是寻常人,以纪家声势,照拂并不困难。

二人又说了一会儿话,纪珣也面露倦意,与陆瞳告辞,临走时,又自言自语开口:"如今盛京一切寒食散禁用,戚大公子的寒食散究竟从何处得来?"

身侧并无人回答,纪珣抬头,陆瞳已走远了。

似乎未曾听到他问题。

日光渐渐升起来。

金红色朝霞似一把腾腾燃烧的烈火,泼洒到太师府院中。

仆妇下人们嘤呜悲泣隔着门,蒙上一层闷闷的雾,吊诡竟似昨夜长乐池畔舞者的傩歌。

戚玉台静静睡在棺材中。

戚华楹伤心欲绝,回府后晕厥不醒,管家已令人去请医官行诊。

戚清坐在棺材边,手拿丝帕,一点点擦拭戚玉台的脸。

这棺材原是他为自己准备。

他年事已高,早早令人备好棺材置于府中,只待将来有一日登赴仙境,未料到这口花费重金的金丝楠木棺,戚玉台竟先他一步睡进去了。

造化弄人。

棺中人衣裳已重新换过,浑身也被擦拭得干干净净,再不似从偶人肚腹中掏出来时狰狞。然而戚清仍继续擦拭不存在的血痕,不肯停歇。

他擦得很认真,一下一下,微微用力了些,尸体嘴角被他擦拭得微微掀起,宛如露出一个古怪的微笑。

老者的动作慢了下来,浑浊老眼微动。

戚玉台小时候吃饭弄脏脸,他也是这样,将儿子抱在膝上,一点点擦拭他嘴角的残渣。

戚玉台便揪着他胡子,含混地叫:"爹、爹!"

戚清得戚玉台时年纪不小,又适逢仕途正得意之时,娇妻幼子,荣宠无限。

他很喜欢戚玉台,正如喜欢自己年轻温柔的妻子。

但仲家却瞒着他一件大事,妻子患有癫疾,原是个疯子。

他不能让旁人发现他有一个疯癫的妻子,登往高处的阶梯,盯着他的人总是很多,人人都盼着他坠落。

所以淑惠死在了太师府。

那时候华楹已经出生了。

他盼着,心中存着一丝侥幸的期冀,只盼着两个孩子不会如他们母亲一般继承宿疾。为此他广施道场,修桥修路,多年来积攒福德。

幸运与不幸同时降临在他身上。

戚华楹平安无事地长大。戚玉台却在幼时就开始发病。

本来戚玉台也该死的。

但当他看到自己曾寄予厚望的孩子盯着他孺慕眼神，终于下不了手。

戚玉台活了下来。

他一时的恻隐之心，换来并非好的结果。这些年，府中日日燃点昂贵灵犀香，用来安抚戚玉台情志，延缓维持他病情。然而这个幼时聪明伶俐的孩子长大之后日渐平庸，甚至纨绔，他没有耐心，暴躁，偶尔阴郁无常，戚清疑心这也是癫疾随症。

他已经老了，无法再有第二个儿子。

戚清一遍遍擦拭儿子的脸，僵硬的皮肤掠过手指，那点冷意似也要渗进骨缝中去。

这些年，他不甘心，却又不够狠心。以为自己厌弃这个儿子，但当戚玉台真正死去时，他竟如一夜间苍老十岁。

杀了妻子的丈夫，失去儿子的父亲。

空旷堂厅，华丽棺椁，他佝偻着背坐着，一滴浑浊眼泪落在棺椁上，又很快被拂去。

管家从门外走了进来，哀恸开口："老爷，小姐悲思过度，医官瞧过，服过药已睡去了。"

戚华楹与戚玉台兄妹情深，昨日祭典大礼，戚清特意叮嘱戚华楹看好兄长，最终戚玉台死在众目睽睽之下，戚华楹痛不欲生。

良久，戚清道："照顾好小姐。"

他只有这一个女儿了。

管家躬身："老爷，接下来怎么办？"

戚玉台虽死在傩仪之上，可一同发现的还有寒食散。三皇子不会放过这个机会，如今让他将尸首带回安葬，已是梁明帝念在昔日旧情。

一切看起来是个偶然。

但绝非偶然。

戚玉台这些日子都被关在太师府,大门不出二门不迈,府中下人都盯得很紧。如何能拿到寒食散?

丰乐楼以后,盛京所有商户都不敢在这个时候冒险。

这些日子,戚玉台每日安安分分,只等陆曈上门施诊。

戚清擦拭动作一停。

陆曈。

太师府这两月以来,出入生人,也就陆曈一人而已。

说起来,自打陆曈登门以后,戚玉台的确安分了许多。屋中守卫并未察觉异常,他以为是戚玉台症疾稳定。

但若是其他……

戚清抬眸,握紧手中丝帕。

"陆曈在何处?"

陆曈回到仁心医馆时,已是傍晚。

杜长卿和苗良方都已归家去了,银筝见陆曈出现在门口,顿时惊喜过望:"姑娘怎么突然回来了?"

陆曈微笑:"昨日宫中大礼,过后医官院旬休一日,我明日再回去。"

银筝又是高兴又遗憾:"姑娘怎么没提前说呢,厨房里都没留饭菜……你想吃什么,我去做。"

陆曈拉着她:"我还不饿,进屋说吧。"

银筝称好。

二人进了屋,银筝点了盏灯放在桌上,见陆曈站在窗下出神,就问:"姑娘在看什么?"

"花。"陆曈道,"去年你我刚搬至此处时,一朵花也没有。"

窗下栽的菊花开了三两朵，一阵秋风过，蕊寒香冷，清致贞姿。

银筝爱养花，又爱打扫小院，自打她们搬来这院子，一年四季不同花开，总是鲜妍。

"院子是别人的，日子却是咱们自己的。几株花又不值钱，看着能让人心里舒坦。"银筝笑道，"姑娘要是喜欢，咱们院子里还可以养点鱼。回头去官巷挑几尾带红尾的，我看那些大户人家都这样。"

陆曈笑起来。

银筝觑着她："姑娘今日心情不错，是有什么好事发生？"

"算是吧。"陆曈转身进屋，"对了，银筝，我明日有个重要应酬，你替我选一件好看的衣裳吧。"

银筝一听，二话不说快步进屋，从黄木柜里捧出好几件衣裙来。

"先前在葛裁缝那里给姑娘做了新衣，姑娘日日施诊也穿不上，天凉了穿正合适。"她把衣裙摊在榻上，"不过姑娘，是什么重要应酬，是宫里的贵人吗？"她眼睛闪了闪，"还是裴殿帅？"

自打裴云暎生辰后，银筝再也没见过对方。

她不知陆曈与裴云暎发生了什么，但之后很长一段时间里，陆曈瞧着都比往日更沉默。有时候坐在窗前，长久地望着远处发呆。

每回银筝想问陆曈，却又被陆曈不着痕迹岔开，几次三番，也就明白了过来。

她为陆曈惋惜，却又不知如何劝解。

银筝凑近陆曈："你和小裴大人和好了？"

"不是他。"陆曈从满床衣裙里挑出一件玉色绣折枝堆花襦裙，"这件如何？"

"好看！"银筝点头，"姑娘穿浅色的最好看！"

陆曈得了肯定，便将衣裙放在一边，又将别的衣裳叠好。从怀中掏出一封信来，递给银筝。

银筝莫名："这是什么？"

"今夜戌时，你将此信送至殿帅府段小宴手中，要他交给裴云暎。"

"给裴殿帅的？"银筝迟疑，"姑娘为何不自己交给他？"

"有些话，我无法当面同他说清楚。银筝，你能不能帮我？"

银筝愣了一下，犹犹豫豫地开口："姑娘，你该不会要与裴殿帅一刀两断、划清干系吧？"

陆曈只看着她不说话。

银筝便叹了口气，接过陆曈手中信："我知道了。"

她顿了顿，又问："不过，为何是戌时？"

陆曈看向窗外："我明日晚些才会去医官院，今晚想吃仁和店的荔枝腰子熬鸭。你去买一碗，回来时，顺带将信带去殿帅府可好？"

"现在想吃荔枝腰子熬鸭？"银筝犯难，"仁和店荔枝熬鸭总要排队……"她说着，一眼瞧见陆曈正对她微笑，精神一振。

"姑娘今日好似真的心情很好。"她起身，"既然如此，那我现在就去排队，顺带再买点酒烧香螺。"

陆曈点头。

银筝说着就要出去，才一推门，听见陆曈在背后叫她："银筝。"

她回头："怎么？"

陆曈看了她一会儿，摇头笑了，道："路上小心。"

银筝出去了，院子里恢复了安静。

陆曈盯着窗外梅树看了一会儿，收回目光，拿起榻边那条玉色襦裙换上，走到梳妆台前坐下。

镜中女子芳年华月，皓齿明眸。

她拿起桌上木梳，细细梳理满头乌发，细心梳好发髻，末了，插上一支木槿花簪。

花簪伶仃纤细，陆疃看了片刻，又低头从妆奁里挑出两只乌金纸剪的蝴蝶，这是景德门灯夕时银筝在灯市买的，她一次也没有戴过。

陆疃把蝴蝶簪在发髻两侧，微微一动时，蝶翅一扇一扇，展翅欲飞。

漂漂亮亮，干干净净。

做完这一切，她离开妆台，打开木柜，从木柜中取出四只瓷罐。

瓷罐冰凉小巧，陆疃把脸颊贴上去，许久许久，依恋地蹭了蹭。

她拿着瓷罐走到梅树下，将瓷罐中的泥土倒出来，一并掩埋在花泥里，又将瓷罐放回柜子。

最后，陆疃再看了一眼小院，关上门，提灯出了医馆。

夜幕降临，西街檐下灯笼摇晃，一片静谧。低矮平房里，一点点昏黄从窗缝透出，有小孩趴在窗前桌台，磕磕巴巴地默三字经。

"……窦燕山，有义方。教五子，名俱扬……"

"……养不教，父之过。教不严，师之惰……"

陆疃停下脚步。

似乎在很久以前，她犯了错，回家时也被父亲这样罚抄《三字经》。母亲想护，被父亲推出门外，木头做的戒尺又宽又长，映着父亲怒气冲冲的脸。

"养不教，父之过。陆敏，你如此顽劣，我教不好你，将来会有人在背后戳我脊梁骨的！"

养不教，父之过。

自己儿子犯了错，自该父亲来教育。

应该如此。

本该如此。

陆疃望着窗里的阴影，眸色一片淡漠。

吱呀——

门被推开,昏黄溢了一地,葛裁缝的媳妇提着水桶从屋里出来,见到窗下驻足的陆曈一顿:"陆大夫?"

陆曈颔首。

妇人把水桶里的残水泼在屋外地里,笑着问道:"这么晚了,去哪里呀?"

陆曈微笑:"回家。"

"噢。"妇人点了点头,又提着水桶进屋去了。

走了两步,忽又反应过来:"不对呀,仁心医馆不是后头嘛,陆大夫怎么往南边走?"

她开窗探出头去看,夜里起了薄雾,看不见女子的影子。

灯笼微光在脚下晃荡,浓重寒雾里,暖色的光驱走所有寒意。

陆曈微笑着走在夜色里,神色一片平静。

她要回家了。

终于,可以回家了。

第十章

珍爱

宫中灯火彻夜通明。

祭典死人是不祥之兆，虽不知戚玉台是如何钻进"瘟神"肚腹，教坊、礼部、钦天监一干人都被彻夜盘查。

最难办的是戚家。

太师丧子，既是苦主，又是罪人。

以三皇子、陈国公为首一干人直言戚玉台祭典服散终至死于亲父之手，乃上天降罚，连带整个戚家都应重罪。

太子一派则坚称戚玉台之死另有隐情，实为奸人所害。

宫中争吵不休，长乐池边血迹已被清理得干净。

裴云暎离宫第一件事，先去了医官院。

"陆妹妹？今日午后一过就回西街了。"林丹青对突然找来的裴云暎面露惊讶，"说有几部医籍留在医馆，回去取了明日一早就回。"

裴云暎蹙眉。

"怎么了，殿帅找陆妹妹有要紧事？"

裴云暎问："陆曈今日可有什么不对劲的地方？"

林丹青想了想："没有啊，和寻常一样。下午走前还将地扫了。"

裴云暎眉眼冷峻，站在原地没有说话。

不知为何，他心底总觉不对劲。

从宫中出来去医官院前，萧逐风嘲笑他："这么着急去道喜？"

戚玉台死在戚清手中，因果追随，大仇得报，是件喜事。但裴云暎直觉不妥。

他想起昨夜长乐池边看见的那一幕，陆瞳站在烟火下，嘴角噙着微笑。

平静的，如释重负的微笑。

耳边传来林丹青的声音："裴殿帅？"

裴云暎回过神："如果陆瞳回来，记得立刻告知殿帅府。"

林丹青不解，仍点了点头。

裴云暎飞身上马，朝着西街方向扬鞭而去。

朱门大户前，灯笼摇摇晃晃。

陆瞳在太师府门前停下脚步。

府门不似从前热闹，霜色冷清清铺一地。有隐隐哭泣从深处传来，若有若无，在冷寂黑夜里铺出一层凄凉的悚然。

陆瞳抬眸，望向朱色大门。

戚玉台死了。

傩仪大礼，众目睽睽，漫天烟火，天子脚下，他死得轰轰烈烈，似只被困在笼中的飞鸟，在父亲剑下化为一摊肉泥。

真好。

他早该死了。

不枉她这些日子一片苦心。

千方百计进医官院，接近金显荣、诱崔岷上钩，她一步一步，总算走到戚玉台身边。

池塘春草梦诱戚玉台激发药瘾，从此太师府中燃烧的灵犀香彻底对他失效。从丰乐楼大火伊始，戚玉台的药瘾就似被开了闸的洪水，覆水难收。

再然后，她赠给崔岷的方子使戚玉台反复，待她走到戚玉台身边，每日给他代替寒食散的药散……

那其实并不是什么代替的药散，那根本就是寒食散。

她只是在其中用毒克制寒食散药性，使得戚玉台感觉这药散于他身体并无当初那般明显效用。

丰乐楼大火后，盛京已经寻不到寒食散了。

但陆瞳可以做。

有些毒物，也并非全都需要蝎子蜈蚣毒蜘蛛。

戚玉台在连续服食寒食散一段时间后，药瘾越发难以自抑，她以祭典当前太师府搜身之名断他几日药散，戚玉台便几近崩溃。

再在这时候，在傩仪之礼上，将那包没有加入克制药性之毒的寒食散交到戚玉台手中。

戚玉台无法控制自己。他抗拒不了这种诱惑。

平日的药散只需一炷香便可恢复清醒，她交给戚玉台的那包寒食散却要整一个时辰药性才会渐渐散去。

何况，昨夜傩礼提前一个时辰举行。

从头到尾，她都没想过要戚玉台发疯。

一个疯子，如何接受审判？

戚玉台必须死，而且要清醒着死。

养不教，父之过，三岁小孩都明白的道理。

戚清为袒护儿子，将戚玉台所犯下罪行一一掩埋。她就要让这感天动地的父子情中画上一抹血腥，要让戚清亲手杀了他庇护的儿子，让戚玉台死在庇护他的父亲手中。

父子相残。

陆曈笑容淡了下来。

戚玉台死得不明不白，戚清一定会彻查不休，或许抓不住把柄，但他一定会怀疑到自己身上。

他不必寻出证据，也不必验证是真是假，只要怀疑，就可以置她于死地。

陆曈抬手，摸了摸发间两支簪上的乌金纸蝴蝶，她已许久不曾戴过这样俏丽装饰。

接着，她收回手，继续走到那扇朱色大门前，轻轻叩了叩门上兽面门钹。

门外一片寂静，过了一会儿，大门缓缓被拉开，门房瞧见陆曈愣了一下。

"医官院陆曈，有要事请见戚大人。"

门房狐疑打量她一眼，将朱门拉大了些，叫她进来。

陆曈才要跨门，忽觉腕间一痛，一只手从旁伸过来，牢牢握住她手腕，将她拽得往后一跌。

陆曈回头："裴云暎？"

门房也惊讶一瞬。

裴云暎沉着脸，一言不发，目光冰冷扫过门房，蓦地吐出一句："走。"

陆曈正欲挣扎，他力气却大得出奇，她几乎是被拽着走，脚步踉跄险些跟不上他步伐。

"放开我。"她低喝。

裴云暎面无表情将她推进马车，语气里几分切齿意味。

"安静。"

夜更深了，浓重墨色杳无尽头。

殿帅府中只余青枫几人守在门口，砰的一声，凌乱脚步里，门被踢开，有人被拽着走了进来。

陆曈被甩进屋里，二话没说往门口走，被裴云暎一把挡住门。

他眸底有戾气一闪而过，倏然却变得平静，像是压抑怒火。

"去哪？"

"与你何干？"

陆曈说完，伸手推他，对方却似尊顽石矗立在门口，无论她怎么用力，前头都岿然不动。

"殿帅这是什么意思？"她冷冷开口。

裴云暎低头，盯着她眼睛："你去太师府打算干什么？"

陆曈沉默。

他道："说话！"

"戚玉台死了，我去拿医案。"陆曈仰头，"这又怎么了？"

"拿医案？"

裴云暎点头，蓦地抓住她手腕。

那只手腕纤细白皙，修长柔软的手指嫩如葱尖，其间点着淡粉色蔻丹，似微微绽开的小花。

他握住陆曈的手："这是什么？"

陆曈不语。

他冷笑，抓着她的手往自己手背间抓去。

陆曈一惊，猛地后退，慌乱之下推开他厉声道："别碰我！"

裴云暎被她推得后退两步，幽深黑眸似是洞悉一切，静静看着她。

陆曈攥紧拳。

她从不涂蔻丹，捣药，分拣药草，施针，需要一双干干净净、方便干活的手。

但她却在这双手上仔细涂满丹蔻,用来藏匿指甲中见血封喉之毒,没想到被裴云暎一眼看了出来。

其实,也不只是指甲,她的发簪,她的衣袖,她的包囊,全都藏满了各种各样的毒。

"你想和戚清同归于尽。"裴云暎开口。

他看着眼前人。

陆曈换了崭新的衣裙,鲜嫩的玉色,似株新鲜绽开的动人春花。发间颤动的两只黄蝴蝶平白给这花朵增添几分娇憨。没有了平日的孤清冷漠,像盛装打扮的归乡少女,衣裙翩跹,眉眼娇俏。

可那种平静的灰败却很荒凉。

屋中寂静良久。

烛光在夜色里无声流淌,转过人身上时,灯色也镀上一层冷寒。

良久,陆曈抬起头来。

"殿帅不是三皇子的人吧。"

"黄茅岗猎场,太子与三皇子同时遇刺,陛下打压惩治太子,以至三皇子得了先机。"

"枢密院与殿前司是死对头,你却对枢密院一众事务熟悉无比,你和严胥根本不是对手,是暗地里的盟友。兵权分离,只是为了让皇上放心。"

裴云暎没说话。

"没否认,我猜对了?"

她笑起来,反而步步上前:"枢密院明明是太子的拥簇者,却与殿前司私下往来,你二人既不效忠三皇子,也不效忠太子,更不效忠于陛下。"

"你们效忠的是谁?"

她逼近他跟前,仰头望着眼前人,轻声开口。

"宁王,就是你们要推举上位的人吗?"

裴云暎低眸,淡漠看着她。

"想要推举宁王上位,似乎还缺一个理由。"陆瞳声音越发轻柔,"我有一个两全其美的法子,你想不想听?"

她发间两只黄色蝴蝶在灯火下似乎闪烁细小微光,轻盈脆弱,仿佛一碰就碎。明明温柔清浅的话语,眸色却有一闪而逝的疯狂。

"殿帅不如与我做一个交易。"她微笑道,"今夜若我能成功杀了戚清,我会告诉天下人,我是元尧的人,是三皇子让我这么做的。"

"或者,我杀了戚清,你再来抓我,亲手杀了我,向元尧邀功,更能取得他信任。"

"作为交易,你替我护住仁心医馆。"

光影摇晃,四面死一般的寂静。

裴云暎站在她眼前,目光平静而漠然。

"这就是你的打算?"

"你杀戚清,替他们除去最后一个隐患,将来一旦事发,仁心医馆诸人尽可全身而退,再无后顾之忧。"

陆瞳只看着他,第一次,声音对他软了下来。

"不好吗?这样,对你对我都好。"

她仰头,指尖抚过青年胸襟前绣金的鹰纹,他方从宫里出来,公服未脱,灿烂华丽的绣金花纹摸起来竟有几分冰凉,似道隐秘的、微妙伤痕,不为人知地镌刻在心底。

"若成功,将来他登上大位,殿帅从龙之功,必然收获不小。"她开口,语气似含蛊惑,"不管你想做什么,有权就能选择一切。难道你不想往上爬？"

他道："我更在乎你。"

陆曈一顿。

青年低眸看着她，平静开口："陆曈，我更喜欢你。"

像是无法承接他眼里更深的东西，被那明亮华丽灼伤，陆曈收回手，冷冷道："我已经知道了你全部秘密，你还不杀了我吗？"

只有死人才会保守秘密。

裴云暎看着她："别总想着死。"

陆曈心尖一颤。

"你的家人若还在人世，只会希望你好好活着。"

陆曈打断他："可我不想活着！"

"殿帅，我同你不一样。"她一字一句地开口，每说一句，酸楚从心头更深处溢来。

"你有姐姐，有宝珠，你父亲尚在人世，不管爱也好，恨也罢，与人世间尚有牵绊。"

"但我没有。"

她仰头看着他："复仇结束了，我已做完该做之事。"

很多事情，她没办法让裴云暎明白。

她应该是个死人，她早该是个死人，复仇是她强留在人世的一口气。这口气支撑她走到现在。

如今，这口气散了，她再无支撑之物，只想坠落。

裴云暎希望她活下去。

可连她自己都不知道，应该如何活下去。

"那我呢？"

静室里，突然响起裴云暎的声音。

他漆黑眼眸没有半丝温度,淡淡开口:"你打点所有,周全一切,用心庇护仁心医馆所有人,明知我对你的心意,却要让我眼睁睁看你送死。你从没考虑过我吗?"

陆瞳面色一白。

她明白裴云暎对她的心意,也正是仗着这点心意,笃定他乖戾冷漠下总会不合时宜的不忍,所以放心将仁心医馆之后一切交给他。

她让银筝交给裴云暎的信,写满之后仁心医馆的收尾,她把所有潜在危险仔细考虑一遍,珍而重之托付给他所有未了心事。

未承想信还未送到对方手中,裴云暎就先一步找到她。

他总能第一时间看穿她企图。

脉脉灯火,流光缠绵。

女子固执地不肯低头,青年叹了口气,像是终于败下阵来,拉过她走到桌前坐下。

他倒了杯热茶,把它塞到陆瞳手中,声音温和:"大仇得报,你爹娘兄姊在天有灵,想要看见的只是你平安快乐。"

"陆大夫。"青年默了一下,才继续说道,"要学会珍爱自己,如果你做不到,就让别人来。"

陆瞳恍惚一瞬。

手中热茶暖意隔着杯子渐渐传递至她掌心,握着杯盏的手紧了紧,蓦地被一把拂开。

温热茶水滚落一地,清脆一声响,杯面细细描画的送春图霎时粉碎。

裴云暎顿了顿,竟没生气,只看了她一眼,宽容笑了笑。

"常武县的人说,陆三姑娘小时候脾气很大,我还以为是骗人。没想到是真的。"

陆瞳漠然:"你为何拦我?"

"不想你送死。"

"我只想杀了他。"

"我替你。"

他平静道:"我替你杀了戚清。"

他说得轻描淡写,但陆曈知道,他没有说笑。

胸腔熟悉的钝痛袭来,她抬眸,看着裴云暎,神色不为所动。

"我不相信任何人。"

"但你可以相信我。"

"陆曈,"他一字一顿道,"你可以相信我。"

更深的夜色从窗外汹涌而来,在屋中灯火前蓦地止步,那点微弱的、仿佛下一刻就要熄灭的光亮执拗地泛着暖色,将周围一切明确分隔开来。

她被包裹在这团安全的光里。

他开口:"就算你不在意我的感受,难道你也不在乎仁心医馆其他人?"

"银筝、杜长卿、苗良方、阿城、林丹青、纪珣……"

他每说一个名字,陆曈的心就颤动一下。

"你真的舍得抛下这一切,对这些人和事没有一丝留恋吗?"

陆曈不语。眼前浮现过很多画面,好的坏的。

她垂下眼帘,听到自己漠然的声音。

"我要回去了。"

回答她的是对方更冷酷的声音。

"不行。"

陆曈抬眼看向裴云暎。

他起身,走到门口停下,语气平静:"在你打消这个念头前,我都会守着你。如果你不想见我，就换别人来。"

门外，青枫赤箭上前，裴云暎吩咐："守好她，别让她出去。若出了半点纰漏，唯你二人是问。"

二人不敢大意："是。"

他提起桌上佩刀，转身出门，赤箭问："这么晚了，大人是去哪?"

裴云暎头也不回。

"太师府。"

夜色冥冥。

太师府里，戚华楹醒来时，听到蔷薇正与婢女说，裴云暎来府上了。

裴云暎？哥哥尸骨未寒，他来干什么？

戚华楹一掀被子，下床就要往堂厅去。

堂厅里，戚玉台的棺材摆在正中央，府中一夜间所有灯笼换成白色，夜风吹来时，森森令人发寒。

戚清坐着，漆黑纱袍包裹干枯躯体，神色一片死寂，看起来比棺材中的人更似一具尸体。

沉寂里响起脚步声，夜里分外清晰。

他缓慢抬起眼帘，浑浊老眼定在来人身上。

"裴殿帅。"

裴云暎站定："戚大人节哀。"

太师点了点头，神色并无凄怆，沉默良久才开口："刚才下人说陆曈来过府上，被你带走了。"

"你想救她？"

裴云暎目色冷下来："你想杀她？"

门口护卫一瞬警惕，手指纷纷握上剑鞘。

戚清抬手，制止护卫动作，又低声咳嗽起来，咳了几下，放下唇边手帕，慨然长叹一声。

"我就这么一个儿子。"他道，"自小千娇万宠，本指望他光耀门楣，未料资质平庸，命格短促。"

戚清看向裴云暎。

眼前青年一身黑鳞锦衣，英气卓拔，似盛京城中万丈软红里的一柄寒刀，尖锐锋利，见血封喉。

可惜他不是自己的儿子。

"你父亲比我命好，"他感叹，"有你这样优秀的儿子，裴家将来前程不可限量。"

裴云暎淡道："不必将我和昭宁公府绑在一处。"

"所以，你要为了一个医女，背弃裴家？"

裴云暎哂然一笑："不曾同行之人，何来背弃？"

戚清没说话，细细盯着他，生了阴鸷的老眼一瞬竟犀利万分，他突然开口："你是不是早就知道你娘当初为何而死？"

昭宁公夫人被乱军射杀一事，已过去许多年了。明面上，昭宁公为平乱牺牲妻子，只是道义与私情抉择。

众所周知，裴云暎就是从那时起与裴棣生了嫌隙。

不过，戚清更相信自己的直觉。

只是这些年，并未有任何蛛丝马迹证明裴云暎有异心。当初皇家夜宴，裴云暎以身相护，又得皇家信任，即便这信任不是百分百，殿前司在朝中地位也并非随意可动摇。

这些年，戚清也不是没劝过梁明帝提防宁王，然而宁王伪装太好，自梁明帝继位后，先皇几位皇子纷纷出事，梁明帝也惧天下人口舌，以至放虎归山，让那个看上去软弱无能的宁王活了下来。

斩草未除根，已失去先机。更何况，他一日比一日老，天子之心已渐渐不满为他操控。如今就连储君之位，梁明帝也有自己的私心，打压太子，就是打压太师府。

内忧外患，君臣离心，戚家不再是铁板一块。

偏偏这时候，玉台出事。

"你是替三皇子来告诫老夫？"

"不是。"裴云暎冷漠开口，"我是替我自己来告诉大人，别动她。"

戚清脸色微沉。

"玉台出事前，只与她一人来往甚密。"他冷笑一声，"就算与她无关，此女也绝不可留。"

老者慢慢开口："你敢对我动手？"

闻言，裴云暎反倒笑起来："太师大人年事已高，我怎么能对长者动手？"

他抬眼，眸色刺骨的冷："戚家刚死了儿子，可还有个女儿。"

戚清目光顿时冷厉："你敢！"

裴云暎笑着后退两步，指尖拂过腰上长刀。

"五年前皇家夜宴，太师见过我杀人的。大人不妨试试，是你的人快，还是我的刀快。你动她，我就杀你……最心爱的人。"

他眉眼柔和，笑容灿烂，眼神却如寒刀利剑，杀气腾腾。

走到门口的戚华楹脸色顿时苍白。

她曾对裴云暎抱有幻想，曾期盼过很多次他来府上，没想到第一次见到这样的他。

这样的冷漠、锋利、剑拔弩张。

裴云暎淡淡扫她一眼，那眼神令她胆寒。

直到对方离开，戚华楹也没从那一眼的恐惧中回过神来。

堂中传来剧烈咳嗽声。

戚华楹猛然惊醒，快步跑进屋里，戚清扶着绢帕咳得厉害。

戚华楹眼泪顿时涌了出来："爹！"

戚清望着她，闭了闭眼睛。

他只有一儿一女。

儿子，如今躺在棺材里。

女儿，盛京无不称赞端庄得体，但这得体在倾盆大雨来临前不值一提，若他将来身死，谁能护佑戚华楹？

竟已，穷途末路了。

天色浓如深墨，夜还长。

东宫，太子元贞披着中衣在屋中来回踱步。

太子妃从旁递上一盏热汤，被元贞一把拂开。

他已被软禁在府中月余了。

梁明帝铁了心处罚他，中秋夜他无法出席夜宴，祭典大礼亦没有他的影子。群臣都已看出帝王改立储君的打算，元贞心中很着急。

父皇一直不喜欢他，元贞心中清楚，梁明帝更青睐陈贵妃所出的元尧。

陈国公一派势力渐长，未必没有梁明帝默许。

父皇想废太子。

元贞自己也很茫然，不知什么时候，元尧就已到了和自己平起平坐的地位，纵然父皇宠爱他，但自己才是长子，元尧凭什么？

他渐渐开始沉不住气，是戚清一直安抚他叫他不要心急，然而昨夜传回消息，戚玉台死了。

戚清的儿子戚玉台死了。

太师府只有一个儿子，戚清扶持自己，是为将来给他儿子做打算，然而如今戚家继承家业的人都没了，戚清还会不会站在自己这边，谁也说不清楚。

人心难测。

他兀地起身，叫心腹进来。

"你，去一趟太师府，给戚清带句话。"

心腹吓了一跳："太子殿下，如今那些人盯东宫盯得很紧……"

梁明帝对他猜疑，府邸四处都有天子眼线，这时候去太师府传话，十分冒险。

元贞怒道："叫你去就去！"

没有时间了。

他有一种直觉，戚玉台的死仿佛拉开某种序幕，元尧不会放过这个机会，若他不能尽快改变处境，恐怕将来再无机会。

他抓住心腹衣领，急促地开口。

"你告诉他，他儿子是死了，可他还有戚家其他族群。若等元尧登上大位，我死，他也逃不了，连他掌上明珠也保不住！"

"要他想清楚，是活，还是大家一起死！"

太子瞪着眼睛，长时间的禁足令他不如往日沉静，像个病急乱投医的疯子。

心腹咽下骇然，诺诺应道："是……"

一夜过去，各有各的不眠。

陆瞳歇在了殿帅府。

青枫和赤箭果然尽职尽责地守着她，不让她踏出殿帅府大门一步。

裴云暎让人给银筝和林丹青递了话，只说萧逐风突发恶疾，陆曈留宿殿帅府给萧逐风治病，过几日再回去。

事关殿帅府，医官院自然不会说什么。银筝夜里来送了一回医箱，见陆曈人好好的，遂打消最后一点疑虑，絮叨了几句就回西街了。

陆曈也没将这些事告诉她。多一个人知晓，不过徒增烦恼。

禁卫们倒是对陆曈很热情，唯恐怕她无聊烦闷，个个争着陪陆曈闲话解烦。

陆曈试图从这些人嘴里打听一点太师府的消息，但不知是这些禁卫嘴巴太紧还是确实不曾听到什么风声，一上午过去，索然无果。

到了下午，殿帅府来了个人。

青枫把常进放进殿帅府，一进门，常进就拉着陆曈说话。

"丹青说萧副使急病，你在殿帅府。"又狐疑，"怎么不见萧副使？"

"他痊愈，回家休息去了。"陆曈面不改色，"医正找我做什么？"

常进看了一眼外头，将陆曈推进屋里，把门虚掩上，又从怀中掏出一本文册，递给陆曈。

陆曈接过来一看，惊讶："这是……去苏南救瘟的医官名册？"

常进叹了口气。

"苏南蝗灾后，渐有大疫起。宫中安排医官前往苏南治疫。本来嘛，我是不想叫上你的。"

"治疫医官多是老医官，你年轻，又没有治瘟经验，先前给戚家公子施诊，我就没和你说这事，想着你留在医官院也好。"

"谁知戚家公子出事了。"

常进忧心忡忡地看着她。

"你与戚家公子曾有旧怨，戚公子死得凄惨，你先前为他治病，虽他的死与你无关,但太师府未必不会迁怒。我思来想去,你留在盛京反而危险,倒不如一同前往苏南,暂时避开是非之地,待此事过后,尘埃落定,再回京也不迟。"

陆疃愣住了。

见她不语,常进以为她不信,解释道:"你原先在民间坐馆,有些事不清楚。平民医官在皇城之中没有背景,有时病者出事,难免被当作出气筒。从前,也不是没有这样的事发生。"

他叹道:"我不是危言耸听,实在不忍见你为这些无关之事牺牲。后日去苏南的队伍启程,你要是不反对,我便将你名字添上,如此,也可免去麻烦。"

他凑近,压低声音:"年轻人,釜底抽薪,暂避锋芒,未必不是好办法。"

陆疃握紧手中名册,抬起头来。

"医正这样帮我,不怕引来麻烦?"

常进是个老好人,自打崔岷下狱后,院使一切事务暂由常进代劳。将自己名字添上名册,过后戚清一打听,立刻就知道是常进的主意。

何必为自己得罪太师府。

常进闻言,不好意思地笑了笑:"陆医官,其实我去过一次西街。"

"崔院使的事过去后,我去打听了一回,才知道,仁心医馆坐馆大夫原来是苗副院使。"

"当年我刚进医官院,什么都不懂,吏目考核常常不过,是苗副院使把他医书手札借给我,帮我温习。医官院的老家伙,当初谁没受过苗副院使恩惠。"

他笑起来:"我去西街的时候,你没在医馆。苗副院使告诉我,你是他的恩人,也是他的学生,让我在医官院中好好照拂你。又叫我不要说我已见过他了。"

"难怪你这么好医术,因为你有一位好先生。"常进感慨,"副院使托我照顾你,可你医术远在我之上,我没什么可教你的。如今戚家出事,要是我不能出力,岂不愧对副院使委托?"

陆瞳默然。

"陆医官,"常进正色道,"我能尽全力帮的也只有这么多了。盛京戚家势大,你处境危险。苏南疫情严重,医官亦非万无一失,各有各的难处,如何抉择,在你自己。"

"事不宜迟,我不能久待。"他道,"你好好想想,待想好了,明日午后前告诉我。"

他又嘱咐了陆瞳几句,这才走了。

待他走后,殿帅府门口梧桐树下,两人转了出来。

萧逐风看一眼常进远去的背影,道:"你的陆医官运气不错。"

如今情势已对她很不利了,偏偏这时候还有个常进站出来帮她一把,峰回路转。

裴云暎不语。

"舍不得?"萧逐风提醒,"这是她最好的机会。"

"接下来你我都会很忙,盛京动荡,她留在此地反而徒生是非。就算你护着她,难道就不怕她冲动之下杀到太师府大开杀戒?"

裴云暎按了按眉心。

陆瞳根本不畏死。复仇完毕的她,一心只想和戚清同归于尽来保全身后所有人。她赴死信念太坚定,态度太决绝,他竟找不到什么阻拦的方法。就算将她关在殿帅府,关得了一时也关不了一世。

他原先觉得世上无不可克服之事,然而此刻对她竟束手无策,宛如他书房木塔中最难搭上的一块木头,无论如何,一败涂地。

良久，他道："我只是不放心。"

苏南疫情究竟如何，仅凭文书上短短几句难以窥清。

"她医术在医官院数一数二，又比别人更会杀人，十个男人也不是她对手，你在操心什么？"

萧逐风不虞："有心思担心她，不如多担心担心你自己，说不定等她从苏南回来，真赶上给你收尸，也许还会替你报仇，又有心思多活几年了。"

闻言，裴云暎笑了一下："算了吧。真要如此，恐怕我九泉之下都不得安宁。"

萧逐风无言。

二人又默了一会儿，萧逐风开口："不过，她也未必会去苏南。她是常武县大疫那年离开陆家，去苏南难免触景伤情。"

人总不想面对痛苦回忆。

裴云暎沉默。

他其实也不知陆曈会如何选择。

正想着，身后传来脚步声，二人回头一看，陆曈从里头走了出来。

她一眼就看到院中树下二人，径自朝裴云暎走来。

萧逐风背过身去，快步离开。

陆曈在裴云暎面前站定。

梧桐树下落满一地黄叶，飘零空枝下，两人相对而立。

风吹过，一片落叶落在她发间，他抬手，轻轻替她拂去。

陆曈仰头直视着他。

"殿帅不必一直拘着我，"她道，"府中禁卫也挺累的。"

裴云暎低眉，见她伸手，举起一封蓝皮文册在他眼前。

"我要去苏南。"她说。

去苏南救疫的名册传到西街时，仁心医馆众人都蒙了。

杜长卿揉了好几下眼睛，瞪着陆曈："我没看错吧，名册上怎么会有你名字？"

陆曈语气平淡得像是要出门买杯甜浆。

"我要去苏南救灾，明日一早就走了。"

"不对啊，小陆，"苗良方拄着拐杖从里铺绕出来，"你今年初才进的医官院，连第一次吏目考核都没通过，从前也没救疫经验，医官院怎么会点你去苏南？"

杜长卿目光一闪："是不是裴云暎？"

"你昨天去了趟殿帅府，今日回来就说去苏南。"他破口大骂，"是不是那个黑心肝的动了什么手脚，混账王八蛋！"

"我是去救疫，不是去送死。"陆曈无言，"况且这是医官院的安排。"

苗良方疑惑："医官院也不该让你一个新进医官使随行……是不是弄错了？"

陆曈摇头："我是苏南人，或许能对他们有帮助。"

杜长卿闻言，大大翻了个白眼："我还是盛京人了，我对谁有帮助了？"又道，"我看还是送礼给医官院，他们要多少银子才能把你名字除了？"

"杜掌柜，我是医官。"

"医官怎么了？医官不是人？"杜长卿不耐，"少说什么医者仁心的废话，没那仁心，我俗人一个，你也甭当圣人，赶紧的，凑银子去医官院。"

陆曈一动不动。

373

杜长卿扯了两下没扯动陆曈,来了气:"使唤不动你了?"又发火,"你去年刚来仁心医馆和我做生意提条件的时候,怎么没这么滥好心呢?装什么菩萨!"

陆曈挣开他的手:"我想去苏南。"

秋风清凛,门口李子树下落叶萧萧,聚拢又飞散。

里铺寂静无声。

过了一会儿,杜长卿一言不发坐下,没好气问:"就非去不可?"

"是。"

他不说话,其他人也不说话。

陆曈要做的事,从来没人拦得住。譬如春试,譬如去医官院,一旦下定决心,绝不为任何人停留。

苗良方张口:"我给你写方子。"

像是终于有了主心骨,苗良方絮絮道:"我没去过苏南,但我见过生了疫病的人。苗家村有防疫病的方子,不知你用不用得上。我全给你写上,万一用得上呢?"

"医者,仁爱之士也。"他叹道,"如果我是你,我也会去苏南。"

杜长卿烦得牙酸。

他道:"婆婆妈妈,我去医行问问去疫地要带什么!"掉头走了。

其实众人也心知肚明,医官院的名册都已通过,白纸黑字落下,又岂是送点银子能改变的?只是消息来得太过突然,行程又很是仓促,众人一时难以接受。

事不宜迟,阿城和杜长卿即刻赶去医行,苗良方伏在桌案,开始为陆曈写记忆中的医方。

陆曈回院子收拾衣物,银筝跟了上来。

她站在门口,看着陆曈一件件叠好衣裳,突然开口:"姑娘,我和你一起去。"

陆疃转过身。

银筝举步进屋，语气哽咽，"我也是苏南人，我能帮你……"

陆疃看着她，微微摇了摇头。

"医官院随行医官行队，你插不进来。"

"我可以偷偷跟上！远远跟着你们。"

"太危险了，我还要分心照顾你。"

"姑娘……"

陆疃走到她身前。

"何必回苏南呢？既已走出去，就不要回头。"

银筝僵住，抬眼望向眼前人。

陆疃站在她面前，乌眸明湛，那双眼睛总是淡漠，但被她凝视时，却总能让人安心下来。

过了一会儿，银筝问："姑娘还记得咱们第一次见面的时候吗？"

不等陆疃回答，她自己先轻声开口："我还记得。"

她病得厉害，浑身上下疼痛难忍，鸨母叫人用席子把她卷了丢到落梅峰的乱葬岗去。

她哭着去抓鸨母的裙角："干娘，干娘别丢下我，吃点药，吃点药我就会好起来的——"

被鸨母一脚踢开。

"好个屁！"鸨母指着她鼻子骂道，"买药不花钱啊！你睁大眼睛看看清楚，这里是花楼，不是济善堂。我养你这么久，这么早就染病，赔钱货！"

言毕，捂住口鼻催促下人："愣着干什么？还不快抬走！"

她便被抬去山上。

银筝记得很清楚,那是个冷雨夜,山路泥泞,风声凄凉。

她独自一人躺在乱坟岗里,绵绵雨水打在脸上,连动一动的力气都没有,满心都是绝望。

山间夜空似张无边无际大口,贪婪吞噬人间仅有生气。就在这灰冷里,她看到一束光。

一点微弱的、在雨夜里匆匆而来的光亮。

她疑心这是临死前的幻觉,却又觉得那幻觉十分真切。一个背着背篓的人走来了乱坟岗,在四处走走停停,捡拾什么。

那点光来到自己面前,一只手贴上了她面颊。

那只手冰凉柔软,默不作声摸向她脖颈,紧接着,替她拂开挡在眼睛前的乱发。

银筝看见了一张脸。

一张年轻姑娘的脸,苍白秀美,斗笠下,一双眼眸漆黑似落梅峰夜色,在雨夜里灼灼发亮。

银筝张了张嘴,虚弱却令她一个字也说不出来。

"别说话。"

姑娘像是明白什么,放下背篓,转而抓住银筝的手,将她背了起来。

"我救你。"她说。

我救你。

三个字,如雨夜风灯,是救命稻草,她紧紧抓住,再不敢松手。

窗下花丛蟋蟀低吟,银筝出了一会儿神,回过神来,眼中隐隐有泪,笑道:"我那时以为自己死定了,没料到会遇到姑娘。"

她爱诗爱画,沦落于世间肮脏污浊之地,却在见遍下流嘴脸之后,遇到世间最真挚美好之人。

是她这不幸的一生里唯一一次幸运,是老天对她仅有的一次垂怜。

陆瞳道:"都过去了。"

银筝默然。

都过去了。她在西街安宁了太久,回首时,才发现盛京离苏南竟然这么远。

"留在西街吧。"陆瞳道,"这里很好。"

"你还会回来,对吗?"银筝问。

陆瞳看向窗外,梅树亭亭,尚未开花,她说:"我走之后,替我好好照顾这株梅树。"

银筝沉默一下。

她说:"姑娘,其实我有个妹妹。我爹为填赌债把我和妹妹卖进花楼,我和妹妹想逃走被发现,她没挺过去,被活活打死,我留了下来。"

"看到你时,我总想起她,是我没保护好她。"

"我知姑娘复仇心切,对姑娘来说,世上没有比复仇更重要的事,但若我是你姐姐,见你如此,只会心疼。"

银筝叹息:"你要多为自己想想。"

陆瞳道:"我知道。"

"和小裴大人,你喜欢他,就和他在一起,不喜欢他,就算了。不要为难自己。"

陆瞳嗯了一声。

"姑娘,"银筝看着她,"我就在这里等着你。你一定要回来。"

临别之意,千言万语,陆瞳沉默一阵,点头:"好。"

这一日过得很是匆匆。

因消息来得突然,众人准备东西也准备得仓促。陆瞳傍晚时回了医官院,第二日一早同随行车队一道出发。

翌日清晨，陆瞳起床时，林丹青已坐在门口喝粥了。

"医官院的素粥，不知下次喝到要等多久。"她递给陆瞳一碗，"尝尝。"

陆瞳接了过来。

听到林丹青在医官名册上时，陆瞳也很惊讶，不知她是如何说服的林父。

"这有什么难说服的？"林丹青满不在乎，"我告诉他，此去苏南，是立功的好机会。要凭吏目考核一级一级往上升，等当上入内御医那是多久以后的事了。去苏南救疫可不一样，救疫结束回到皇城，可省三级吏目考核。富贵险中求，他听了，假惺惺担心一阵，答应得可爽快了！"

陆瞳问："你姨娘怎么办？"

"射眸子之毒已解，我姨娘已无须人照顾。况且我医术高明嘛，她也想叫我出去走走证明自己。"

她说得容易，陆瞳却知其过程必定不轻松，不过林丹青不愿多说，她便也没有多问。

二人用完粥，起身出发，常进已在门口等候了。

此去苏南，多是有过救疫经验的老医官，新进医官使里，只有林丹青和陆瞳二人。除此之外，纪珣也在。

"听说他是主动要求同去的。"林丹青与她咬耳朵，"纪医官医术卓绝，比那些老医官或许更有主意，咱们这次有他同行，救疫也会稳妥许多。"

陆瞳点头。

常进核对完名册上的人，带医官去随行车队，车队里还有一些御药院的人，陆瞳瞧见石菖蒲也在其中。瞧见陆瞳，石菖蒲还对她打了个招呼。

秋日清晨,朝露未晞。城门两岸四面衰草,一行南雁飞过,远去雁声里,车队轮子轱辘辘驶过。

"等等——"

忽有熟悉人声传来,坐在马车里的陆曈闻言,掀开车帘。

有人跟在马车后跑了过来。

是银筝、阿城和杜长卿,苗良方落在最后,拄着拐杖健步如飞。

马车停了下来,常进与外头随行护骑说了几句,示意陆曈下车。陆曈下了马车,几人气喘吁吁在她面前站定。

"差点没赶上。"杜长卿把包袱往陆曈手里一塞,"省着点吃。"

沉甸甸的一包全是吃食。

苗良方从怀中掏出个厚厚信封:"昨天匆匆忙忙,你要回医官院,我夜里又想起几个方子,赶紧写上。你拿着,万一到苏南用得上。"

他眼底两团乌青,睡眼昏蒙的模样,俨然苦熬一夜。

陆曈接过方子,问:"医官院不许亲眷送行,你们怎么来的?"

银筝道:"本只说来城门碰碰运气,恰好遇见小裴大人公务经过,与他说了,就放行了。"

裴云暎?

阿城笑着指向远处:"还没走,那不就是。"

陆曈顺着他手指看去。

深秋时节,金风拂拂,斑驳褐色砖墙之上,一道绯色身影站在城楼高处,在秋日清晨日光中鲜亮耀眼。

日光照着青年锋利的五官,他在高处,她在楼下,视线交汇处,若烟光日影,无声浮动。

身后传来常进催促,陆曈收回目光,抱着包袱和信,只短促地与几人告别,匆匆上了马车。

马车走了一段,陆瞳想了想,掀开车帘,回头望去。

高楼已远,日照城墙,金阳下,已没了那道绯色影子。

城楼下,风清野旷。

萧逐风问身侧人:"特意让他们多送一趟,意义何在?"

一大早去西街将人接来,只为送行,实在令人无言。

"牵绊。"裴云暎道,"有牵绊,人就会想活。"

"那你怎么不去告别?"

裴云暎一哂,没理会他,径自往前去了。

值守一夜,他打算回府换件衣裳,刚到门口,就见裴云姝从隔壁门里出来。

见了他,裴云姝面色一喜。

"阿暎,你回来得正好,我刚才听人说,陆大夫去苏南救疫了?怎么先前一点消息也没有。救疫都是老医官,她一个年轻姑娘,才进医官院不到一年,去苏南岂不是很危险?"

裴云暎进屋,裴云姝追在他身后:"你有没有听我说话?"

裴云暎卸下腰刀,松了松衣领,对她道:"姐姐,是陆瞳自己要去的。"

"可是……"

"你我都不能替她选择。"

裴云姝愣了一下:"我只是担心……"瞥见青年眼神,她又沉默下来。

屋中安静一刻。

一阵风吹来,院中倏然传来细碎铃声,裴云姝循声看去,不由一怔。

裴云暎府邸院子里,向来空空落落,眼下花圃里,却不知何时种上大片大片木槿。

木槿已开花,若白霜,若红霞,种在花园里,秋光浓艳。疏枝密叶里,又点缀细细红丝,其中缀满金铃,系于花梢之上。随风动,金铃清脆作响。

裴云姝呆住:"花上金铃?"

书上记载,曾有王室"好声乐,风流蕴藉,诸王弗如也。至春时,于后园中纫红丝为绳,密缀金铃,系于花梢之上,每有鸟鹊翔集,则令园吏掣铃索以惊之。盖惜花之故也。诸宫皆效之"。

裴云暎从来不喜花木,府上肃杀简致,裴云姝不知他何时效仿前人做"护花铃"。

明明上次七夕时,这里还一片荒芜。

可做"护花铃",是为"惜花人"。

他何时怜惜起花草?

"怎么突然喜欢上木槿了?"

"不好吗?"他淡淡道,"有女同车,颜如舜华。将翱将翔,佩玉琼琚。彼美孟姜,洵美且都……有女同行,颜如舜英。将翱将翔,佩玉将将。彼美孟姜,德音不忘。"

语调轻慢,似踏青湖边归来情动少年,字字动人。

裴云姝茫然一瞬,看着眼前一片花木,下意识开口:"可木槿是野花,何以用得着护花铃?一朝一夕,花就败了,只享一日灿烂。何不种些牡丹月季?木槿并不会为你长相开放。"

裴云暎低头笑了一下。

"自然要护。"

他看着眼前木槿:"风会吹她,雨会打她,暑日严酷,雪日寒冻。鸟雀啄食,还有园外摘花人。"

"我欣赏所爱之花,当然要护。我愿做一辈子护花人,是不是为我开放不重要,只要花开得好,做一辈子护花人又何妨?"

他声音平淡,却如重鼓闷锤,令裴云姝大吃一惊,恍然明白什么,朝裴云暎看去。

花光绮霞里,绚晓秋光照亮青年英俊眉眼,那片艳繁落在他眼中。

裴云暎看着,平静开口:"我想守着她。但她拒绝我保护。"

他道:"她不需要我保护。"

秋风起,草木黄。

太师府中,檐下白纱灯笼在风中摇摇晃晃,祠堂里一排排漆黑牌位像倒立棺材,整整齐齐立着,影子在昏暗烛火下吊得老长。

戚玉台昨日入葬了。

太师府嫡子入葬,丧事却办得极为简朴。祭典死人乃不祥之兆,因此戚玉台死因并未宣扬,宫中禁止议论此事,对外只称说戚玉台突发恶疾,重病过世。

虽祭典一事未曾外传,然民间难免猜疑。戚玉台正值壮年,过去又未听过有何宿疾,陡然发病离世,如何也说不过去。倒是先前丰乐楼大火一事又被街巷平民拿出来津津乐道,真相如何,扑朔迷离。

屋中传来低低咳嗽声。

戚清坐在屋中。

操劳戚玉台的丧事,令他本就年迈的身体迅速衰弱,枯瘦身体愈发显出一种腐烂死气。

戚华楹已经休息去了,戚玉台过世,作为戚家唯一的女儿,她也要接迎前来吊唁的客人。

梁明帝彻查戚玉台死因,三皇子在其中阻挠,戚玉台如何死的并不重要，相比而言，祭典服散、不祥之兆成了更大罪过。前来吊唁之人个个做出哀戚之色，其下面容各不相同，像丧礼上涂了油彩的杂戏。

他一一看过。

四周更寂静了，惨白灯笼被风吹得乱晃，青荧月光落在他脸上，像独坐于堂厅中骤然出现的鬼魂。

他在这沉默里忽然开口。

"去苏南的随行车队到哪里了？"

管家躬身，回道："昨日听说快过广云河，接连下雨耽误了些时日，等过了广云河，就至孟台了。"

戚清阖眼。

去苏南的医官车队数日前出发了。

救疫的医官名册上，最后一日，忽地添上陆曈的名字。

常进竟敢阳奉阴违，胆大包天，这其中固然有裴云暎的手笔，然而当时忙于戚玉台丧事、应付三皇子为难的戚清分身乏术，让陆曈釜底抽薪，彻底远走高飞。

如今戚玉台的丧事理完，是时候清理旧账。

他淡道："找人跟上，途中寻个机会，杀了她。"

管家一凛："是。"又担忧，"可是裴云暎那边……"

上次裴云暎登门威胁，言犹在耳。

戚清冷冷开口："竖子骄狂。"

年轻的殿前司指挥使，连胜几招就不知天高地厚。他只有一双儿女，为了死去的戚玉台，为了活着的戚华楹，陆曈也必须死。

不管她在盛京，还是苏南。

不管戚家最后是赢，还是输。

管家不敢多言，领命应是。

戚清默了一下，突然道："等等。"

老者垂目，慢慢转了转腕间佛珠。

裴云暎牵挂这个女人，一路必安排有人尾随暗中相护，此刻动手，不免打草惊蛇。

片刻后，他开口："到苏南后再动手。"

"是，老爷。"

寒夜幽幽，孤灯如鬼，今夜月光凄凉更胜往日。

枢密院密室里，并无窗户，墙上火把相映，照着陈旧石壁。

萧逐风从石阶走下来，将一只银壶放在桌上。

裴云暎看了一眼："茶？"

"人生够苦了，喝点酒吧。"萧逐风道，"散散你难看的愁容。"

裴云暎笑了一下，看萧逐风倒了一小盅酒，推到他面前。

他拿起酒盅，在指间把玩一圈，嗤了一声："临行前喝酒，怎么有点不太吉利？"

"不会。"萧逐风在他对面坐下，"情场失意赌场得意，你情场失意得一败涂地，我们计划一定顺利得令人吃惊……"

裴云暎："……"

他嗤笑一声，擒酒盅送至唇边，酒水入口辛辣，令他微微蹙眉。

"含香酒？"

萧逐风耸了耸肩："老师拿的。"

他二人少时在严胥手下做事，萧逐风在先，裴云暎是后来者，算来算去，也有几分同门师兄弟的交情。

严胥苛刻，训练武艺常使他二人交手，每每摔打得鼻青脸肿方才罢休。

年纪小时总吃不得苦，严胥要等灯油燃尽方将他二人放出囚室。那时只恨灯油太多，长夜难渡。多年以后回头，却又唏嘘灯油太少，遗憾当年蹉跎时光。

那时候，每次交手完，严胥会让他二人喝完一壶含香酒，含香酒辛辣难闻，却对疗伤颇有奇效，两人都是皱着眉头喝完。

到今已许久未喝了。

过了一会儿，萧逐风嘲笑："你还记不记得，第一次你我交手时。你被打趴在地，狼狈至极。"

裴云暎冷笑："你记错了，选殿帅的时候，你差点被我砍死。"

二人又是一阵沉默。

萧逐风是孤儿。他在慈幼局长大，五岁时被严胥带走，成为严胥徒弟。

裴云暎来之前，严胥最看重他，裴云暎来之后，情势有所变化。

年少时，胜负欲总是很强。萧逐风讨厌裴云暎，严胥却要在他们二人中选一位，作为埋伏在殿前司的钉子。

那时较量不少，彼此都看不顺眼，明争暗斗。直到有一次，二人执行同一项任务，其间惊动他人，萧逐风被人埋伏，裴云暎已逃了出去，却在最后关头折返，带着他一同逃走。

那次两人都受伤不轻，之后严胥狠狠责骂裴云暎，却点名要他进了殿帅府。

后来，裴云暎成了指挥使，他成了副指挥使。

萧逐风道："昭宁公找过你了？"

"找了。"

"要你救裴家？"

"很明显。"

萧逐风没客气:"无耻。"

裴云暎叹了口气。

"你没爹是个孤儿,我有爹还不如孤儿,真不知谁更倒霉。"

话音刚落,囚室里传来人声:"还有心思闲话,我看,被你二人牵连之人最倒霉。"

二人转头,严胥从石阶上走了下来。

他一身黑衣,袍间苍鹰刺绣金光粼粼,护腕、长刀、轻甲齐齐上阵,眼角疤痕在灯火下狰狞无比。

"都准备好了?"

二人应了。

"你姐姐和宝珠,我已安排人将她藏好。"严胥视线掠过裴云暎,停了停,"你既被抛弃,也没什么放不下的,给我打起精神,学学你心上人干脆。"

裴云暎无言。

陆瞳已经走了,确实挺干脆的。

在她去苏南前,被关在殿帅府前,他在夜里收到银筝送来的一封信,是陆瞳亲笔所书。

信上所写,皆是要裴云暎在她死后护住仁心医馆众人,其中不乏拿他们往日交情做引,声情并茂,字字殚精竭虑。恐怕高寿的戚清死前交代遗言,也不会比这更周到了。

也正是因为那封信,他才下定决心不再阻拦陆瞳去苏南。

他在这封信中窥见陆瞳死志,一个一心求死之人,留她与戚清同处盛京,一定会出事。

严胥打量他一眼,瞧见他眼底怔忪,微微眯眼:"你倒真喜欢她。"

裴云暎扯了扯唇角。

他遇到过很多女子，如他母亲那般温柔和婉的，如他姐姐那般善良开阔的。他收到过很多真心，许多爱慕，却没想到自己最后会喜欢上这样一个人。

一个能在众目睽睽之下陷害他的女子，一个面上平静从容，暗中却已将毒药握在掌心、随时与仇人同归于尽的女子。

"怎么办呢？"他懒洋洋一笑，"我们师徒三个，个个感情不顺，或许是此地风水不好，才总事与愿违。"

萧逐风："……"

严胥不想理他："带着刀赶紧滚。"

二人起身，走到门口时，又被严胥叫住。

"你们两个，"他沉默很久，吐出一句，"小心点。"

"啰嗦。"

二人走出密室，裴云暎在前，萧逐风道："问你件事。"

"说。"

"当初争殿前司名额那一次，你明明逃出去了，为何回头救我？"

裴云暎失笑："你怎么还记着？"

"别废话。"

他便无所谓道："我是英雄嘛，看你被打那么惨，心中过意不去，当做善事了。"

"哦。"萧逐风上前一步，越过他，"英雄，今夜自己多提防。要是被人砍死了，我绝对不会来救你。"

裴云暎啧啧啧了几声："铁石心肠。"

他又按住腰间银刀，看向远处浓浓夜色，笑道："行吧，今晚来多少，杀多少——"

当——

邈远钟声顺着夜风飘来，勤政殿里，梁明帝猝然惊起。

御案上，一碗褐色汤药微微冒着热气。

"皇上。"总管太监低声道，"药快凉了。"

梁明帝盯着眼前银色药碗，眸色阴沉。

皇室之中，碗盏杯具皆由金制，先皇过世后，梁明帝令人将素日所用器具统统换为银质，为此，还曾引起御史弹劾，称言有损先祖规矩。

不过，规矩是人定的，在他撤了几个老御史的职后，此事就无人再提了。

梁明帝拨开御案堆成山的奏折，伸手接过药碗，仰头将汤药一饮而尽。

药水苦涩，饮尽后，喉间仍有酸苦残意，他抬手，丝帕拭去唇角药痕。

"傍晚时，皇后娘娘来过，在门外撞见贵妃娘娘，二人起了争执。"总管觑着帝王脸色，"晚间太后娘娘来了，皇后娘娘和贵妃娘娘才各自回宫。"

梁明帝揉了揉眉心。

皇后是为太子而来，陈贵妃也是为太子而来。

太子被禁足已久，两边都有些忍不住了。

他改立储君之意早有征兆，朝中两派争执不休，帝王心思却从未变过，元尧——一开始就是他心中继承大统之人。

元尧伶俐矫勇，最肖似他。

正如他肖似先皇。

正因这份肖似，先皇格外偏爱他，以至当年他的兄长、太子元禧纵然文雅通远，文武俊才，在先皇心中，仍比不得他的位置。

有支持他的朝臣说,先皇或有改立储君之意,他心中期盼,到最后失望。

嘴上偏心的父亲,却仍要将江山交到兄长手里。于是元禧死在那场秋狩之中。他还记得落石砸来时元禧将他一把护开的背影,而他毫不犹豫,将对方推下悬崖。

先皇病重离世,所有兄弟死的死残的残,他登上江山大位,风头无限。

命运如轮盘,轮转不休,待他有了元尧,又最青睐元尧。

元贞鲁莽平庸,非帝王之才,他亦不喜皇后,最忌惮的,还是戚家,那位曾经扶持他登上皇位、如今又支持太子继位的太师。

不过,戚清毕竟老了。

老去的虎不足为惧,唯一的儿子又已死在祭典,无须他出手,戚清已无斗志。

梁明帝望着桌上空银碗,眸中闪过一丝杀机。

他决不学昏昧虚伪的先皇,他喜欢哪个儿子,就要哪个儿子做皇帝。皇权至高无上,既已走到高处,何须忌惮他人,自然是万事遂心,不必克制,不必依仗祖宗规矩。

他会替元尧扫清一切障碍——

"太后可有留话?"梁明帝问总管。

"不曾。皇上恕罪,奴才当时瞧皇后娘娘气急,怕惹皇上心烦,不敢禀告。"

梁明帝不耐摆手。

皇后来,无非是为元贞求情。如今大局已定,两个儿子,他选元尧。

太后常年礼佛,从不过问朝堂,这也是她能安然无恙这些年的原因。

梁明帝愿与她将母慈子孝之戏演到最后。

只是还有一个人——

"宁王可有动静?"

"回陛下,宁王殿下已数日不曾出府,未见异常。"

梁明帝面色发沉。

宁王是他唯一留下的兄弟,因当年他回京时自己已登上大统,手足又接连出事,宁王若再出事,未免惹人口舌。

他留着宁王一命,当个笑话养着,瞧不起对方,亦提防对方。

不过近来却隐隐令他感到危机。

多留了这么多年,也该是时候除掉最后一颗废棋。

窗外夜沉沉,浓重墨色像个深不见底的无底洞,夜风发出幽幽尖啸,伴随某些纷乱惊呼。

梁明帝蓦地抬头。

"什么声音?"